一九八三年在光明胡同老宅留影

刘绍棠

中国乡土文学作家。一九三六年二月二十九日生于北京通州大运河畔的儒林村。一九四八年参加革命。一九四九年开始发表作品。一九五三年加入中国共产党。一九五四年考入北京大学中文系学习。一九五六年加入中国作家协会，从事专业创作。至一九五七年被划右派时，已出版了《青枝绿叶》《山楂村的歌声》《运河的桨声》《夏天》《中秋节》《瓜棚记》《私访记》等七本书。

一九七九年右派冤案得以改正，重获创作权利。带病顽强拼搏了十八年，为后人留下了五百多万字的乡土作品。即十二部长篇小说：《春草》《狼烟》《地火》《豆棚瓜架雨如丝》《这个年月》《敬柳亭说书》《十步香草》《京门脸子》《野婚》《水边人的哀乐故事》《孤村》《村妇》。二十多部中篇小说：《蒲柳人家》《渔火》《瓜棚柳巷》《花街》《草莽》《荇水荷风》《蒲剑》《鱼菱风景》《小荷才露尖尖角》《绿杨堤》《烟村四五家》《柳伞》《年年柳色》《青藤巷插曲》《黄花闺女池塘》《碧桃》《二度梅》等。两部短篇小说集：《青枝绿叶》《蛾眉》。十一部散文短论集：《乡土与创作》《我与乡土文学》《一个农家子弟的创作道路》《我的创作生涯》《论文讲书》《乡土文学四十年》《蝈笼絮语》《如是我人》《红帽子随笔》《我是刘绍棠》《四类手记》。

《京门脸子》获得北京市优秀长篇小说奖。《敬柳亭说书》获得首届中国大众文学优秀长篇小说奖。《蒲柳人家》获得全国优秀中篇小说奖。《蛾眉》获得全国优秀短篇小说奖。中短篇小说多种被译成英、法、德、俄、日、西班牙、泰国、孟加拉、阿尔巴尼亚等国文字。

上世纪八十年代以来，不遗余力地倡导乡土文学，创作上坚持“中国气派，民族风格，地方特色，乡土题材”。他的全部作品，都是写大运河的乡土乡亲，形成了独具特色的大运河乡土文学体系。

刘绍棠文集

豆棚瓜架雨如丝

刘绍棠／著

北京出版集团公司
北京十月文艺出版社

凡　例

一、本文集收录刘绍棠先生一九五〇年至一九九七年间的作品。

二、作品按体裁分为中短篇小说、长篇小说、散文、随笔。

三、长篇小说篇末，注明写作时间、最初出版时间及出版社；中短篇小说、散文，各篇篇末，注明写作时间、最初发表时间及报刊等情况。

四、对文内的明显错字予以改正。作者特殊的用字用词习惯、方言用法，以及人、地、物之名未作改动。

本文集由曾彩美女士整理、编订，谨致谢忱。

1

北运河一出北京的通州地界，到河北省的香河县串了个门儿，拐个弯进入天津市的武清县，却又从河北省的安次县擦身而过，一条河把三个省市的四个县拴在了一堆儿。

跟北运河并肩而行的是京津公路，水旱两路像亲哥俩。不过，一个锅里抡马勺，马勺难免碰锅沿；舌头和牙长在一张嘴里，牙也有咬舌头的时候。京津公路和北运河有时形影不离，沿着大河长堤南下，有时避之唯恐不及，远离一二十里，各走各的路。京津公路是时代的宠儿，抢走了北运河的饭碗子，北运河历史上那南来北往的千帆万船，早已被京津公路上往返奔驰的卡车、轿车和吉普车所代替，凄凉而又寂寞。但是，北运河虽然衰败下来，瘦死的骆驼也比马大，发起脾气，大水冲刷京津公路的路基，京津公路便要被腰断两截，寸步难行，不能交通了。

水旱两路若即若离，大河和公路之间便被划出一些环环相接而又形状不同的地块，有的像马脖子上的套包子，有的像腌雪里蕻的菜坛子，有的像筛面的箩床……通州、香河、武清交界，北运河三道湾跟京津公路之间的地块，天上瞧地下看，都像一只蝈蝈笼子。这只蝈蝈笼子距离安次县的东北角十二三里，可算是四县的咽喉要道。

站在蝈笼子上四下张望，每个县都有自己的地方特色，四个县的风光很不相同。而且，这里又是四县的四个角落，四个角落在本县又都别具一格，于是，蝈笼子便是四县的大杂烩之地。

通州自古就是京东首邑，元、明、清三代，大运河是南北交通的大动脉，相当于今天将京广铁路和京沪铁路合二而一，南货北运只有这条水路。那时，通州城内设有漕运总督府。总督官居一品，又是个肥差，进京入阁拜相，不如蹲在通州管钱粮。三年清知府，十万雪花银。漕运总督捞到腰包里的不是雪花银十万、百万两，而是日进斗金，三年搬回家一座金山。那时候，通州代管京东八县。七品县令，五品知州；通州的地位，在香河、武清、安次之上。民国以后，虽然改为甲等县，仍然比二等县的武清和安次高出一头，三等县的香河更是高山仰止。同时，通州城内，又曾先后是燕京道、京兆道和蓟密行署的所在地，还曾是伪冀东防共自治政府的首府。全国解放以后，通州专员公署管辖十三县一个市。所以，通州的文化水平高，见过世面，架子大，目中无人。一九五八年撤销专员公署，划归北京；沾首都的光，得天独厚，工厂多，大楼多，投资多，一个县的拖拉机相当那三个县的两倍。每人每月的口粮多三斤，食油多一两，考学、招工、当兵也格外优待。那三县的姑娘都愿嫁到通州，通州的姑娘却不愿嫁过去，这叫宁向上走一尺，不往下走一寸。不过，说来说去，有粉搽在脸蛋上，最占便宜的还是县城四外的村社，以及若干典型和重点；他们吃肉，蝈笼子只能喝汤，而且清汤寡水，没有多少油腥，所以这个地方还是一穷二白。

属于通州地面的蝈笼子是三分天下，方圆只有七八里。三分之一是终年积雪似的沙滩，三分之一是白花花的盐碱地，三分之一是一片片浅水洼子。沙滩虽然干燥，却是夜潮地，生长出连绵起伏的红皮柳棵子；浅水洼子里更是蒲苇丛生；盐碱地也并不是寸草不长，到处也有一簇簇、一丛丛的乍蓬、牛蒡、蒺藜狗子，开放着米粒大小的花朵。大河从沙滩和浅水洼子之间穿过，公路从沙滩和盐碱地之间穿过。从阳春三月到中秋八月，这里的风景是一幅水彩画，花、草、树、水、土，都色彩鲜明，充满野味儿，令人心动。汽车司机行驶到这里，不管路上有人没人，有车没车，都喜欢像救火车似的一连声鸣笛，惊起沙滩上柳棵子地里成百上千只鸟儿，一窝蜂纷飞上天，白云中一片啼鸣，像笙、管、笛、箫的合奏，阳光下的花翎熠熠闪光，像一大幅五颜六色的织锦。鸟影遮住了天，地上一片幽暗，盐碱地草丛里的绿蚂蚱和红蜻蜓也慌乱起来，飞的飞蹦的蹦，绿的绿红的红。有时，跑长途的货车司机，又热又困又累，上眼皮粘下眼皮，就停车上锁，到沙滩柳棵子地的绿荫下野餐，然后仰面朝天躺下来，点着一支烟，烟吸到半截就睡着了，嘴角和胡子上挂着饭粒和面包渣儿。忽然，一阵疼痛，一个鲤鱼打挺坐起来，两只在嘴角和胡子上啄食的小鸟儿早飞走了。

香河和武清在蝈笼子也各有两块方圆几里的地盘，只是这两个县更穷，这两块地盘也就更荒凉，草长得比人高。盛夏一入头伏，草茎粗了，草节硬了，草叶子也厚重了，三县的农民都到蝈笼子打草，晒干了堆垛，秋后卖几个钱，够一年油、盐、酱、醋的花销，还能扯几尺布，给孩子大人添置一两件新衣裳。打草就像打仗，跑马占地，你争我夺，也就难免动手打架。打架便要拉帮结伙，有分有合，于是，小小的蝈笼子，就像魏、蜀、吴三国争战不休。安次县在蝈笼子没有地盘，可是安次县的人也要穿衣吃饭，便常常出其不意，攻其不备，一阵旋风似的偷袭三县领地，把三县人割倒晾晒的草铺席卷而去，三县人管他们叫流寇。不过，不打不成交，一年生，二年熟，也有不少人磕头拜把子；柳棵子地里更不知结下多少露水姻缘，难舍难离的便成夫妻。

我的生身之地，距离蝈笼子十二里；蝈笼子在小运河滩圈外，大运河滩圈内。我小时候常常跟本村的孩子和小学的同学，结伴到蝈笼子玩耍，长大了上京下卫，也常从蝈笼子路过，五十年代下乡挂职深入生活，在蝈笼子蹲过点，从一九五八年到一九七八年，我沦为贱民，回乡务农，每年开春和秋后，都到蝈笼子出外工，挖河、打堤、平整土地。通州境内的蝈笼子这一块，到处都留下我的脚印，几个村都有我的熟人。我的许多小说中的不少人物，生活原型便来自蝈笼子。只因我三十多年创作生涯形成了惯性和惰性，写小运河滩的时候多，写大运河滩的时候少。

开采要广，开掘要深。我不能老是封闭在自己那个生身之地的小村守株待兔，张嘴等吃天上掉下来的馅饼，树上落下来的果子。于是，我也实行对外开放，走出小运河滩，进入大运河滩，把蝈笼子划为我的乡土小说的创作领地。并且，向有关方面申请专利，把通州境内的蝈笼子这一块承包下来，写一部反映解放前的蝈笼子风土人情的长篇小说。

一道篱笆两根柱，多大的能人一个巴掌也拍不响。写小说虽不像开采石油金矿，发掘秦冢汉墓，但是有个帮手出个主意，提个醒儿，比一个人戴着捂眼转磨，少走好多瞎道。我过去写的那些小说，十之七八都曾有田夫、野老、乡女、村妇当我的点传师。这一回，我对外开放，更得摸着石头过河，找个向导带路，走一步看一步，步步脚正鞋不歪，身正影不斜，免得刚愎自用，一意孤行，骑着瞎马撞南墙；撞倒了南墙还不回头，那就难免夜半临深池，一失足成千古恨了。

谢天谢地，六十年代北京大学出身的中年地方志学者徐芝罘，主动找上门来，自愿免费充当我这部长篇小说的创作顾问，还替我找了个老八路交通员老虎跳大伯当我的引路人，在蝈笼子走村串户，可以畅通无阻，访古问今更是活档案。

徐芝罘自幼在蝈笼子串百家门，睡百家炕，吃百家饭，有所见过目不忘，有所闻过耳不忘，对蝈笼子的村村户户了如指掌。

他早就知道我这个乡亲大哥的恶名，我后来也听说这位乡亲老弟不同凡响，两人虽有同乡之谊，又心向往之，但是由于众所周知的原因，多年并无交往。我念的是通州模范小学、潞河中学和北京大学，他念书的三部曲也是在这三所学校，只因他比我小几岁，我出校门他进校门，虽是接踵而至，却无一面之缘。我们的交情是最近几年才建立的。一见如故，相见恨晚，却也不常见面，但是两心相通，也就有如形影不离。他人过四十，我年将半百，两个饱经风霜的人交朋友，对于友情已经不愿热加工，而是听其自然地冷处理。我佩服他的学问和人品，更佩服他自甘寂寞，埋头钻一个冷门，写出有关北运河的地理、历史、民俗、口头传说和社会调查的百万字专著。虽然没有一家出版社肯赔本出版他这部著作，但是我敢断定，有朝一日，它的价值会不下于郦道元的《水经注》。是的，拭目以待，必有公论。

徐芝罘和老虎跳情同父子。他又亲自出马，陪同我登门拜望老虎跳，当面求教。

我久仰老虎跳的大名，五十年代我到蝈笼子，也曾跟他见过两面。不过，当时他的名声不好，不但不配充当小说中的贫雇农艺术典型，而且也算不上正面人物，写他是要犯忌的，我也就没有进一步接近他。他的名声怎么不好呢？我记得一个好像是带头闹退社，一个是经常打架骂人，还有一个是采花成癖。五十年代他已经五十大几，不少二十多岁花枝似的小媳妇儿，却纷纷自动送货上门。但是，就在当时，也只有前两项罪名可以坐实，后一项罪名只不过是流言蜚语。他的名声不好却有好人缘儿，当地的男女老少都承认，他是种瓜把式里的高手，泥腿子里的能人，武艺高强而不欺软怕硬。抱打不平，仗义疏财，主持公道，更是有口皆碑。至于传说中的勾引女人，也没有一个人说他坏过谁家的黄花闺女；自动送货上门的二十多岁的花枝似的小媳妇儿，捕风捉影或有其事，真名实姓却难以查证。

已经八十二岁的老虎跳，在旧蝈笼子的一片废墟上，新开一座柳枝糊泥巴搭起的鸡毛小店，自称是八十年代新蝈笼子第一家。

我不想工笔描绘老人魁梧的形体和音容笑貌，只拣一个小小的细节写一句，便可见老人身子骨儿之强壮了。

我被徐芝罘带到老人面前时，他正坐在鸡毛小店前脸的豆棚瓜架下，“咯崩崩”嚼铁蚕豆解闷儿。

徐芝罘把我交给老人，喝了两碗水，便匆匆离去。他有他的为难之处。老虎跳是他的父辈，爷儿俩从无戏言；有些碍口的话，老虎跳当着他的面，不便说给我听。而且，老虎跳的一生，他最了解，没有再听一遍的兴致，更怕勾起伤心事。老虎跳当年带头闹退社坐牢，打架骂人挨整，有关方面早已给他平反。只有勾引女人一项，真真假假，虚虚实实，似是而非，无中生有，也没有受过处分，有关方面当然不能为他改正。我向徐芝罘询问老人这方面的问题，徐芝罘郑重声明：老人平生只跟两个女人有瓜葛，其中一人仍然健在，随时准备跟老人搭伙做伴；老人沉吟至今，还没有点头，反倒是徐芝罘劝说老人年过八十再做新郎。

这都令人感到稀奇古怪，也就更引起我刨根问底的兴趣。

正是三伏连阴天，毛毛雨下个不停，小店生意清淡，主人清闲。豆棚瓜架雨如丝，老虎跳闲来无事，乐得跟我讲古论今。我这才改弦更张，大处着眼，小处落墨，于是写蝈笼子便从徐芝罘和老虎跳身上展开。

2

小家碧玉的温榆河，儿马蛋子的箭杆河，在通州城东北角合二为一，南下天津卫，二百八十里，便是大名鼎鼎的北运河。一路上九曲十环二十八道弯儿，忽然一头撞在几大堆翠柳白沙高岗上，河身拐了个弓背，就像伸出双手搂住一大片河滩，便是蝈笼子在通州境内这一块。河滩上的河汊子七出八进，好似一条青藤百道绿蔓儿，沿河大大小小的村落，又像满天星的早花西瓜。大村二三百户，小村四五十家，徐芝罘那生身之地柳湾村，是小中之小：三十六座门楼，七十二个户头，一百零八个灶台。坐落在翠柳白沙高岗外，紧傍着河边，弓背的一角。

每个村子的来历，都是口头相传。一传十，十传百，百传千，千传万，一代又一代；每过一人之口，每一代承上启下，都有所增删润色，艺术加工。所以，村史并非信史，不可不信，也不可全信，应该归于野史稗闻，或民间口头文学范畴。相传柳湾村本是清朝初年跑马圈占的旗地，主人是正黄旗的皇室旁支，可能是多尔衮王爷的一个庶出儿子，名叫如意，又叫如意带子。这块河滩地被圈占以后，并没有开垦种田，只是每年入伏，青草长得一人高，有个姓刘的马夫，牵着如意带子的几匹走马，到这里放牧吃青。姓刘的马夫搭一座窝棚，住到草枯树黄的深秋时节，便牵着膘肥腿壮的走马回北京了。过了几年，如意带子的一个爱妾所生的女儿出嫁，这块河滩地当成妆奁，算是这位千金小姐的胭粉地。姓刘的马夫不放马了，找来他的两位把兄弟，一个姓徐，一个姓田，给这位如意带子的千金小姐垦荒熟地，种的是五谷杂粮，栽的是瓜果梨桃；每年的收入，便是千金小姐搽胭脂抹粉的费用。后来，三个人娶妻生子，于是便三家成村了。姓刘的娶的是杨氏，姓徐的娶的是金氏，姓田的娶的是唐氏。三家的亲友，外来的移民，三五成群，四面八方，越聚越多，小村一天天大起来。

这个弹丸小村，静悄悄躲在牛犄角湾的密密层层的树棵子地里，小得不起眼儿，很不引人注目。三百多年，没有发生过惊天动地的大事。只是有一桩逸闻，不知是真是假，也找不到史料做证，但是不写出来怪可惜的。那就姑妄言之，在田园牧歌的情调上，渲染一层传奇的色彩。

读过公案小说《彭公案》的人都知道，三百年前的康熙年间，彭朋被钦点知县，到京东三河县上任。他家住在北京城内东单牌楼头条胡同，选个黄道吉日，出齐化门，在东大桥下的通惠河渡口坐船，顺流而下直到通州东关码头，进入北运河更是一帆风顺，从通州正南的张家湾镇铁锚寺上岸，然后抄近走旱路，又从柳湾村和鸡笼店之间的小龙门渡口过河。那时候的县治，跟现在不同，小龙门渡口以东五里，便是通州和三河县的交界。眼下两县的县界向东移出十几里，以潮白河画线了。彭朋从小龙门渡口路过，是因为过河不到一会儿，便走进三河县境，一路上可以察访民情。《彭公案》前二十一回所写的故事，都出自北运河和潮白河之间，被歪曲真相记录下来。

当时，北运河沿岸的大小村落，都有会武艺的人。柳湾村的人练的是长枪短刀，强弩袖箭，飞檐走壁，软硬功夫。彭朋带着一个跟班，四名护卫，过河之后正想穿过柳湾村的沙岗，突然从柳棵子地里跳出三条好汉，拦截他们的去路。两下刚一交手，彭朋的跟班和一名护卫便拨马回头，一溜烟逃走了。三条好汉不想因小失大，丢下西瓜捡芝麻，并不追赶。两个人跟留下的那三名护卫厮杀，一个人把彭朋从马上扯下来，刀搁在彭朋脖子上。彭朋鬼叫连天，喊道："好汉爷饶命！我不是彭大人。"好汉收住刀，问道："你头戴乌纱帽，身穿大红袍，还想耍赖？"这个彭朋撩起衣襟儿，说："好汉爷赏眼，我的身上没有官印，本来是个跟班的；彭大人跟我换穿了衣裳，带官印早跑了。"三位好汉这才知道上了当，又钻进柳棵子地不见了。彭朋呈报通州知州，到柳湾村搜捕那三位好汉。大人小孩，不分男女，三堂会审，过了筛子又过箩，也没有问出个究竟。最后，人人按上手印画了押，担保路劫行刺的三名逃犯不是柳湾村的人。如果有朝一日查出真赃实据，凶手正是本村村民，那就要家家连坐，每户出一人杀头。《彭公案》只写彭朋过五关斩六将，不写他的走麦城，这个故事也就不见诸文字经传了。

三百年后，徐芝罘五岁那年，听刘家老虎跳大伯说起这个故事。他说，刺杀彭朋的三位好汉，正是姓刘的马夫和他的徐、田二兄弟，原来他们本是李闯王的部下。老虎跳藏头露尾，徐芝罘偏要打破砂锅问到底，就问他的曾祖母是不是果真如此。他的曾祖母那年八十三岁，吓得慌忙捂住他的嘴，只怕走漏风声，官府下来杀人。老人家虽然知道已经改朝换代，却不懂这二者之间的区别。本来民国是新瓶装旧酒，换汤不换药，也难怪老人家愚昧无知。后来，徐芝罘上北京大学，钻研地方志这门学问，读已故历史学家谢国桢先生的《明末清初农民起义史料》一书，才知道老虎跳大伯所说的故事并非空口无凭。一六四四年李自成的大顺军仓促退出北京，混乱中流散走失的小股人马，加入京东农民抗清武装。三河县农民抗清武装女首领红衣张茂，手下人马三五千，纵横驰骋京东八个县。张茂病死，群龙无首，清军围剿，农民抗清武装化整为零，蛰伏绿林，待机而动。彭朋出任三河知县，就是为了严查密访，各个击破。

徐芝罘的曾祖母，是刘家的姑娘，田家的干闺女，一人跨柳湾村的三家老姓。

曾祖父自幼给邻村鸡笼店的皇粮庄头家放牛，长大扛长工，拜刘大把式为师。刘大把式不但会赶车，而且有一身好武艺，曾祖父都学到了手；刘大把式又把女儿许配他，便是徐芝罘的曾祖母。曾祖父给财主家赶车，也给牲口贩子到口外赶马，还在大河的运货船上掌舵。年过四十，又到北京的大宅门赶轿车，服侍的是一位两榜进士，当过翰林院正字，国子监司业，御书房行走，写一块匾的润资，顶得上十亩良田的收成。曾祖父一干八年，积攒了几两银子，就想回家买地。正巧，那一年北运河大涝，河床打了个滚儿，柳湾村村外闪出一块浅滩，三四十亩；这是官田，他就到河防局买下来。为了种地方便，曾祖父带领全家老小，搬到村外河边，挖土脱坯，柳条编篱，两年盖起了三间北房和三间东厢房，还有牛棚、猪圈、羊栏和鸡窝。曾祖父一心想发家，大冬天凿开冰窟窿，下水捉鱼，卖个大价。寒风刺骨，冰碴子割肉，一条热身子着了凉，来不及医治就死了。

曾祖父死后，曾祖母支撑门户。

曾祖母虽是个妇道人家，两只肩膀却扛得住塌下的天。起五更爬半夜，一颗汗珠子落地砸一个坑儿，一年四季从早到晚不知道喘口气，只为一窝八口能吃上糠菜半年粮。丈夫死后几年，又披麻戴孝地丧了公婆，接连办白事。最伤心的是老年丧子，曾祖母亲手埋葬了儿子和儿媳。老人家却像一棵雷殛不倒、火烧不死的大树。把孙子拉扯大，给孙子成了家。苦命人寿长，老人家七十八岁见到四辈人，闰二月初七酉时，徐芝罘出生在东厢房北屋的小炕上。

生下来是个假死，曾祖母大费手脚，摆弄了一顿饭的工夫，他才呱呱哭出来。老人家认定他难以长大，生怕阎王爷把他叫走，要给他取个不起眼儿的奶名。闰二月倒挂春寒，天气比数九隆冬还冷，有个逃荒的山东侉子，带着个大肚子媳妇从门外路过，那媳妇又冷又饿，肚子又疼，倒在路边残雪上哭爹叫娘。曾祖母的筋骨硬得像紫檀架子，一颗心却软得像豆腐，急忙把大肚子媳妇抱进家来，放在热炕头上，熬一锅小米粥叫她喝下去暖身子。当晚，山东侉子的媳妇生下个小丫头。曾祖母一边接生，一边想出个偷梁换柱之计。这个山东侉子是芝罘湾周村的人，老人家却给他的小丫头起名叫柳哥儿，同时给自己的曾孙起名叫芝罘儿，在判官老爷的生死簿上倒填户口。插上门闩，还得挂锁，黄柏的水筲勒上双道铁箍，才叫保险。老人家又叮咛山东侉子，给这个起名叫柳哥儿的小丫头女扮男装，下一胎保定是个儿子，山东侉子鸡啄米似的连连点头，言听计从。老人家糊弄了判官老爷，又哄骗了山东侉子，自己却暗中给重孙子芝罘儿男扮女装，倒填户口而又颠倒乾坤。

芝罘儿男扮女装直到上小学，剃头匠给他刮个光葫芦头，才恢复本来面目。

曾祖母粗手大脚，没有缠过足，眉眼一副男相，走路两脚生风，嗓门浑厚而又雄沉，老虎音。听说她会赶车、扶犁、轧场、耪地、脱坯、抹房，麦收时节打短工，没有哪个财主家的领青打头的敢跟她比个高低上下。不过，曾祖母的当年勇，芝罘儿只是耳闻，并没有眼见。他亲眼见到的曾祖母，已经是树老焦梢人老猫腰了，只会收生、接骨、看红伤。扭了腰，断了腿，曾祖母手到病除；一趟合槽，两趟平整，难得有来三趟的。可是，二三十岁的硬汉子，只要曾祖母一沾手，疼得喊天叫地，软得像一摊稀泥，任凭曾祖母揉圆了，搓扁了。看曾祖母给人治病，芝罘儿就想起铁匠铺的大师傅，给骡马上桩钉掌。妙手回春，曾祖母却分文不取；有人送礼，不但不收，还要赔茶垫饭，招待送礼的人。送礼的人过意不去，跪在门前不走，曾祖母便一把抓住他的脖领子，拎起来搡出一丈八尺远，笑骂道："你小子要是有人心的，就到那观音大士面前敬一炷高香，太上老君面前点两盏长明灯，求神佛保佑我们芝罘儿长命百岁。"送礼的人叩着响头，连声答应。曾祖母又从荷包里摸出两个铜板，说："还得有劳你的大驾，到魁星楼替我们芝罘儿献上一盘果品，我们芝罘儿长大要考秀才，中进士哩！"送礼的人爬起身来，撒腿就跑，一边跑一边回头喊道："老人家，留着那两个铜板给芝罘儿买糖吃，我还要买一套文房四宝，替芝罘儿到圣人庙上供！"

就是曾祖母那一双长满老茧的皴皮大手，把芝罘儿打扮得小戏子似的。

芝罘儿一出百日就留头，刚过周岁梳起了抓髻，三岁又扎了一只耳朵眼儿，这是为了遮掩阎王爷的耳目，冒充小丫头儿，以假乱真。但是，耳朵眼儿只能扎一只，扎两只就破了男儿相，反倒不吉利了。芝罘儿穿的衣裳，都是曾祖母沿门挨户找来的碎布头儿，要一百家一百块，曾祖母一针一线缝起来，花花绿绿的，五光十色。脖子上挂的不是长命锁，而是一只避邪的小葫芦儿。避邪的小葫芦儿是邻村庙里的一大法宝，要花上十块银圆的香火费，才能请到手。脖子上挂着避邪小葫芦儿的孩子，都是有钱人家的娇哥儿。只因当家的和尚黑夜跳墙跟相好的女人幽会，跌断了一条腿，曾祖母给他接了骨，他才免费赠送，还口中念念有词，给芝罘儿挂在脖子上。

早起，坐在门口大槐树下，曾祖母给芝罘儿梳头洗脸。老人家坐在高粱叶子拧成的高高的蒲团上，芝罘儿跟曾祖母脸对脸，坐一只龙须木墩儿。曾祖母先给他洗净了头面，抓髻上系紧了红头绳儿。然后，手端着一只反扣的饭碗，碗座里是研得不稀不稠的凤仙花汁，再拿一根剥了皮的高粱秆瓤子，蘸上凤仙花汁点在他的双眉之间，就像大年三十蒸白馒头点红点儿，这叫抬头见喜，最后，曾祖母把凤仙花汁倒在手心上，给芝罘儿点红嘴唇，拍红脸蛋儿。左瞧瞧，右看看，笑眯着眼睛说："马王爷有三只眼，也看不出你是个小小子儿，玩去吧！"

芝罘儿便像出笼的小山雀子，眨眼不见，不到吃晌午饭不回家。

有一天，曾祖母给他梳妆打扮以后，叮嘱他就在大槐树下玩耍，便回屋去了。他在大槐树下玩了一会儿翻筋斗，又玩了一会儿竖蜻蜓，冷冷清清的闷得慌，便偷偷溜走，找唐家的大姐儿，到河边摸螃蟹。晌午大歪了，也不见曾祖母站在村口，喊叫他回家吃饭，直到肚子里咕噜噜响得像打鼓，他才想起回家吃饽饽。谁想，一进家门，就听见他爹号啕大哭。他进屋一看，曾祖母躺在炕上，换上一身前几天浆洗的棉裤棉袄，已经停止了呼吸，却留下一张慈眉善目的笑脸儿。

也许，曾祖母早就知道自己的寿数到头了，才不许芝罘儿离开家门口，打算临死之前把他叫到身边，给他留下几句遗嘱。芝罘儿双膝跪倒在炕沿下，呼天喊地叫着："老祖宗，您睁一睁眼，看一看我呀！"曾祖母的眼角淌下两颗慈心泪儿，长眠不醒了。

曾祖母长眠在他家那河滩地的沙岗上，那是一道龙脉；一棵浓荫如伞的老桑树，笼罩着老人家的阴宅。

3

芝罘儿的爹，名叫徐老莲，文不能提笔写字，武不能挥刀御敌，应名儿是个画匠，三年开不了一回张。回家耕种那几十亩河滩地，又一不用心，二不出力，老奶奶亲自上阵，他才不得不伸一伸懒腰，却不见淌下一颗汗珠子。

五尺五的大高个儿，喝二两酒脸上挂了红，不用勾脸，穿上关公的行头，能唱温酒斩华雄，月下戏貂蝉。只是蔫头耷脑，一副睡眼惺忪的神态，窝窝囊囊的样子，跟叱咤风云的关云长相差十万八千里。不过，关老爷也是从不用眼睛看人，丹凤眼一瞪就要动刀兵；也许逼得徐老莲忍无可忍，那就蔫人出豹子了。

徐老莲的这个脾性，先天遗传的少，后天造成的多。一怪老奶奶和他的老爹爹要改变门风，二怪他那位教私塾的盟叔老田先生，偏要造就他熟读诗书，精通文墨，仕途上进取。

这位老田先生，是李白《嘲鲁儒》一诗中所讽刺的人物："鲁叟谈五经，白发死章句，问以经济策，茫如坠烟雾。"一无自知之明；二少识人之智，他把孔圣人的书背得滚瓜烂熟，单单忘记了"因材施教"这句话。诗、书、礼、乐、御、射，徐老莲都不够材料儿。农家子弟，土生野长，最适合的还是学稼，学圃；种西瓜本是他家祖传，耕、耩、锄、耪也是门里出身，倘若老田先生不谬存奢望，让他安心种瓜，定能种出斗大的西瓜。

徐老莲七岁念书，一直念了八年，本应该"十五而知学"，他却念够了。十五岁的翅膀硬起来，飞出私塾的牢笼，不知去向。

那时候，乡村的私塾分三等，十年寒窗也分三个阶段。初等阶段只教《百家姓》《三字经》《千字文》《六言杂字》《论语》《孟子》《大学》《中庸》，塾师只管教识字和句读。中等阶段教的是《论语》《孟子》《大学》《中庸》《左传》《国语》，塾师要说文解字，批讲章句。高等阶段，选读经、史、子、集，以四书五经为主，最重要的课程却是开笔作文，为的是科举应试。能够给学生开笔，教授学生作文的塾师，所得束脩要比只会教识字和句读的塾师高十倍，甚至二十倍。这是因为，十年寒窗，磨穿铁砚，是为求取功名，而考中秀才、举人、进士，只凭一篇代圣人立言的文章。当年教作文的塾师跟今天的语文教员不同，语文教员是天桥的把式——光说不练，只动口而不动手；塾师却要以身作则，示范演出。比如，从四书五经中寻章摘句出个题目，学生每人写一篇，塾师也要写一篇。讲评那天，塾师的文章悬挂在讲台上，必须字字有来历，句句有出处，谋篇、立意、词藻都比学生高明，可供学生师法。如果发现哪个学生的文章已经超过自己，那就赶快请他结业，不可打肿了脸充胖子，丢自己的丑。以上这三个阶段，初等的识字和句读，要看学生的天资，时间可长可短，有一年就能念完的，平常的孩子要念二至三年。中等的说文解字和批讲章句，是学问的基本功，除极个别的天资聪颖过人的学生，可能少念一年，一般的都要把三年念满了。到高等阶段的四年，即便是七步能诗的神童，为了应试得中，也不敢提前结业；家长甚至愿意自己的子弟多学二年，以求十拿九稳。

那么，徐老莲在盟叔的私塾里念了八年，想必已经开笔作文了吧？否！

他这八年，就像狗熊掰棒子，识一个字忘一个字，念完一页忘一页；三本小书往返念了三遍，八个寒来暑往才念到半部《论语》。宋朝的名相赵普说过，半部《论语》可以治天下。无奈徐老莲对这半部《论语》，只识得字却不会写，而且这些字儿一挪地方，离开他念的那本《论语》，另换一本，这些字儿他便十有八九不认得。至于子曰如何，他就不知其所云。一不聋，二不哑，三不呆，四不傻，怎么念书如此之笨呢？人常说：教不严，师之惰。他的盟叔在这八年里，为把他造就成材，打折了三十二块杉木板子，六十四根藤杆子，平均每月打折一块杉木板子或一根藤杆子，可谓严师，却没有打出高徒，原因是此老知人知面不知心。八年时光，徐老莲一直是身在塾房，心在野外，盟叔讲得口干舌燥，声嘶力竭，他都听而不闻。哪怕是左耳进右耳出，也算对得起盟叔的一片苦心，他却是脑瓜子像榆木疙瘩，劈不开凿不透，又像吊挂的秤砣，金槌银棒也敲不响。

他逃出盟叔的私塾，却不敢回家。他爹比燕人张翼德的脾气还要大，不把他活活打死，也得扒下一层皮，割下两条子肉。走投无路，便讨吃要饭，破庙栖身，后来竟拜一位描容画匠为师，闯江湖去了。

石、木、瓦、扎、土、油、漆、彩、画、糊，十种工匠，鲁班都是祖师爷。画匠这一行，却又有各不相同的几路。有专门雕梁画栋的，有专画神鬼兼作泥塑的，有专画年画、影壁的，有专给女人刺绣画花样儿的……其中之一种，手艺最高而又被人当贼防的画匠，就是描容。

古代当然没有照相机，就是到解放前，摄影照相在京东北运河农村也很不普及，更不被老百姓接受。日本鬼子强迫老百姓照相办良民证，老百姓躲的躲，逃的逃，害怕被照相机勾魂摄魄。北运河农村有个传说，西太后每天吃虎骨、龙髓、人参、鹿茸、灵芝草，本来可以像千年王八万年龟，老不死的。可是，庚子年被八国联军打败，要在割地赔款的和约上签字画押，洋鬼子一定要给她照个相，拿回去交给他们的皇上，算作凭证。西太后不敢惹恼洋鬼子，就坐在莲花座上让洋鬼子照相。谁想，照相之后不到一个时辰，硬硬朗朗的西太后一下子就打了蔫儿，花容月貌在一夜之间变得满脸蜘蛛网。嘴也歪了，眼也斜了，抬头纹也开了，背也驼了，腰也弯了，眼也花了，耳也聋了，牙也掉了，失魂落魄，神不守舍，几年光景便骨瘦如柴，一命呜呼，拆下来不够喂一只鹰。所以，民国初年的京东北运河农村，要想给老人留个遗像，四世同堂或五世同堂留个纪念，都找描容画匠画下来，再找裱糊匠裱起来。老人的遗像供在祠堂或神龛里，全家福就挂在正房堂屋。

描容画匠是画匠中的高手，却又在画匠中最遭白眼，那要怪毛延寿败坏了这一行的名誉。汉元帝的宫廷画师毛延寿，心术不正，财狠钱黑；只因王昭君不肯向他行贿，他便将王昭君的国色天香画得平淡无奇，汉元帝这才下令王昭君出塞和番。等到出塞之前，王昭君到金銮宝殿拜别汉元帝，汉元帝看见的是一位天生丽质的绝代佳人，方知上了毛延寿的大当；哑巴吃黄连，有苦说不出，悔之晚矣，只得洒泪而别。毛延寿留下了千古骂名，描容画匠也就受他的株连，世世代代背黑锅。虽然描容画匠后来打出唐朝吴道子的招牌，也仍然不能改变世人早已先入为主的成见。

描容画匠还有一宗手艺，不可缺少，却更被视为下贱，那就是要会画房中百戏图。老年间，青年男女被封建思想桎梏，成亲之前都对两性生活很不开窍。洞房花烛夜的前夕，穷门小户的子女，都是兄嫂口传心授；富贵人家的公子小姐，却不能如此粗野，便购得一套房中百戏的画册，令其心领神会。更有那肉欲贪婪的老爷太太，浪子淫娃，不惜重金，雇用描容画匠在百戏之外更添节目，那就越发伤风败俗了。

世风不古，富贵人家的娇妻美妾，甚至想攀高枝儿的小家碧玉，也偷偷找描容画匠给自己画个肖像，俗话叫画个真影儿，赠与情郎哥，交给媒婆子。于是描容画匠便深入内宅，进入闺房，也就难免发生异性相吸的通奸、诱拐和私奔。如被官府拿住，便要严刑拷打，戴枷游街，站笼示众，折断描容的手指，还要押监坐牢，有的更被私刑处死。

但是，徐老莲所拜的师傅，却是一位行得端、走得正、人品高尚的描容画匠。

这位描容画匠为了洁身自好，竟然烧红了烙铁，毁坏了自己那眉清目秀的面孔，而且四出作艺有妻子相伴。给少妇少女画像，他不入内宅，不进闺房，只打发自己的妻子到内宅和闺房观相。他那个妻子也真是他的贤内助，不但过目不忘，而且言传口述不差分毫，描容画匠也真有惊人之笔，听而不见却画得形似而又神似。因此，这位描容画匠的名声很好，生意兴隆，能够糊口。

话说有一天，是个月光如水的秋夜，这位描容画匠连日多挣了几文钱，割了几斤肉，在一座古庙廊下支起吊锅，燃起文火，撒上葱、姜、蒜和花椒大料炖起来，一家三口打算荤一荤肠子。这时，满面菜色、饥肠辘辘、身穿破衣烂衫的徐老莲走进来。他一见描容画匠一家人正在炖肉，怕人家怀疑他来讨嘴，惹人厌恶，扭头就走。谁知这位描容画匠却非常好客，追出庙门喊他留步，有肉同吃，有酒同喝。徐老莲讨吃要饭，却是一副硬骨头，开口就得给，伸手就敢拿，一不求爷爷，二不告奶奶。遇到那为富不仁，不肯积德行善的人家，放出恶狗，他便撒腿就跑，恶狗欺软怕硬，越跑越追，跑到能避人耳目的背静角落，他便施展自己的武艺，学那武松打虎，闪过恶狗的三扑两咬，抓住恶狗的一条后腿，抡圆了抛上半空，恶狗砸夯一般落了地，七窍出血只剩一口气，他便扛起这条半死不活的恶狗，到集市上的狗肉馆换饽饽吃。讨吃要饭岂有如此横行霸道，于是路子越走越窄，常常饿得肚皮粘在肠子上，肠子又能搓得绳儿。这一天也是从早到晚没开张，水米没打牙，所以描容画匠留客，他也就不想垂涎三尺还硬充汉子，便留下来一饱口福了。

酒足饭饱之后，描容画匠问他是哪一行发财，他也曾学过几套防身的拳脚，便撒了个谎，自称是走江湖耍把式卖艺。描容画匠酒兴正浓，便请他表演几套看看。月白风清，古庙里的桂花树香气弥漫，徐老莲大吃大喝了一顿，酒肉烧得浑身燥热，正想打拳踢腿，消化一下存食。于是，使出全身解数，拿出看家本领，月影下花香中大逞其能；七分花架子，三分真功夫。然而，内行看功夫外行看热闹，描容画匠连声叫好，喊哑了嗓子。

萍水相逢，第二天起早便要各奔东西，徐老莲却双膝跪倒在描容画匠面前，要改行学画。描容画匠想了想，走江湖作艺，常被流氓、地痞、恶棍、歹徒欺侮，有个全身武艺的徒弟保镖，人行千里保平安，便收下了徐老莲。

韩信不忘漂母一饭之恩，徐老莲比韩信更有良心。他跟随描容画匠三年，真是师徒如父子；他没有孝顺过亲爹，却把这一片孝心都扑到了师傅身上。行路挑担，一条扁担两只大筐，筐里不但装着师傅的画具，还装着米面油盐和行囊包裹。遇到破庙住下来，他要拾柴引火，给师娘打杂儿；露宿田野河边，他还得搭起窝棚遮风避雨。师娘是个哮喘病的病秧子，一双三寸金莲的小脚，师傅要背着她走路；徐老莲于心不忍，编两只大号挑筐，把师娘也装进筐里。他从十五岁长到十八岁，就像一条椽子长成了大柁，挑上二三百斤的沉重，一口气走百八十里，扁担从右肩换到左肩，左右倒换而不停步歇歇脚。

三年零一节出师，这是鲁班爷的规矩。前三年师傅并不手把手地传授，全靠徒弟偷眼相看，心领神会，暗中模仿；到最后一节，师傅才教几手，但是也还要留几招儿，怕的是徒弟抢饭碗子。师傅领进门，修行在个人，出师之后能不能打开场子，闯出名气，就全靠自己的努力进取和人缘儿好坏了。徐老莲学画三年，虽不是一窍不通，却真是还没有入门。眼看已是最后一节了，师傅正教他给大美人的裙衩上色，给佛祖圣像的头上画光圈，忽然有一天在路上遇见一个熟人，才知道他爹已经卧病半年，而且病入膏肓，朝不保夕了。亲不过父子，徐老莲孝心发作，大哭失声，扔下即将修成正果的手艺，星夜赶奔蝈笼子，到老爹的床头尽孝。

老爹病得只剩下一身骨柴，躺在瓜园的瓜棚里，紧闭双目，深陷眼窝，紧一口慢一口捯气，一口气上不来就得憋死。徐老莲扑到老爹身上，号啕大哭道："爹呀，儿子回来侍候您老人家来了。"已经双脚踏进阴曹地府的老爹，忽然从瘦骨嶙峋的胸膛里迸发出虎啸一般的吼声，也不知从何而来的神力，将徐老莲掀翻在地，又一跃而起，摘下挂在瓜棚泥壁上的七节钢鞭，一边抽打一边怒骂，徐老莲抱紧脑壳，心甘情愿被老爹毒打。他被打得皮开肉绽，血肉模糊，忽听咕咚一声响，就像坍倒一堵墙，他挣扎着爬过去一看，老爹已经直挺挺地咽气了。

徐老莲悔恨交加，等老爹出了殡，觉得没脸见人，还想投奔师傅，把描容画匠的手艺学个十全，在外边混出个人样儿。老奶奶却要画地为牢，不许他心猿意马，否则断线的风筝飘落何处？他跑惯了江湖，脚已经野了，小村好比鱼缸，小院更像鸟笼子，在家里住上两天，便感到闷得发慌，脚痒难熬。老奶奶把他锁在东厢房，吃、喝、拉、撒、睡都不许出屋，他挖墙脚、跳窗户、钻烟囱，没有一天不想逃跑。可是，他爬出窟窿，跳出窗口，从烟囱里刚钻出半截身子，马上就被他的表哥老虎跳生擒活捉。原来，老奶奶找来老虎跳，趴在房檐上，珍珠倒卷帘，盯住了他的一举一动。他跑不出老虎跳的手心，心灰意懒，便蒙上头睡大觉。每天吃饱了睡，睡醒了吃，浑浑噩噩四十九天，老奶奶打开屋门放他出来，他已经像大脚丫子裹成了菱角笋尖的小脚儿，有心无力跑不动，插上翅膀也飞不了。

老奶奶还不放心，又给他娶了个香河县的小媳妇儿，把他拴在炕头上。

这个香河县的小媳妇儿，便是芝罘儿的生身之母。

4

香河县的小媳妇儿是个小家碧玉，个子很小，生得俊俏，露水珠儿似的眼睛，圆溜溜的脸蛋儿，雪白的牙齿咬着红嘴唇，羞答答而又笑吟吟的一副喜相，像个纸糊彩画的玉女，叽叽喳喳又像一只躲在繁枝密叶中啼叫的柳叶小鸟儿。徐老莲疼爱媳妇，两人下地，一出村口，走进了青纱帐，就把媳妇背在身上，天黑又从地里背回来。徐老莲爱听评书，半夜三更蹑手蹑脚回家，媳妇早等候在墙根下，给他开门。小两口进屋，躺在一只枕头上，徐老莲便将听到的书文，一字一句吹进媳妇耳朵里。邻村唱野台子戏，他等老奶奶睡沉了，给媳妇穿上他的褂子，蓝布包头，让媳妇骑在他的脖子上，悄悄到外村看个饱。老奶奶很不喜欢徐老莲那火上房也不着急的脾气，更恼怒他听评书入迷，看野台子戏上瘾，还到村里的自乐班吹笛子，不像个起家的子弟，指鼻子剜眼骂他，一根擀面杖打断了三截，也难改他这些爱好。正月里串村跑旱船，五月五大河上走灯船，他都把媳妇扛在肩上，隔着篱墙，或是躲在柳棵子地，看得眉开眼笑。但是，有时到外村看跑旱船，却又发现说书艺人正在这个村打场子，便把小媳妇儿送回家，到这个村打短工；站在河边看走灯船，忽然看见野台子戏班搭船跑码头，他便撇下小媳妇儿，给大货船背纤，追赶野台子戏班。老奶奶见他旧习不改，骂他伤气，打他费力，就罚他正晌午跪在火热的阳光下。汗珠子从头上滴滴答答淌下来，淌在滚烫的地皮上，就像淌在烧红的烙铁上，嗞啦啦冒烟。小媳妇儿心疼男人，提来一筲凉水，舀一瓢给他喝，又拧一个手巾给他擦汗，手拿着芭蕉叶扇子给他扇凉。

更有一回，他坐在大树下瞌睡，像老和尚入定。突然，一头牤牛红着眼睛，翘着尾巴跑来，吓得小孩哭大人叫，四散奔逃。那头牤牛见他不肯让路，低下头直冲他撞去，大家喊他快跑，他却一动不动。眼看牛角插进他的胸口，开膛破肚，忽见他纵身一跳，倒骑在牛背上，牤牛又蹦又跳，他却像稳坐钓鱼船，闭着眼睛打盹儿。牤牛蹦跳了一袋烟工夫，软沓沓卧了地。他不但不下牛，反倒打起呼噜。有个胆大的人跑过去，想把他抱下牛背，却只见他的两条腿箍住牛肚子，像是焊在了牛身上。直到他的小媳妇儿赶来，也不打他，也不骂他，伸出小手抓了一下他的胳肢窝，他扑哧一笑，才从牛背上一跃而起。那头牤牛，口吐白沫，喷着鼻子，呜呜哀叫，被他夹断了两根肋骨，爬不起来了。

谁想恩爱夫妻不到头，小媳妇生下芝罘儿，得了血崩症，刚出满月就死了。芝罘儿吃一位干娘的奶活下来，曾祖母把他拉扯大。

大河又打了个滚儿，他家那三四十亩河滩地坍下大河，只剩下一块二三亩的坟地。徐老莲靠种瓜、打鱼、摆船为生。曾祖母死了，他就把芝罘儿带到渡口，打发儿子在坟地看瓜，背靠着坟地里那棵老桑树。芝罘儿在瓜熟之前，爬到树上摘桑葚儿吃，喜鹊也爱啄食桑葚儿，不怕他这个拳头大的小孩儿，他骑着树杈，喜鹊落在树梢，一边啄着桑葚儿一边喳喳叫，像是喧宾夺主，要把他撵下树去。瓜熟时节，刺猬偷嘴，他捉住几只刺猬，并不杀害，只给刺猬喝腌菜的咸汤，便放了生。腌菜的咸汤齁嗓子，夜晚刺猬咳嗽得像小老头儿，还没有爬进瓜田，就被发觉了。

徐老莲怕儿子吃亏，不想娶填房；也有几个不三不四的女人勾搭他，他觉得对不起死去的小媳妇儿，收住了脚步，守住了本分。在渡口的柳荫下，月光下的大船上，瓜田的窝棚里，他把自幼听过的评书，倒给了儿子，也倒给过往行人。儿子睡着了，听书的人也散了，他感到孤单冷落，就炖鱼喝酒，醉倒大睡。

大船摆渡人马车辆，往返大河两岸，或是撒网捕鱼，串村卖瓜，徐老莲都不能把儿子拴在腰带上。芝罘儿吃饱了便沿河野跑，跟他搭伴的是干娘家的唐大姐儿。

芝罘儿的干娘唐徐氏，嫁了个不走正路的男人。这个男人是一条人蛆，全靠出卖自己的亲生儿女，吃、喝、嫖、赌、抽白面。他每隔两年跟唐徐氏生一个孩子，有的刚出满月就卖，有的两三个月就卖，后来更像卖青苗，唐徐氏刚怀孕，就早有了买主儿。直到这个家伙跟一伙拍花子的匪类出外跑瞎道，肉包子打狗一去没回头，唐徐氏才留下大姐儿这块亲骨肉。男等三月，女守三年，三年之后唐徐氏才改嫁本村一个磨豆腐的当填房。那人的前妻撇下众多儿女，只肯养活一张嘴，不愿桌上多添两双筷子，唐徐氏只得一个人嫁过去，把女儿交给扛长工的娘家兄弟老龙套子。

老龙套子在财主家扛长工，一年四季住在财主家的长工棚子里。他房无一间，地无一垄，唐大姐儿一直串乡亲家的房檐儿，到左邻右舍、前街后巷的大娘、大婶、大嫂、大姐屋里借炕。全村转了一圈，住了个遍，最后还是芝罘儿的曾祖母大发恻隐之心，收留了她，才算有个几年不动的窝儿。唐徐氏嫁给磨豆腐的，仍然是两年生一个孩子，所以芝罘儿才能借吃她的奶长大。

唐大姐儿比芝罘儿大几岁，已经一个人过日子。扛长工的舅舅老龙套子常年不回家，每年扔给她一石五斗粮食就不管了。她的娘虽然就在本村，娘儿俩天天见面，她却是倔脾气犟性子，饿死不进她娘的门，碰见那个磨豆腐的后爹，扭过脸儿看也不看一眼。芝罘儿的曾祖母死后，她仍然住在芝罘儿家里，自己打水，自己磨面，自己拾柴，自己做饭。她喂养几只鸡、一只山羊、一口猪，天天挎一只柳篮，到河边剜猪菜，芝罘儿陪伴她一边剜菜一边玩耍，不知不觉走出几里地。

一天下大雾，浓雾像鬼打墙，三步之外看不见人，走熟路也能迷失方向。他俩不知走出多远，分不出东西南北，就在一个河湾子的岸坡上坐下来，吃着甜芦根说话。这时，大雾弥漫的河面上，响起咿咿呀呀的桨声。运河上，每天大船小舟如穿梭，他们一点儿也不感到奇怪。

忽然，小船在岸边抛了锚，跳下两个人，走上河坡，是一男一女。

那男的三十多岁，尖嘴猴腮，贼眉鼠眼，满嘴歪七扭八的黑牙，一看就知道是个大烟鬼。他下身穿一条灯笼裤，脚下是抓地虎快靴，上身的黑绸小褂解开扣子，露出胸窝上的一簇黑毛。那个女的四十挂零儿，胖得像一篓油，黑脸上搽着铜钱厚的官粉，穿红挂绿更像母夜叉。

“小孩儿！”母夜叉捏着嗓子，皮笑肉不笑地问道，“听说这边村镇上唱野台子戏，哪个渡口拴船？”

芝罘儿胆大，不怕生人，笑嘻嘻答道：“上边有个小龙门渡口。”

“我们是外乡人，你们上船带个路吧！”大烟鬼掏出两块糖，“先吃块糖甜甜嘴，带到那个拴船的渡口还要多给赏钱。”

“我不要赏钱，只想搭您的船听戏。”芝罘儿扔下唐大姐儿，就要下坡上船。

“别去！”唐大姐儿心眼多，一把扯住了芝罘儿的胳臂，“咱们这边没有哪个村唱戏。”

芝罘儿收住脚，回头一看，唐大姐儿冲他挤眼努嘴儿，他恍然大悟，失声叫出来：“哎呀，你们是拍花子的！”

那个母夜叉一见露出了马脚，恶狠狠一巴掌打得唐大姐儿松了手，黄鼠狼叼鸡似的牵着芝罘儿下坡。唐大姐儿刚喊一声：“救人！”大烟鬼捂住她的嘴，夹起就走。

当年北运河上，有两路人贩子。走明路的花言巧语，贱价骗买穷门小户的大姑娘小媳妇，卖到天津卫当妓女、丫头和上炕小老妈儿；走暗路的专门诱拐童男童女，卖给马戏班和暗门子，长大以后卖艺卖身，这一路人贩子又叫拍花子的。芝罘儿和唐大姐儿正是被拍花子的诱拐，运送到天津卫转卖。刚才大烟鬼掏出的两块糖里，掺和着蒙汗药，吃下去一会儿的工夫便昏迷不醒。

他俩被捆成两只粽子，嘴里堵住烂棉花团子，扔进小船的鸡笼舱里。大烟鬼打桨，母夜叉扳舵，沿河而下。

拍花子小船贼溜溜划出七八里，拐过一道河湾，穿过葫芦口，便离开了通州地界，一路通行无阻，直放天津卫了。

想不到葫芦口的河面上，横着一只小划子，小划子上站立着一个顶天立地的汉子。他赤身裸体只裹一道围腰，挎一口刀，背一张弓，大雾中一声断喝：“站住！”像一声雷，炸开一片雾。

“哎呀！拦路虎。”大烟鬼惊叫一声，脸儿焦黄了。

“沉住气！”母夜叉低声喝道，“咬定牙关，面不更色。”

小划子跟上拍花子小船，挎刀背弓的汉子问道："船上有没有拐带大男小女？"

"大爷您是火眼金睛。"大烟鬼点头哈腰，"您看这吃水，水上漂的一只空船。"

"揭开舱帘！"母夜叉给他丢了个眼色，"请大爷过目。"

大烟鬼把舱帘挑起来，嬉笑道："赶集买了两只猪崽儿。"

被捆成粽子的唐大姐儿和芝罘儿，眼前一亮，雾气中只见小划上那恍恍惚惚的身影，听声看影儿都像老虎跳大伯。他俩想要喊叫，堵住的嘴只能吭吭哧哧，唐大姐儿悄悄踢了芝罘儿一脚，两人便在船舱里打起滚儿，小船也就东摇西晃起来。

"这两只猪崽儿真淘气！"母夜叉一边假笑，一边急瞪大烟鬼一眼，"一公一母都不过拳头大，就骚情得闹圈子。"

大烟鬼慌忙落下舱帘，说："大爷已经过目，那就闪开水道，放我们过去吧！"

"慢！"老虎跳从小划子上向拍花子的小船跳过来，"我要进舱看看。"

大烟鬼图穷而匕首见，他从腰带上拔出匕首还没有投过去，老虎跳早端端正正踢了他个窝心脚。这一脚能把一头牤牛踢躺，踢在大烟鬼的胸口，大烟鬼连喷了几口污血，一头栽下船，漂到葫芦口便被旋涡吞进去。

"杀人啦！"母夜叉鬼叫连天。

老虎跳张开大手，抓住她的头发，像把一条癞狗扔下河，转眼便葬身鱼腹了。

他给芝罘儿和唐大姐儿解开绳子，芝罘儿扑到他的怀里大哭：“大伯，把您的武艺传授给我吧！我陪大姐儿剜菜就不怕拍花子的了。”

“大伯这条路你别走，你还是上学念书作文章。”老虎跳一只手扳舵，一只手抚摸芝罘儿的脑瓜，“我要找你那个比死人只多半口气的蔫爹算账。”

把芝罘儿送回柳湾村和鸡笼店之间的渡口，徐老莲千恩万谢给老虎跳下跪，又吆喝儿子：“给你大伯叩头，长大了要报答你大伯的救命之恩。”

“老莲，芝罘儿是你家的命根子！”老虎跳粗脖子红脸，瞪圆眼睛大叫，“你不把他放在心上，万一有个三长两短，怎么对得起我家老姑奶奶？”

老虎跳的老姑奶奶便是芝罘儿的曾祖母。

5

老虎跳武艺高强，有一身绝技，他的绝技一半来自家传，一半得自师傅。

他的老爹，是义和团的大师兄，进过北京烧西什库的天主教堂。庚子年，他带领几百弟兄，在北运河上，跟八国联军打过硬仗。老辈子的人亲眼见过，他的身上刀枪不入；洋鬼子的毛瑟枪打在他身上，叮叮当当响得像敲锣，全身迸溅火星子，却伤不了他一根汗毛，不留一个白点儿。一夫当关，万夫莫开。洋鬼子不打倒老虎跳的老爹，就别想从北运河上长驱直入，攻破通州，进占北京。十八匹高头大马拉来一门过山炮，每颗炮弹都有碌碡大小，瞄准了老虎跳的老爹的心口窝儿，连发三颗炮弹，天崩地裂，才打得他吐出一口血。这一口血吐尽了他的元气，从那以后他就闷着头种西瓜，不再出头露面了。

炮火连天中老虎跳在青纱帐里呱呱坠地，哭一声像响一个雷。喜三那天，他娘因产后失血，风餐露宿，又下了一场瓢泼大雨，死在了青纱帐中的坟圈子里。老虎跳却命硬，刀子风和鞭杆子雨都没能夺走他的小命儿；姑奶奶抱着他，找那些也在坟圈子里逃难的大娘和大婶，给他喂奶。他爹认定他克死了亲娘，是个天生的逆子，想把他扔下大河，免除后患。姑奶奶是他爹的亲姑母，只怕娘家断了根，又从他爹手中把他抢救出来。他在姑奶奶家长到七八岁，直到表弟徐老莲落生，姑奶奶才把他送回老爹膝下。老爹找来八九位相面的和算命的先生，这些人有的会看麻衣神相，有的懂六爻八卦，有的最能批生辰八字，大家异口同声咬定，老虎跳是吉星高照，命相主贵，官运亨通，福寿双全。他爹哈哈大笑，奉送卦礼，拿起一把大扫帚，把这些满嘴跑舌头的家伙扫地出门。原来，他是正话反听，相面和算命的先生越是对老虎跳赞不绝口，他越是认定此子命小福薄，凶多吉少，便把老虎跳舍到京西潭柘寺当小沙弥。

他的师父是个半路出家的花和尚，原是唱短打武生的戏子，能在台上连踢七十二个飞脚，拧一百零八个旋子，扮演采花淫贼花蝴蝶，身背一个小旦，三张高桌一跃而上。他和杨翠喜同台演戏，共和班挂双头牌。杨翠喜是清末民初的京戏坤伶，也是京戏有史以来的头一位女演员，红极一时。杨翠喜是通州人，一八八九年生，穷门小户出身，十二岁随父母到天津卫，洗衣缝穷为生，每天的收入不够全家吃半饱儿，父母便将她卖给人贩子，换一笔钱开个小作坊。她被几番转卖，落到一个姓杨的手里，姓杨的本是个做暗门子生意的老鸨子，原想把翠喜喂上一年油水，圆一圆脸蛋儿，长一长个子，就开张接客。恰巧这时，她家隔壁，住上一个挑班唱戏的短打武生，每月能挣几百块大洋。短打武生的老爹，是个戏包袱，替儿子管事，也收徒教戏。老鸨子一想，翠喜学会了唱戏比皮肉生涯更有利可图，便亲自出面，勾搭那个老戏包袱跟她相好，翠喜也就拜老戏包袱做干爹。干爹教干女儿学戏不收分文，一年时光学会几出花旦小戏，登台演出竟一举成名。当时，戏班里唱旦的都是男戏子，不管扮相如何千娇百媚，做工如何活灵活现，演唱如何莺啼燕啭，毕竟不过是假凤虚凰而已。忽然有个货真价实的妙龄女子粉墨登场，色艺合一，即便扮相、做工和演唱都比男旦逊色得多，但物以稀为贵，心里美萝卜赛过梨。更何况杨翠喜人面桃花，体态风流，眉能传情，目能达意，还有一条好嗓子。她十四岁在天津卫崭露头角，边学边唱；十六岁跟随短打武生到东三省跑码头，唱一出红一出，演一场满一场，脚踩莲花，步步登高，到哈尔滨更红得发紫，与短打武生平起平坐，挂双头牌了。戏班里的孩子，演的，唱的，听的，见的，天天离不了男女私情故事，比一般的少男少女早熟三春。杨翠喜不但暗中跟短打武生私订终身，而且逃过老鸨子的一双锥子眼，已经以身相许。老鸨子发觉此事，跟老戏包袱吵了个天塌地陷，又买动官府，给短打武生安上个奸骗处女的罪名，蹲了笆篱子，也就是下了大牢。然后，她带着这棵摇钱树，返回天津卫，自己拴班，结交了富商王某和道台段芝贵，身价百倍，名噪津门。杨翠喜十八那年，身任农工部尚书的小庆亲王到天津卫，善于逢迎拍马的段芝贵为小庆亲王办寿，招杨翠喜唱堂会，小庆亲王一眼就看中了杨翠喜，当晚留下侍寝。段芝贵已经敬献十万两银子做寿礼，又连忙再花一万二千两银子买下杨翠喜，送给小庆亲王做妾。小庆亲王回京，在他爹老庆亲王耳边替段芝贵美言几句。老庆亲王是西太后的亲信宠臣，在太后老佛爷耳边一阵嘀咕，段芝贵便从四品道台一下子当上二品署理黑龙江巡抚。当时，光绪皇帝虽然已被囚禁瀛台，但是西太后迫于时势，不得不在内阁和御史中容纳几个新党人士。庆亲王父子是旧党中坚，这些新党人士便趁机弹劾老庆亲王包庇孽子，受贿卖官，纳歌伎为妾。一桩司空见惯的桃色事件，引起一场争权夺利的朋党之争，朝野喧哗，轰动全国。最后，西太后裁定，小庆亲王辞职，段芝贵免职，新党人士撤职，才算暂时平息了这场乱子。杨翠喜离开小庆亲王府，被天津卫那位富商王某接到家中，此后便销声匿迹了。

两年笆篱子蹲坏了短打武生的嗓子，有字无声，有声无字，胡琴拉完了过门，不是荒腔走板，就是干张嘴唱不成句。他只得改了行，撂地摊耍把式，卖艺为生。攒足了盘缠，返回天津卫找杨翠喜，才知道杨翠喜已经攀龙附凤飞上高枝儿。好男不跟女斗，他只想跟罪魁祸首段芝贵算账。段芝贵被罢了官，住在天津卫日租界当寓公，观风测向，待机而起。短打武生夜入段公馆，却找不到段芝贵的卧室，便放了一把火，却又坐不更名，立不改姓，粉墙上留下自己的名字，连夜出关而去。过了几年，改朝换代，大清变成了民国，短打武生的嗓子又高亢响亮起来，便又拴班唱戏。从东三省唱到天津卫，又从天津卫唱到北京城，《连环套》《恶虎村》《落马湖》《白水滩》《翠屏山》《十字坡》《蜈蚣岭》《飞云浦》《狮子楼》《安天会》《水帘洞》……短打武生的戏叫他一个人包圆了。闹得杨小楼都得退避三舍。他哪里知道，祸兮福所倚，福兮祸所伏。段芝贵原是袁世凯的几大爪牙之一，一改民国，袁世凯当上大总统，一时鸡犬升天，段芝贵也就当上陆军总长。短打武生不看书不读报，段总长也不读报不看书，短打武生不知道段芝贵入阁官居一品，段总长也不知道短打武生就在他眼皮下唱戏。只因段芝贵的十三姨太太是个戏迷，又最爱看短打武生扮演的武松、石秀、十一郎和黄天霸，每天晚上放下饭碗就跑戏园子，颠三倒四，形迹可疑，才引起段芝贵的多心。段芝贵打扮成行商老客，八名亲随卫士改扮他的伙计，尾随十三姨太太来到戏园。一看戏园门外的水牌子，这才知道几年前放火焚宅的刺客，竟敢到北京城的戏台上露脸，并且勾引他的宠妾，勃然大怒，暴跳如雷，当下就命令他的八名亲随卫士，闯进戏园子，拿住短打武生，当场开刀问斩。多亏短打武生身怀绝技，爬房登高如履平地，一口气跑过几条街巷的一家家屋顶，才逃出重围，从此隐姓埋名在潭柘寺出了家。

不言自明，这个短打武生，便是老虎跳的师父。

从京西门头沟，到京东北运河，到处都有潭柘寺的庙产。每年春种收秋时节，庙里便打发有点身份的和尚，到各处的庙产巡查收租。短打武生年年都担当这份差事，他主管的是原属西峰寺的那两顷多地。西峰寺本是庆亲王府的家庙，庆亲王府坐吃山空，王府卖给了外国人，家庙的土地卖给了潭柘寺。寸土不留，颗粒无收，把和尚们都饿跑了。跑得了和尚跑不了庙，只剩下空庙一座和一个看庙的老头。看庙的老头有个抱养的闺女，父女俩相依为命，庙里不出产一分一文，便开了个小铺糊口。短打武生一出谭柘寺庙门便吃荤开戒，常到西峰寺的小铺喝酒，一来二去便跟看庙老头的闺女相好了，从收来的租米中拨给这父女俩一年的嚼谷，看庙的老头开头睁一只眼闭一只眼，以后便默认这个光头净脸的和尚是自己的门婿了。

老虎跳到潭柘寺出家，拜在短打武生门下为徒的那一年，短打武生跟看庙老头的女儿已经有了个三岁的女儿，小名叫莲子。莲子和连子谐音，也就是连生贵子，跟连弟和招弟是一个意思，可见这位短打武生出身的和尚，凡心未净，并不怕偷来的钟敲不得，定要生个儿子，一儿一女一枝花才算称心如意。老虎跳跟短打武生学徒，有事弟子服其劳，不但要给师父端茶盛饭，铺床叠被倒夜壶，还得给师娘劈柴、挑水、烧火、哄孩子。师父和师娘都喜欢他的虎头虎脑，粗眉大眼，泥人土性死心眼儿，一条直肠子不拐弯儿，疼爱他就像收了个干儿子。师父闲来无事，不教他念经拜佛，却教他刀枪拳脚。他是门里出身，一点就透，一教就会，肯下苦功夫。师父高兴，跷起两根手指，弹着他那青皮西瓜似的光头，连连惋惜："你是个武花脸的好坯子！在我手里出了科，上场就能抢走钱金福的饭碗子。"老虎跳嗓门大，站在西峰寺庙门口，看见有几个山村娘儿们，钻进庙产玉米地，掰下玉米装进裤裆里，大喝一声，满山沟了嗡嗡响。师父又夸道："你也是块铜锤的材料儿，我把你教出来，找梅兰芳合演《霸王别姬》，金少山就开不了张啦！"老虎跳不懂师父的疯话，只想把师父的武艺都趸到自个儿身上。

潭柘寺还有个老规矩，那就是一交冬至，便打发大半以上的僧众云游四方，来年春分准时回庙。这些和尚，或是沿途化缘，给庙里挣一笔额外收入，或是到别的庙里挂单，给庙里省下三个月的口粮。短打武生对于云游四方最有兴趣，连他那位温柔多情的小娘子也拴不住他的腿脚。他多年闯江湖，跑码头，憋闷在一个地方十分难受，出外走一走，散散心，就像野马摘下笼头，快活得撒欢儿。他只要一出门头沟，便改换俗家打扮，不但大碗喝酒，大块吃肉，而且结交五行八作，游戏花街柳巷，犯起了戏瘾，还要加入野台子戏班票几场。老虎跳跟着师父，东西南北逛了个够，大开眼界。短打武生虽然不是佛心人，心眼却比那修行几十年的老和尚好得多。他带着老虎跳出外云游，每一趟都到柳湾村住上十天半个月，让老虎跳和生身之父亲亲热热团聚一场。老虎跳的爹万念俱灰，一个人在村外种瓜，不愿与人来往，不到卖瓜时节不开金口，三天难得说一句话，却不知怎么跟短打武生竟一见如故，相见恨晚。酒逢知己千杯少，他们一边喝酒一边盘道，喝光了一坛子通州老窖，谁的舌头也不短，好像这一坛子酒倒进了别人肚子里。他们谈古说今，都是武林奇闻，忽然提起杨翠喜，短打武生听说杨翠喜本是柳湾村出生，跟老虎跳的爹还算姨表兄妹，五内大恸，放声大哭，满地打滚儿，这可是真醉了。老虎跳的爹原来怕儿子命相凶恶，学会武艺走邪路，惹来杀身灭门之祸，本想把自己那一身本领带进棺材里，如今一见儿子被短打武生调教得知情达理，便又舍不得让自己的武艺失传了。短打武生乐得顺水推船，把老虎跳留在他爹身边，自己天马行空去也。等到过年开春，他从天而降，把老虎跳带回潭柘寺。

一年又一年。十年一眨眼，老虎跳十八岁那年回家，老爹病倒炕上，他服侍老爹三个月，病情仍然不见好转。冬去春回艳阳天，师父也不照面。挨到二月二龙抬头，老爹赶他回庙，他才依依不舍而别。走到西峰寺，想见过师娘，问个究竟。刚到庙门口，只见看庙老头正坐在石阶上的阳光里，半死不活地打着盹儿；走过去一问，才知道师父带着师娘和小师妹，被迫逃亡，不知去向。

潭柘寺一向勾结达官显贵，上台是靠山，下台是施主。有个北洋政府的下野官僚叫殷汝耕，是个日本留学生，品质恶劣，人格低下，曾经在段芝贵的陆军部当过通译官，常常出入段芝贵官邸，讨得段芝贵的大老婆的欢心，收他当了干儿子。段芝贵死后，他在官场很不得意，下野之后一直赋闲，却无时无刻不想东山再起。闲极无聊，研究佛学，颇有心得，当上了潭柘寺的记名居士。尽管他仍旧三妻四妾，收房大丫头和上炕小老妈儿一大堆，潭柘寺老方丈却赠他法号，师兄弟相称，请他当庙董，往来很密切。这一年的正月初一，殷汝耕到潭柘寺进香，路过西峰寺，想起此处本是庆王府的家庙，便下轿进庙观光。也是冤家路窄，他一进庙门便看见短打武生身穿僧袍，手牵着女儿莲子，在院里放爆竹。原来短打武生把老虎跳留在柳湾村，一人云游了京东八县，除夕之夜偷偷溜了回来，跟家人过个团圆年节，不想却被殷汝耕撞见。殷汝耕奔走段芝贵门下，走几条内线，曾经悄悄陪同十三姨太太看过短打武生的十几场戏，还陪同十三姨太太到后台六七回，短打武生给他留下不可磨灭的印象。后来，他又得知短打武生曾到天津卫的段公馆行刺放火，那就更加难忘了。山中破庙，猝然相遇，短打武生不知接待过多少身份高贵的观众，已经认不出殷汝耕；殷汝耕却一眼便认出了短打武生。他不动声色，在西峰寺逗留了半个小时，上轿急奔潭柘寺，跟老方丈一见面，念过两声南无阿弥陀佛，便迫不及待地催逼老方丈将短打武生绑送官府。

有人给短打武生报了信，短打武生慌忙携妇将雏，仓皇出走。

师父有过，弟子受罚，也是潭柘寺的一条规矩，就好像俗家的父债子偿。老虎跳回到潭柘寺，参拜老方丈，老方丈便喝令掌刑和尚，狠打老虎跳四十戒杖。老虎跳被打得皮开肉绽，还被砸上大镣，罚做苦工。三月三蟠桃会那天，他正蹬着大镣从山下往庙里挑水，忽然看见一位乡亲大叔骑驴奔来。这位乡亲大叔是来报丧的。他爹昨晚咽了气，等他回家安葬。他扔下扁担和水筲，大哭着进庙告假。老方丈铁石心肠，骂他孽根不除，不准回家。他大吼一声，一拳捣掉老方丈的两颗门牙，冲出庙门，从此还俗了。

老虎跳卖掉自家的五亩瓜园，给老爹出大殡。松木十三圆的棺材，大红金绣的棺罩，四十八人抬杠，僧道两棚经，大放焰口，喷钱兽吐出满天翻飞白蝴蝶似的纸钱。他披麻戴孝，跪在柳湾村的三岔路口，给过往行人磕六千六百六十六个孝头，赎自己忤逆之罪。办完丧事，管账先生一拨算盘珠子，五亩瓜园只够一半开销；他只得自卖自身，到和尚的寺庙和老道的道观扛长工。父死母丧，重孝三年。他不剃头，不刮脸，不抽烟，不喝酒，冬天都穿白棉袄，脖子上挂着一条哗啦啦响的几斤重的铁链子，在爹娘坟边搭一间窝棚，给爹娘守庐三年。三年之后，虽然剃了头，刮了脸，摘下了铁链子，不穿一身白了，可仍然脚穿孝鞋，腰系孝带，不看野台子戏，不贪红男绿女的热闹，却冬练三九，夏练三伏，想把老爹的武艺找回几成来。

十年才还清了欠债，离开了寺庙，走出了道观。五尺五高的汉子，二十八岁正当年，可是上无片瓦遮身，下无锥地立足，仍旧扛长工卖苦力挣饭吃。

他被雇到武清县一个名叫于二甲子的土财主家领青打头儿，想不到却在这里遇见一别十年的小师妹莲子。

6

京东北运河农村的地主，主要有官僚地主、资本家兼地主、恶霸地主和土财主四大类，这四大类又有大小不等，表现不同。仔细写来，文学的小说便成了社会学的调查报告，我只能粗线条地勾勒一下。

一般的官僚地主，全家都住在北京、天津或是通州城，有的几辈人都没有回过祖籍。他们出外做官，家里的土地或是交给亲支近脉经管，或是分别租佃给二地主经营，最多每年清明节回来扫一扫墓，都装得乐善好施，给庙里捐香火，给小学校买玩具，犒劳长工们一顿酒饭，道一声辛苦。后来，兵荒马乱，他们连清明节也不回来了，找一两家奴性十足、忠心保主的佃户，将祖坟方圆左右的土地拨给他们耕种，负责看坟、修葺和祭祀。资本家兼地主跟官僚地主有相似之处，并不亲自管理土地，但是他们比官僚地主精明得多，也更会花言巧语。以上这两种地主的如此作为，一是为了沽名钓誉，二是怕得罪了当方人，被偷棺掘墓刨祖坟。恶霸地主是土财主中的凶残一类，他们或是勾结官府，或是串通土匪，或是自己就有私人武装——看家护院的打手以及民团，因而欺压百姓，抢男霸女，鱼肉乡里，草菅人命。但也并不是百无禁忌。二百八十里北运河上最大的恶霸地主叫张二皇上。他有上百顷地。民国初年曹锟当师长，驻防通州，行围打猎到他家住过一夜，他服侍得十分周到，曹锟便给他挂了一块千顷牌，匾上的大字，是曹锟的参谋长、秀才出身的吴佩孚的手笔。后来，曹锟贿选当上大总统，张二皇上更是气焰万丈。但是，第一次直奉战争，曹锟和吴佩孚的直军跟张作霖的奉军在北运河上狗咬狗，奉军大败，退出关外，张作霖手下的大将张宗昌临走给张二皇上那皇宫王府似的宅院放了把火，烧成一片断壁残垣。第二次直奉战争，北运河两岸又是战场，冯玉祥倒戈，直军大败，冯玉祥虽没有给张二皇上家放火，却没收了他所有的粮食、现款和金银财宝，充当军饷。又过了几年，张二皇上拉起了一支民团，当上民团团董，霸占别人土地，强奸良家妇女，杀害不顺他的眼和不肯向他屈服的人，官府不闻不问。土匪更是助纣为虐，都跟他串通一气，好得穿一条裤子。偏巧，有个放牛的小牧童儿，赶牛从他家的地边路过，他的狗腿子硬说小牧童儿的牛吃了地头的两棵豆秧子，把小牧童儿抓来。小牧童儿争辩了一句，张二皇上便抓起小牧童儿的脖领子，摔在十三层的青石台阶上，太阳穴摔破一个大窟窿，当时就死了。在他眼里，这不过是无足轻重的一件小事，吩咐打手把小牧童儿的尸首扔进猪圈沤粪。谁想，小牧童儿的娘在当时的二十九军副军长兼北平市长秦德纯家当奶妈子，牧童儿娘跪在秦德纯面前喊冤，眼里哭出了血，秦德纯便找到当时的北平军分会委员长何应钦，何应钦哪里肯管这种芝麻粒儿大的小事？不料何应钦的参谋长黄绍竑，是桂系军阀三巨头之一，当过省主席、内政部长和监察院副院长，一向以清官自命，又想压一压地方势力，便把这个案子揽过来，严令追查。于是，张二皇上被抓进来又放出去，整整七擒七纵；拿出积存多年的金银，典卖了大量的土地，贿赂一个个高官显贵。听说黄绍竑喜爱风雅，便送一对无价之宝——周鼎，却又擦掉了铜绿年斑，金光锃亮，失去了古董的本色，惹得这位黄青天勃然大怒，将他判处十八年徒刑，但是允许“因病保外就医”。张二皇上回家一看那倾家荡产的凄凉情景，在他家的祠堂里悬梁自尽。临死留给他儿子一封遗书，嘱咐他儿子不要学他死守本乡本土，而要志在四方，当个执掌兵权的大官儿。他的儿子谨遵父命，考上国民党的中央军校，解放前已经爬到国民党十三军的副师长地位，北平和平解放前夕，逃到台湾去了。

至于形形色色的土财主，写起来更是无尽无休，这里只写一个。

把莲师妹子领回家的这个于二甲子，是土财主中最吝啬、最卑劣，也最下作的一个家伙。

这个于二甲子，只有一顷多地，雇两个长工，他自己也跟长工们一起耕、耩、锄、耪、收割、打轧，老婆子和九个女儿都要下地。春播时节，这些人有的提着簸箕撒粪，有的赶着毛驴砘地，立夏之后要头顶烈日拔苗薅草，麦收和秋收更忙得蓬头垢面，脚丫子朝天，冬天也难得在热炕头上坐一坐，背着筐到野外刨茬子，拾柴火。至于喂猪、放羊、养鸡……服侍五禽六畜，那就更得忙碌了。这些女人，一年到头跟长工们吃一样的饭，老婆子过日子精细，好像净坛将军猪八戒，专吃别人的残羹剩饭大杂烩。闹鸡瘟死一只鸡，大冷天冻死一只猪崽儿，全家才油一油嘴头子，吃得九个丫头黑更半夜跑茅房。

他 钱如命，串在肋骨上带血丝儿，凑个整数目，不是放驴打滚儿的高利贷，就是趁人之危，贱价收买零零碎碎的土地。此人生得一副猪不吃狗不啃的模样儿，九个女儿也就没有一个长得如花似玉。这九个女儿不用说攀高枝儿，就是门当户对人家的男子，也不想娶她们。于二甲子能从荞麦皮里榨油，也就能从丑闺女身上取利。谁都知道，凡是到他家扛长工的人，都曾跟他这九个女儿不大干净，最后是白干一年，两手空空下了工。莲师妹子进门之前，这九个女儿已经先后出嫁，六个嫁给年岁大的男人当填房，三个远嫁到外县。于二甲子的老婆子也死了，他却一直没有续弦。娶个小户人家的黄花闺女，要花一大笔身价，他舍不得割肉；娶个拖儿带女的寡妇，身价虽少，却多几张嘴吃饭，他更心疼。等来等去，想不到天官赐福，捡来了莲师妹子这个便宜货。

短打武生带着妻子和女儿走江湖，有时搭班唱野台子戏，有时独挑跑码头卖艺；凄风苦雨，寒霜冷雪，身子一年不如一年，生意也就一年不如一年。莲子娘三寸金莲，又有哮喘病，有一天顶着鞭杆子雨走在泥泞的路上，一个跟头栽倒在地，就再也爬不起来。野死野葬，路死路埋，莲子娘被埋葬在河坡的乱草蓬蒿里。死了妻子，短打武生更是失魂落魄，步步走下坡路，父女俩每天只能饥一顿饱一顿。到后来搭班没人要，卖艺没人看，父女俩竟不得不沿门乞讨了。莲师妹子十五岁那年，一个鹅毛大雪的冬夜，父女俩躲在一座已经坍塌的砖窑里。短打武生身染重病，想喝口酒暖一暖身子，可又身无分文，竟然饮鸩止渴，脱下身上的狍皮袍子，打发女儿到村里的小酒馆换酒。莲师妹子胳膊扭不过大腿，只得拿着狍皮袍子进了村，在小酒馆里正遇见这个土财主于二甲子。于二甲子把这件狍皮袍子收下来，给莲师妹子灌满一葫芦酒，还另外给她一条五味俱全炖得喷香的狗大腿。莲师妹子返回破窑，短打武生已经急不可耐，大口喝酒，大块吃肉，喝了个烂醉一摊泥。这时，莲师妹子挨着半熄不灭的火堆，早睡着了。喝得烂醉的短打武生，烈酒狗肉烧心，三九当成了三伏，脱光了膀子爬出破窑，雪地里打滚儿。天亮一看，早冻成倒卧，像一尊倾倒的石像，脸上却挂着冻僵的微笑。莲师妹子哭得死去活来，只得卖身葬父，那个于二甲子给短打武生打了一口狗碰头的棺材，装殓起来埋在河滩的荒地上，就把莲师妹子领回了家。什么叫狗碰头棺材呢？就是这种棺材不是结实木料制作，而是几块薄薄的标皮拼凑而成。野狗饿得扒开坟土，露出棺材，只要一头撞去，这口薄皮棺材就散了架，野狗便大吃死尸。

见到莲师妹子，听说师父和师娘惨死的经过，老虎跳大哭了一场。莲师妹子进门三年也多少有了一点身份，已经给爹娘合葬并骨，老虎跳便打点香烛纸马、金箔银锭，到师父和师娘的坟前祭拜了一回，还穿了三个月的孝。

7

于二甲子一见老虎跳是莲师妹子的师兄，便觉得有利可图，赶忙以礼相待。原来，自从九个女儿出嫁以后，他不得不多雇长工，多雇长工又舍不得花大价钱，便专找处理品。老虎跳来到之前，已有三个长工，一个是被直奉战争的大炮震破了耳膜的聋子，名叫老龙套子；一个是从娘胎里带来的哑巴，名叫金不换；还有一个是根半腿，医学上叫小儿麻痹症。别看他那条病腿瘦得像麻秆儿，另一条腿却粗壮得像一条脊檩，而且两膀有 股蛮力。不过，土财主已经年将花甲，虽然带领三个残疾长工下地，却不能一同上垄，更不能一马当先了。这三个残疾长工，工钱很低，却都很卖劲；只是都以己之长轻彼之短，谁也不服气谁，不能摞着膀子拧成一股绳。有了老虎跳领青打头儿，就像乌合之众有了统兵的大帅，野台子戏有了挑大梁的主角儿，马上就整齐了队伍，改变了局面。以老虎跳的一身本领和两臂的膂力，到哪个地主家扛长工，都得挣头分儿。于二甲子却又想叫马儿跑，还得少吃草，便假作人情，邀买人心。他在人前背后，对老虎跳从不直呼其名，而是从莲师妹子身上论辈分儿，开口闭口“我们屋里的她师兄”，使用的是尊称。他放债买地，却舍不得盖房子，害怕露了富，被土匪绑票。内宅只有三间正房，东西各两间厢房。正房住的是于二甲子和莲师妹子，东厢房挤满几座直顶到房柁的粮囤。西厢房一间装各式农具，一间装坛、缸、罐、篓。内宅的一侧，还有一座小跨院，猪圈、羊栏、茅房、草厦、车棚、牲口棚和长工棚子，连成一片。于二甲子吩咐小师妹，把西厢房的坛、缸、罐、篓搬到正房的空屋，把腾出来的西厢房这一间给老虎跳居住。莲师妹子打扫了满屋的尘土，雪白的高粱纸糊窗，又铺上一张半新不旧的炕席。老虎跳只有一床又薄又旧又破的棉被，于二甲子便又从墙柜里扯出他那死老婆和九个女儿都曾先后铺盖的陈年被褥，送给老虎跳暖脚垫身子，还叮咛莲师妹子多给灶膛填一把柴火，炕头要热得烫手。这一切活动都是莲师妹子出面，老虎跳深受感动，一心要替苦命的莲师妹子卖命；别说还多少给几个工钱，就是只管吃饭，不给分文，他也心甘情愿。莲师妹子到西厢房出出进进，跟他眉来眼去，他却一点也没有感觉。

有一回，于二甲子的大女儿家死了公公，停灵七天出殡，于二甲子出门随份子，骑的是一头长腿高背的大阉驴，却偏叫那个根半腿的长工赶脚；大阉驴行走如飞，根半腿一蹦三跳，竟能寸步不离。

此去七天，家里内宅只剩下老虎跳和莲师妹子，跨院只有老龙套子和哑巴金不换。

吃过晚饭就关门早睡，不许点灯熬油，可是鸡一叫就得爬起来，节省了油钱又不少干活，这是于二甲子经过精打细算，给长工们立下的多年规矩。老虎跳受到优待，跟于二甲子和莲师妹子在一张桌子上吃饭，也只不过是粗粮细作，吃不着白面，见不到荤腥。这一天于二甲子骑着大阉驴出门以后，老龙套子和哑巴金不换填饱了肚子，扔下饭碗就睡觉，脑瓜子一沾枕头就打呼噜。老龙套子的耳朵听不见响动，哑巴金不换也是耳朵听不见的聋子，然而，两个人却常被对方的呼噜声吵醒，半夜打架。聋子说哑巴的呼噜像直奉战争的大炮，哑巴嫌聋子的呼噜像下大暴雨的滚雷，根半腿夹在他们中间，耳根子没有片刻清静，就躲到草厦子里扒个窝，睡得更香甜暖和，而且半夜给牲口添草拌料也方便。

莲师妹子也早早插了门，还顶上门杠。西厢房和正房西屋之间的天井，墙根下有个阴沟眼儿，看家狗钻来钻去，越钻窟窿越大，再加上年年雨水冲刷，窟窿大得两条狗能一同出入。莲师妹子抱一堆麦秸堵住这个窟窿，麦秸里却暗藏着瓜园里打野獾的铁夹子。这种铁夹子有个俗名，叫狗牙锁，夹住偷瓜的野獾脖子，越挣扎咬得越紧，直到憋死。莲师妹子加强了内宅的防务，回到屋里，点起两支佳节喜日才能上供的红烛。两支红烛都有擀面杖粗细，插在高台雕花的锡蜡扦上，照得正房一片红光喜气。然后，她又洗脸梳头，搽胭脂抹粉，好像野台子班里的小旦扮戏，可就是不做饭。

黑灯瞎火中躺在西厢房的老虎跳，肚子叽里咕噜叫，莲师妹子又没有烧炕，炕面子冰凉透骨。他又冷又饿，忍耐不住，便走到正房门口，咳嗽一声，问道："内掌柜，怎么还不烧火做饭呀？"

虽然莲师妹子口口声声管老虎跳叫师兄，老虎跳却东伙有别，只管莲师妹子叫内掌柜，不知被莲师妹子剜了多少眼，他也一点没有察觉。

"师兄，你站在门外骂谁呀？"屋里，莲师妹子气哼哼而又酸溜溜地问道。

老虎跳不敢正面回答，嘟哝一声："我饿了。"

“那你就进屋来吃呀！”

“灶膛里没有烧火，外屋也没有摆放桌子。”

“不烧火我早准备了什锦的糕点，饭桌子摆放在里屋的炕头上。”

“掌柜的不在家，我怎么能进里屋呢？”

“老夯货一走七天，我不光要请你天天进屋吃饭，还要夜夜在里屋睡觉哩！”

老虎跳大吃一惊，心跳腿软，扭头想走，莲师妹子像一只扑鼠的花猫儿，从里屋闯出来，抓住他不放。

莲师妹子身穿红袄绿裤儿，散开了妇人的圆髻，梳起一条乌溜溜的少女的大辫子，绿叶粉朵的绒花插满了头，耳坠子叮当响，铜手镯儿亮光光，桃花脸儿，春水的眼儿，雪白的牙咬着红嘴唇儿，一身的脂粉香气，在老虎跳的眼里就像天仙下了界。

“内掌柜，你……”老虎跳心慌意乱，不知如何是好。

啪！莲师妹子抡起手，正反两个满脸开花的大嘴巴，打在老虎跳的左脸和右腮上，啐道：“你这个孬种、乏货、软胎子！眼看着那个老王八霸占了我的清白女儿身，你怎么就没一点血性，半缕儿火气？”

“生米做成熟饭，你是他的人了，我这个外姓的师兄，不便多嘴。”

“我是你的人！不管是生米，还是熟饭，都得盛到你的碗里。”

“你……你……你怎么会是我的人？”

“我的爹娘早把我许配给你了。”

“这……这是哪年哪月？”

“狠心贼！原来你忘了个一干二净。”

老虎跳明知莲师妹子这是胡说八道，可也有口难分了。他十八岁离开短打武生的时候，莲师妹子只有八岁，怎么会有婚姻之约呢？但是，只要他摇摇头，莲师妹子便左右开弓打脸，他又不能还手，只得宁可信其有。便半真半假地长叹一声，说："今世无缘，等下辈子吧！"

"我今晚上就跟你拜花堂，入洞房。"莲师妹子双手搂着老虎跳的脖子，飘荡着身子打千斤坠儿。

"你是活人妻，难道叫我把你拐走下关东？"

"我才不想吃那个苦，受那个罪哩！"

莲师妹子到于二甲子家这三年，于二甲子虽然吝啬得像瓷公鸡一毛不拔，毕竟是老夫少妻，风月上亏欠，也就不得不忍痛从肋骨上摘下几个钱来，在莲师妹子身上多少给点补偿，讨莲师妹子的欢心，莲师妹子也就吃馋待懒，好逸恶劳了。

"就算是老掌柜大发善心，把你白给了我，我房无一间，地无一垄，你也是跟着我吃苦受罪呀！"

"我自有两全其美的锦囊妙计，鸡不飞蛋也不打。"

老虎跳已经被莲师妹子擒下马来，难以反抗，苦笑了一声，说："你敢不要脸面，我也就不怕落下骂名。"

莲师妹子黏到老虎跳怀里，叫老虎跳把她抱进里屋。老虎跳走进里屋一看，只见炕上摆放着一张红漆的小饭桌，桌上摆放着四碟：一只碟里有四块槽子糕，一只碟里有八颗大红枣儿，一只碟里有六个核桃，另一只碟里是六只苹果。除了槽子糕是花钱买来的，红枣、核桃和苹果都是宅前院后果树上的出产。

"吃吧！"莲师妹子从老虎跳怀里出溜下来，"你吃一口，我吃一口；你咬一口喂我，我咬一口喂你。”

“你……你这是喂蛐蛐呀！”老虎跳被她捉弄得恼火了，“我虽比不了薛仁贵能吃九牛二虎，可这点吃食还不够塞我的牙缝。”

“我这是取个四平八稳六六顺的吉利！”莲师妹子那右手的食指，狠狠地一戳老虎跳的脑门子，“这四样儿吃食，又应在步步登高（糕）、早（枣）生贵子、和（核）和美美，平（苹）平安安四句话上。”

老虎跳恍然大悟，可是饥肠辘辘，又问道：“取过吉利，还吃哪几样干粮呀？”

“饿死鬼！”莲师妹子啐骂了一句，从墙柜上端过一个蒙着红布的柳条笸箩，揭开红布一看，笸箩里有一百个小饺子，两大绺手抻的游丝面。

老虎跳眉开眼笑了，说：“你不点拨我也能明白，这叫子孙饽饽长寿面。”

风卷残云吃完了红枣、核桃、苹果和槽子糕，老虎跳便催莲师妹子赶快将子孙饽饽长寿面下锅。

“慢！”莲师妹子藤儿缠树似的绕在老虎跳身上，“你得给我上头。”

于是，莲师妹子坐在一张春凳上，面对八仙桌上的一面玻璃圆镜，叫老虎跳高高擎起一只红烛台，又梳起新婚少妇的圆髻，还在前额留下了齐眉的刘海儿。老虎跳的另一只手也不得闲，莲师妹子一会儿命令他递过拢梳，一会儿命令他送上骨簪儿；红头绳，发网子，花钿，银钏，递过去接过来，虽然都只不过是两三钱半两轻重，却累得老虎跳通身大汗。

肚子饿得响如鼓，老虎跳又催道："人是铁，饭是钢，快煮那子孙饽饽长寿面吧！我挺不住自个儿这一百多斤分量了。"

莲妹子却羞答答、娇滴滴地说："咱们还得拜堂哩！"

老虎跳哭笑不得，说："假戏真唱，五味齐全。"

"给我蒙上盖头。"

"盖头在哪儿？"

"就是那块盖在柳条笸箩上的红布呀！"

老虎跳笨手笨脚地把红布盖头蒙在莲师妹子的头顶，罩住她的半张脸儿，手牵着手走到外屋，在红烛光下双双叩拜天地，又叩拜双方九泉之下的爹娘，然后是夫妻相拜收场，莲师妹子却一头栽到老虎跳的怀里，放声大哭。

老虎跳慌忙捂住她的嘴，说："今晚上不管是真是假，也算是咱俩大喜的日子，你怎么号起丧来？"

"该死的！三年前，你……你……"莲师妹子捏起两个拳头，在老虎跳身上敲鼓似的捶打，"你在哪儿，在哪儿？为什么不来搭救我……我们父女俩？"

"我对不起师父，对不起师娘……"老虎跳鼻子一酸，喉咙哽咽了。

"你顶对不起的是我！"莲师妹子尖叫着，哭得一把鼻涕两行泪，"害得我十五岁刚结个花骨朵就破了身，被一个比我大四十多的老王八糟蹋得死不死，活不活，人不人，鬼不鬼，姑娘不是姑娘，娘儿们不是娘儿们。"

老虎跳被她哭得心如刀割，紧搂着她，说："这几个月，我亲眼见到，明白你的苦处。”

“今晚上咱俩拜堂成亲，我就苦尽甜来，快快活活过日子了。”

“咱俩是偷来的锣鼓敲打不得，你叫我烟不出火不进，还算得什么男子汉大丈夫？”

“难道你眼看着我愁死、苦死、哭死，不吭一声，不搭把手，自个儿落个一身干净，就算男子汉大丈夫啦？”

“明人不做暗事，这到哪一天算一站呢？”

“老王八的灯盏里还有几滴油！早晚熬干了油捻子，活不了三年五载了。”

老虎跳迈出这一步，也就收不住脚了，只得俯首帖耳。

吃完了一百个小饺子和两大缕游丝面，莲师妹子收拾了红烛和蜡扦，不留一点痕迹。然后，在炕头双铺双盖，吹熄了灯，跟老虎跳蜜里调油一般恩恩爱爱。跨院的聋子和哑巴，鼾声小下来，却也像给他们的洞房花烛小登科大放连珠喜炮，而且此起彼伏，连绵不断，更是吉利。

“我一条身子劈两半儿，这颗心可整个儿都是你的。”小师妹把老虎跳的手紧紧按在自己那滚烫的胸口上，柔声细语。

老虎跳那长满老茧的粗糙大手，抚摸着莲师妹子的细皮嫩肉，心中感动，说：“我信你的话。”

“亲人，我跟你不是露水姻缘，要做长久夫妻。”

“我等着那一天。”

“你得依我三件事。”

“我百依百顺。”

“你不许吃着碗里，看着锅里，骑着驴儿找马，娶别的女人。”

“哪个女人肯嫁给我这个穷光蛋呢？”

“也不许当倒插门女婿。”

“我是响当当的汉子，怎能背祖离宗，更名改姓！”

“更不许再沾染那腌臜娘儿们。”

老虎跳已经二十八岁，年轻力壮，又娶不起媳妇，也曾跟运河上的花船水妓有过来往，还嫖过到树坑子或坟圈子里卖淫的最下等游娼。但是，每有一回便恶心十天。如今，有这个一枝花似的莲师妹子疼他，爱他，他怎么会再贪那些残花败柳、虚情假意、一身脏症的娼妓呢？

“我对天发誓，改邪归正。”

莲师妹子在黑暗中眼珠儿一转，又说：“你答应了这三件事，还有另一桩，不知你肯不肯有情有义？”

“说吧！”老虎跳一拍自己那磨扇似的胸膛，“你想把我这颗心吃进肚子里，我都给你扒出来。”

莲师妹子骑到老虎跳身上，嘴贴着老虎跳的耳朵，说：“咱俩生个儿子，你得一辈子保他吃香的喝辣的，穿绫罗裹绸缎。”

老虎跳呵呵笑道：“给自个儿的儿子扛长工，累断了脊梁骨也心甘情愿。”

“一言为定？”

“板上凿钉。”

莲师妹子突然在老虎跳的肩头狠咬一口，疼得老虎跳哎哟一声痛叫。

“海誓山盟，得留下一个印记。”莲师妹子的眼睛熠熠放光，伸出自己一条雪白的膀子，“你也咬我吧！”

“我舍不得。”老虎跳轻轻摩挲着莲师妹子的胳臂，“我信得过你。”

“那你就快穿上衣裳走吧！”

“天还早哩！”

“抬头看看三星。”

老虎跳爬出被窝，隔窗看了一眼夜空，说：“离鸡叫还有一顿饭的工夫。”

“快走，快走！”莲师妹子惊惊乍乍，“老王八马上就到。”

“他不是一走七天吗？”

“老王八鬼心眼子多着哩，他有两个不放心，鸡叫之前必定回来偷营劫寨。”

“哪两个不放心？”

“一怕你上我的炕，占他的窝儿。”

“二呢？”

“怕你们这三个长工睡懒觉，不起早。”

老虎跳连忙穿衣裳，说：“我回西厢房。”

“那也化不开他多疑的贼心。”莲师妹子在老虎跳耳边嘁嘁喳喳一阵，“喝两口酒暖暖身子，到柴火垛里蹲一会儿，估摸着到那个时辰，你来救他的驾。”

“酒少了，不是更引起他的疑心吗？”

“我给他兑辣椒水。”

莲师妹子吃吃笑着，穿上衣裳的老虎跳摸黑喝下两大口酒，抹了抹嘴，走出里屋，扒椽头翻身上房，从后房沿跳下去，找个柴火垛避一避风寒，等候时机出场。

8

莲师妹子闩了门，在酒葫芦里兑上早已准备的半茶盅辣椒水，又钻进被窝儿躺着。想到刚才跟老虎跳的恩爱，甜蜜得睡不着；又想到她安排下的恶作剧，更兴奋得睡不着。

果然，不到一顿饭的工夫，西天井的阴沟眼那里，啪的一声响，有人叫了一声“哎呀”，便扑噜噜挣扎起来，呜呜哇哇叫个不停。

莲师妹子心中暗笑，却假装睡得很死，一声不吭。

直到看家狗汪汪叫起来，莲师妹子听见阴沟眼那里只有气息微弱的连声呻吟，才好像噩梦惊醒，喊天唤地：“救命呀！有贼啦！”

跨院的哑巴和聋子，就是叫塌了天，喊陷了地，也是充耳不闻，只有躲在柴火垛里的老虎跳，不早不晚即时赶到。

于二甲子半个身子爬进看家狗钻进钻出的阴沟眼，就被打偷瓜野獾的铁夹子夹住了脖子，下半身仍然趴在墙外。他挣扎得筋疲力竭，只剩下似断不断一口气。老虎跳那踢死牛的双梁靸靴，狠狠踢了他的屁股一脚，喝问道：“你是哪方的狗贼？”

肉囊囊的于二甲子已经像一摊烂泥，蠕动了一下身子，嘴不能吐字，口不能出声。

院里，莲师妹子隔窗已经听见老虎跳的吆喝声，假装哆里哆嗦地高声问道：“墙外是谁说话呀？”

“内掌柜，是我！”老虎跳答道。

“你……你是……师兄吧？”

“正是。”

莲师妹子好像这才爹起胆子，匆忙披上衣裳，手提一盏马灯，开门走出来。

“哎呀，原来是你这个老不死的！”莲师妹子装出又急又气又心疼的样子，忙找来钥匙，打开铁夹子的狗牙锁，“你怎么越活越没有人味儿，不走大门钻狗洞？”

于二甲子噎在嗓子眼的一口浊气吐出来，舌头仍然麻木得不能转动，咿哩哇啦说道：“我……喝……醉了。给……我一口水……”

莲师妹子搬也搬不动他，扯也扯不动他，便隔墙喊道：“师兄，你把老掌柜抻出去，背进来！”

老虎跳把于二甲子爬进院里的半条身子又抻出院外，像扛一口死猪，扛进院内。莲师妹子早开了门，一连声催老虎跳把老掌柜背进里屋，放倒在热炕头上。

于二甲子还了阳，摸着被狗牙锁夹得黑紫的脖子，气呼呼骂莲师妹子道：“你……为什么……下那铁夹子，想谋害亲夫呀？”

“那是为了防钻狗洞的外鬼。”莲师妹子伶牙俐齿，“谁想到打中了你这个脏心烂肺的家贼！”

于二甲子理屈词穷，转眼珠儿看见炕头上的双铺双盖，马上又生疑心，问道：“炕头热得能烙饼，你干吗铺这么多，盖这么厚？”

“这是刚给你准备的呀！”莲师妹子随机应变，对答如流，“我怕你冻僵了，不铺得多盖得厚，你不能死而复生，我可依靠谁呀？”

于二甲子抓住莲师妹子的手，当着老虎跳的面轻模贱样起来，说：

“我那知冷知热会疼人的小娘子！大丫头在我耳边进谗言，叫我防你不守妇道，我……我才半夜三更回家……听听动静，看个分明。”

“你那自幼就偷汉子的大丫头，看谁都像她似的瘘瓜烂杏！”莲师妹子甩开于二甲子的手掌，抱过刚兑上辣椒水的酒葫芦，“这是我跟潘金莲借来毒死武大郎的药酒，你敢不敢喝两口？”

于二甲子正想活一活血，抱起酒葫芦张开了嘴，就是驴溲马尿猫儿溺，也要喝进肚子里。

老虎跳一见这刺眼的情景，扭身就走。

“站住！”于二甲子满嘴喷着恶臭的酒气，大喝一声。

老虎跳一脚门里，一脚门外，回头问道：“老掌柜还有什么吩咐？”

“我出门随份子，你怎么就夜出不归，到哪儿去啦？”

“宝局子里解解闷儿。”

“嫖赌双全吧？”于二甲子瞪起眼睛，“赌光了工钱，嫖得一文不剩，就该鼓捣东家的东西了。”

老虎跳故作恼怒，沉着脸说：“老掌柜，您这话我听着扎耳朵。”

“不许长工嫖赌，是我的家规！”于二甲子又冲莲师妹子发火，“你是内掌柜的，我不在家，你就是一家之主，怎么能放他出去？”

“好吧！往后我就拿着鸡毛当令箭。”莲师妹子舌头带刺，话中有话，“我比不了你那个大丫头呀！她的裤腰带拴得住长工们的手脚。”

老虎跳不愿听莲师妹子满嘴荤话，便硬邦邦地说道：“内掌柜的还是快做饭吧！今天下地可要晚了。”

“把聋子给我留下。”于二甲子从炕上坐起来，“叫他给黑骡儿备上鞍子，把我送回去。”

“我还要套那头黑骡儿耕地。”

“那就……骑那头瘸腿草驴。”

于二甲子共有三头牲口，一头黑骡儿是主力，大阉驴服苦役，这头瘸腿草驴被根半腿服侍得精心周到，称得上温柔体贴，年年下个驹儿。于二甲子大得其利，却非常嘴损，硬说这是根半腿和瘸腿草驴夫妻恩爱，才有满堂儿女。

莲师妹子要抱柴熬粥，于二甲子急忙命令少下一升米，他和老龙套子要空着肚子赶到大女儿家吃早饭，省自家一顿。

这一去六天，于二甲子在大女儿家甩开腮帮子，敞开了肚皮，大吃大喝，也就不想夜半回家偷营劫寨。莲师妹子和老虎跳有如燕尔新婚，快快乐乐就像牛郎织女天河配。

莲师妹子过门三年还没有生下一男半女，于二甲子求子心切，二月二亲自带着莲师妹子到京东平谷县的丫髻山拴娃娃，三月三到京西门头沟的妙峰山朝顶进香。莲师妹子骑黑驴儿，老虎跳赶脚，于二甲子骑大阉驴，老龙套子赶脚。走在路上，投宿住店，过往行人和店小二都只当莲师妹子和老虎跳是夫妻，于二甲子是莲师妹子的公公，听了不少冷嘲热讽和脏言秽语。山路崎岖，悬崖峭壁，两头牲口只得拴在山根下的大树上。老龙套子看守牲口，老虎跳背小师妹和于二甲子上山，往返一趟要一个时辰。莲师妹子抢着要先行一步，于二甲子也怕把她留在山下，老龙套子愣头愣脑，保护不了内掌柜，也觉得先把莲师妹子背上山去最安全。

攀登直上直下的香道，走悬崖峭壁的盘陀窄路，莲师妹子吓得心惊肉跳，紧闭着眼睛，不敢说一句话。等到爬上平坦宽阔的半山腰，三月三的阳坡上已经草长莺飞，花香树绿，莲师妹子才长出了一口气，咯咯儿笑起来。老虎跳满头大汗，就像揭开笼屉的蒸锅冒热气，不高兴地哼道：“我给你们当驴，你不说一句心疼人的话，反倒铁石心肠拿我取笑。”

莲师妹子在他背上，吮吸着他那后脖颈子上的汗水，嬉笑道：“我要说出一句真情实话，只怕笑掉了你的下巴。”

“说吧！我咬紧牙关。”

“咱们这趟进山，不过是唱戏的蹓腿儿，走个过场。”

“住口！你胡说八道，子孙娘娘要怪罪你了。”

“子孙娘娘喜爱我，偏疼我，才不生我的气哩！”

“怎见得？”

“她老人家早把儿子给我送来了。”

“在哪儿？”

“在我肚子里。”

“可是真的？”

“我敢立军令状。”

“那要多谢丫髻山老娘娘的恩德了。”

“二月二之前就有了喜。”

“这可猜不出是哪位神仙大发慈悲了。”

“你！”

大喜过望，老虎跳浑身上下更有了力气，腿上就像绑住神行太保戴宗的马甲，背着莲师妹子一口气直上山顶。莲师妹子掏出荷包，打发他买两大炷高香，两根一尺多长的大蜡烛，然后又扯住他到娘娘庙大殿，双双叩拜老娘娘，保佑他们这一对善男信女，一胎生俩，儿女双全。然后，莲师妹子就坐在娘娘庙门前歇脚儿。庙门外卖吃食的小摊五花八门，她最想吃的是山楂干儿和杏干儿，又打发老虎跳各买一大包，吃得津津有味。酸儿辣女是个吉兆，莲师妹子吃完这两大包还不尽兴，自己又亲自买两大包吃个够，倒了三天牙，才敢嚼饽饽咽饭。

老虎跳又把二甲子背上山来，莲师妹子只得又跟他进一回香，磕一回头，敲磬收钱的尼姑，眼尖得像锥子，莲师妹子已经跟一个年轻人演过一出，怎么又跟一个糟老头子接演二本？心中感到奇怪。不过，反正多得一笔香火费，何必狗拿耗子，多管闲事。

从妙峰山进香回来，北运河也桃红柳绿了，莲师妹子便犯起了春困，一天到晚身子软得不起炕，吃一口吐一口，见着荤腥更恶心，脸儿焦黄，抬不起眼皮。莲师妹子心里明镜似的，却故意拿捏作态，哭喊着这是得了噎嗝，活不了三天五日了。于二甲子慌忙打发老虎跳、根半腿、老龙套子和哑巴金不换四处请大夫。上至起死回生的活扁鹊，妙手回春的赛华佗，下至卖野药的走方郎中，跳大神的巫婆儿，一个个望、闻、问、切，几张嘴都说一句话：“恭喜，恭喜！内掌柜得的是喜病。”于二甲子乐得把一张大嘴咧到脖子后头，逢人便夸丫髻山和妙峰山的老娘娘百灵百验，要找个描容画匠，把两位老娘娘的仙姿神态画下来，供在佛龛里，晨昏三叩首，早晚一炉香。莲师妹子却会过日子，叫他节省这项开支，下令老虎跳找来徐老莲表演一下扔下多年的手艺，免费画两个娘娘。徐老莲早已手生，手指硬邦得像鼓槌子，亏得莲师妹子站在一旁指指点点，比比画画，徐老莲费尽九牛二虎之力，最后大功告成。画出来的两位娘娘都跟莲师妹子一模一样儿。于二甲子嫌这两位娘娘过于面嫩，不大中意，莲师妹子却说娘娘不食人间烟火，一天三顿吃的是西王母送的蟠桃，喝的是玉皇大帝赏的甘露，千年万岁春不老。

于二甲子年交花甲，儿子出世。

北运河农村的风俗，生下男孩儿，奶名要贱，可以消灾避邪，立得住；学名取贵，为的是占全福禄寿喜，一辈子交好运。所以，于二甲子要找个下贱的人给儿子起个贱名儿，莲师妹子原想请老虎跳给儿子起名，才称心如意，却觉得老虎跳还不算贱货，便想到了根半腿。可是，根半腿虽然四肢不全，却耳聪目明，伶牙俐齿，比老龙套子和哑巴金不换还算高等。四个长工中最下贱的是哑巴，但是哑巴金不换又不会说话，只有找老龙套子借他的吉言。

老龙套子正在浇园。他泥头巴脑，光着膀子赤着脚，一手摇着辘轳把，吊起满漂漂的一柳罐斗井水，一手擦抹着淌进眼里的汗珠子，忽然看见相隔一条河沟子的一座菜园里，有姐妹俩正在用晒蔫的马兰草绑黄瓜架。秋老虎的天气，阳光晒得像火烤，地面也热得能把人蒸熟。姐妹俩看看四下没人，又蹲在黄瓜架的垄间，便脱下了身上的衫子，顶在头上，只穿兜肚，并不是赤身露体。谁知，老龙套子虽不能耳听八方，却很能眼观六路。他是个二十大几的光棍汉子，看见那姐妹俩每人半个胸脯，便大起兴致，唱起一支颇带色情意味的民歌；而且是扯着脖子，放开喉咙，驴叫一般唱道："大庙的门，宰猪的盆，大姑娘的兜肚火烧云；大青枣儿，露水草儿，大姑娘的奶子小孩的鸟儿；顶花的黄瓜，带花的藕，大姑娘出门子头一宿……"小河汊子那边菜园里的姐妹俩，一边啐着唾沫大骂，一边慌忙穿上衫子。偏有一个姑娘慌乱之间扯断了兜肚的挂带儿，整个胸脯都裸露出来，老龙套子快活得哈哈大笑。

“聋子，你满嘴喷尿星子，割你娘的舌头！”于二甲子走进园里，吆喝着骂道。

老龙套子正兴致勃勃，也听不见于二甲子的骂声，仍然唱道：“顶花的黄瓜……”

于二甲子沿着畦埂，走近井台，喝道：“聋子，赏你祖宗十八代的光，你给少东家起个奶名！”

老龙套子正哗啦啦放开辘轳把，柳罐斗“扑通”落井，更听不见于二甲子的嚷叫，接着唱下去：“带花的藕……”

虽然老龙套子完全是出于无意，于二甲子却不能不认可，儿子的小名就叫花藕儿了。

于二甲子赶忙回家报告，莲师妹子觉得带花的藕太娇嫩了，害怕儿子短命；于二甲子却说花藕儿像个丫头片子的名字，越发低贱，也就越发立得住了。而且，莲师妹子从此被叫作花藕娘，听着也悦耳。

但是花藕儿却被叫白了，变成了花狗儿。

9

花狗儿喜三，花狗儿满月，花狗儿百日，花狗儿周岁，于二甲子都杀猪宰羊办酒席。这一方面是因为老来得子，财狠食黑的于二甲子也大方起来。另一方面，办喜事就有人随份子，九个女儿更是必不可少。长姐如母，一个跟一个比赛着送礼。办完喜事一拢账，大有赚头，招财进宝的生意何乐而不为？

人老惜子，猫老吃子，于二甲子溺爱他这个花狗儿，也还是人之常情。可是花藕娘十八九岁抱头生，娇惯花狗儿却比于二甲子有过之而无不及。这其中的感情因素，当然是由于花狗儿本是她和老虎跳的爱情结晶，若是她跟于二甲子的产品，也许就不那么金贵了。

花藕娘一心扑在儿子身上，也就不能对老虎跳专心相爱了。老虎跳并不恼怒，他从心眼儿里更疼爱这个私生的儿子，只是疼爱之情不能挂在眼角眉梢脸面上。于二甲子有了花狗儿，贪心更大，还想多子多福，免得寒霜单打独根草。于是，他日夜缠住花藕娘不放，守住花藕娘形影不离，老虎跳一个月也难得跟花藕娘亲热一回。

花狗儿三岁那年，想不到根半腿交上桃花运，他手里有两壶醋钱，到宝局里玩掷骰子碰运气，对手是个逃荒的难民。这个难民身无分文，就把身边带着的一个小女儿孤注一掷。谁想滴溜溜转的骰子不帮他的忙，定住之后一看点儿，就把小女儿输给了根半腿。根半腿自幼就给于二甲子家放猪，眼下年将三十，仍然一人一口，在于二甲子的草厦子里栖身，自己连一间破瓦寒窑也没有，就把这个小丫头儿带到于二甲子家，打算在草厦了里跟这个只有十一岁的幼女圆房。小丫头儿吓得鬼叫，看见了老虎跳，便跪倒在老虎跳膝下，死抱住老虎跳双腿，哀哭道："大叔，您救命吧！"

老虎跳热心肠儿，好心肠儿，喝住根半腿不得强行非礼，便快步走进内宅，还是站在门外，隔窗说了声："老掌柜，我想支俩工钱。"

屋里，于二甲子和花藕娘正拿三岁的花狗儿耍把戏；花狗儿已经咿呀学语，两个人教孩子骂人取乐儿。

花藕娘教儿子道："乖狗儿，揪你爹嘴上那猫胡子，叫他老王八。”

花狗儿便伸出小手，揪着于二甲子那几茎猫须，嘻嘻叫道：“老……王……八！”

于二甲子不但不恼，反倒笑得前仰后合，也教花狗儿道：“管你娘叫小骚货儿。”

花狗儿的舌头绕不过弯儿，只会叫：“小……烧货。”

花藕娘咯咯笑成一串儿，乐得拍花巴掌，连连亲着花狗儿的脸蛋儿，说：“我儿子是娘身上掉下的肉，母子心连着心，只骂老王八一个人。”

老虎跳虽是个泥腿子长工，但是他爹家教极严，知廉耻晓礼义，恼怒起来动手打人，却不开口骂人。花狗儿是他的骨血，三岁的孩子就学满嘴脏话，心中窝火，却又不能发作，便在门外大喊一声：“老掌柜，我要支俩工钱！”

屋里的把戏这才收场。于二甲子已经有点耳背，玩笑中没有听得真切，反问道：“花狗儿他大舅，你喊叫什么呀？”

老虎跳跟花藕娘是师兄妹。于二甲子已经把他当花藕娘的娘家人；论资排辈儿，花狗儿管老虎跳叫大舅。

“我支俩工钱！”老虎跳瓮声瓮气答道。

“你支钱干什么用呀？”花藕娘冷声寒气地问道。

原来，这三年，老虎跳为了给儿子积攒家业，每年的工钱一大半都没有支取，只花销了一小半，买一买衣裳鞋袜，不抽烟也不喝酒。

“根半腿从宝局子里赢来一个十一岁的小丫头儿，要逼着那个孩子跟他在草厦子里……”老虎跳又听见跨院那小丫头儿像被狼叼狗咬一般的惨叫声，想必是根半腿忍耐不住，又要动手动脚。

“猪狗不如的畜生！”花藕娘在炕头上颠着屁股大骂。

花藕娘明骂根半腿，暗骂的是于二甲子，她想起自己十五岁被于二甲子领进门，惨遭毒打而失身的伤心往事。

老虎跳又说：“我想给根半腿几个钱，把那小丫头儿买下来……”

“原来是你看着眼热，想留下来自个儿用呀！”花藕娘不等老虎跳把话说完，便打翻了醋缸，尖酸刻薄地甩起闲话。

“我买下来，把她放生！”老虎跳吼道。

“你放了她，她还得跳火坑。”于二甲子下炕穿鞋，“我把她留下来给内掌柜当丫头，哄花狗儿玩。”

花藕娘一把揪住他的脖领子，说：“你哪儿来的那么多闲钱，也想当冤大头？”

自从有了儿子，花藕娘也多了一个小算盘，想多攒钱，多买地。于二甲子已经是土埋大半截的人了，等老家伙一死，她改嫁老虎跳，跟娇儿花狗儿过个富贵日子，所以她也变得重财轻义了。

“花狗儿娘你放心！”于二甲子朝花藕娘挤了挤眼儿，“我不破费一分半文，把那个小丫头儿从根半腿手里要过来，白给你使唤一辈子。”

花藕娘很相信于二甲子那满肚子的阴损奸猾，必能探囊取物，便撒了手。

跨院，那个十一岁的小丫头儿，半截身子已被根半腿扯进草厦子里，只是两只手死抓住草厦子的门柱，一见于二甲子大摇大摆从内宅走出来，又喊叫救命。

“根半腿，这是谁家的黄毛丫头？”于二甲子不慌不忙走过来，板着面孔问道。

根半腿钻出草厦子，冒了汗的脑瓜子沾满豆秸草末儿，在于二甲子面前一副奴才相，贱笑着答道：“回老掌柜的话，是我掷骰子赢来的小媳妇儿。”

于二甲子从鼻孔里嗯了一声，却问起另一件事：“前些日子，我看草驴的肚子像是挂了驹儿的样子，怎么这几天的肚子又瘪啦？”

“压根儿就没挂上驹儿呀！”根半腿摸透了于二甲子的脾气，这是鸡蛋里挑骨头来了，心中害怕，两腿发抖，“草驴老了，挂不上驹儿了。”

“胡说！”于二甲子陡地厉声喝道，“我打发你牵着草驴到镇上，连配了三回种，怎么一回也挂不上呢？”

“这……能怪我吗？”根半腿满脸哭相儿，“老娘儿们够不够四十六，一过四十六也不能生养了。”

“八十八还结个瓜哩！”于二甲子又吹胡子又瞪眼，“分明是你拿着配种的钱，到宝局子里掷骰子去了。”

“天地良心！”根半腿吓得面如灰土，“老掌柜，您到镇上打听打听……”

“还敢嘴硬！”于二甲子从驴槽下抄起拌草料的柳木棍子，“我打折你那一条腿，爬着走。”

根半腿不打自倒，抱着脑瓜子打滚儿，连叫：“老掌柜，开恩吧！”

“那就赔我的配种钱。”

"我赔不起呀！"

公驴配母马，下的是噘嘴儿骡子，噘嘴骡子不值钱，配三回种收五斗粮；公马配母驴，下的是高大强壮的大骡子，能卖几头噘嘴骡子的价钱，配三回种收一石粮。根半腿在于二甲子家扛长工，除了管饭，只挣一石五斗的工钱，已经预支了六斗，怎么能赔得起？

"那就拿这个小丫头儿顶账。"

"我……我舍不得。"

"舍不得人就赔钱。"

"我挖东墙补西墙，赔您一石粮。"

"一石？"于二甲子凶狠地一阵冷笑，"草驴少下一个大骡驹子，你就不赔啦？"

"哎哟，天哪！"根半腿给于二甲子磕头如捣蒜，"您老人家把我卖了，也不值一头大骡驹子钱呀！"

"把这个小丫头儿给我吧！咱们是二十年的东伙，我吃点亏也就认了。"

根半腿想了想，也只好如此，哭哭啼啼地说："我是天生的苦命，这辈子只有打光棍了。"

"你搬到驴棚入洞房呀！"于二甲子敲诈勒索之后，还要嘴上缺德，"我把这头草驴许配给你，你这块料也就该知足了。"

小丫头儿被领进内宅，只当是从火坑里跳上了岸。哪知花藕娘给她梳了头，洗了脸，换上花藕娘十五岁进门以后的旧衣裳，于二甲子已经写下一张卖身契，叫她按手印儿。十一岁的孩子怎懂得这是一眼陷阱，她又不识字，于二甲子拿出两块香甜可口的绿豆糕给她吃，她就高高兴兴地把手印按到这张死契上了。

老虎跳被花藕娘那几句醋话刺伤了心，借口把西厢房给小丫头儿当住处，自己搬出内宅，住到长工棚子里。花藕娘早已感到他住在内宅，于二甲子眼皮下很不方便，不如搬了出去，瞅空子相会反倒便当，也就没有阻拦。不过，劝他还是住到菜园子的园房里，免得长工棚里被老龙套子和哑巴金不换的呼噜声吵得不能安睡。

一晃又过去了六七年，老虎跳年近四十，花藕娘二十大几，花狗儿也十岁了。

本来，抱柴、烧火、做饭、刷锅、洗碗，都是小丫头儿担当。唯有到菜园摘菜，却是花藕娘亲自出马。园房经过老虎跳亲手规整，虽是一间屋子半铺炕，但是窗前有葡萄架，屋后有转角莲，两面房山爬满了豆秧，清香而又幽静，花藕娘到这里跟情人相会，颇有野趣。然而，他们都已经感到，两个人的身子能粘在一块儿，两个人的心却越来越有隔膜，不像相隔一堵墙，也像相隔一道沟，原因都是从花狗儿身上引起的。

七岁看大，八岁看老，花狗儿越长越没出息，不但满嘴脏字儿，而且顺口就说瞎话，最要不得的毛病是手粘。每有串村的小贩路过，他就手痒难熬，不偷点糖、豆、酸枣，针头线脑儿，毛儿八分的钱财，这一天便心里很不痛快，好像虚度了年华，骂人骂得更难听刺耳。枕席之间，老虎跳劝花藕娘对儿子严加管教，花藕娘却替儿子百般遮丑，这就免不了口舌之争，大煞野趣的风景。老虎跳只得又劝花藕娘，赶快送儿子上学，花藕娘却怕儿子个子小，受大个子同学的欺负。挨到花狗儿十岁，已经常到宝局子学手艺，花藕娘才不得不打定主意送他上学念书。

这时，教过私塾的老田先生早已过世，私塾也早被明令取缔了。老田先生教书一辈子，留下一座前后两进的大宅院，办起一所洋学堂，执教的是老田先生的儿子小田先生。

老田先生也是老虎跳的盟叔，小田先生比老虎跳小十岁，也就是老虎跳的盟弟。老虎跳视小田先生就像自己一奶同胞的幼弟。小田先生知书达理，也敬老虎跳如一母所生的长兄。

老虎跳本想亲自送花狗儿入学，千叮咛万嘱咐盟弟要多费心血，严师才能出高徒，棒下才能出孝子。他的心思，哪里瞒得过花藕娘那一双能揭皮看瓤儿的眼睛！此时，于二甲子已经年逾古稀，老眼昏花，头脑糊涂，大权旁落了。灶王爷靠边站，灶王奶奶是一家之主，花藕娘已经是本宅的则天武后。她打发小丫头儿吩咐下来，老龙套子备鞍，哑巴金不换赶脚，根半腿伴驾，送少东家威风凛凛上学堂。

书中暗表，那个小丫头儿也已经十八九岁，不过在花藕娘眼里，只是由小改大，换个称呼叫大丫头罢了。

10

花狗儿上学不到半个月，便被开除了。

前面已经写过了花狗儿的骂人、说谎和手粘，另外还有一大毛病便是嘴馋，爱吃零食。每天上学，花藕娘都给儿子的衣兜和书包里，装满了江米条儿、花生仁儿、关东糖、铁蚕豆。上课的时候，小田先生带领学生念课文，他便在书声朗朗中大嚼铁蚕豆。肠胃存食过多，消化不良，便连连放屁；恶臭而又轰响，污染了教室的空气，学生们一个个掩住鼻子，又被屁声惹得哄堂大笑。小田先生发觉之后，勒令花狗儿到讲台前罚跪。花狗儿在家里为所欲为已成习惯，完全不把老师放在眼里，坐在椅子上一动不动，挤眉弄眼儿，照旧上吃下放。小田先生勃然大怒，走上去没收他的零食，伸手扯他出位，他竟胆敢反咬老师手背一口，气得小田先生扇了他个耳光，他便大骂："我×你妈！"

小田先生清高孤傲，最爱面子，这一声骂，把他骂得昏了过去。众弟子愤愤不平，老师虽然没有鸣鼓，却自动一拥而上，群起而攻之，七手八脚，拳脚交加，把花狗儿打得鼻青眼肿，衣裳扯得破碎稀烂。小田先生苏醒过来，一手捂住阵阵剧痛的胸口，一手哆里哆嗦指着门外，气息微弱地说了一声："开除！送他回家。"两位大学长，便像两名解差，把花狗儿押出教室。

押送路上，两位大学长还要给老师出气，不住地拳打脚踢；花狗儿已经变成一条癞狗儿，打一拳叫一声爹，踢一脚喊一声爷。可是，一看见他家的烟囱，又看见根半腿正从镇上给老草驴配种回来（过去那头老草驴早已下汤锅，眼下这头老草驴是那头老草驴下汤锅之后买来的，无独有偶，也是瘸腿，只是左右不同），狗仗人势，他便狂叫起来："根半腿，你快来搭救少东家呀！"

根半腿奴性十足，搭救少东家正可以在老掌柜和内掌柜面前丑表功，讨个好脸儿，便扔下老草驴，横蹿竖蹦地飞跑过来。两位大学长毕竟还是小孩子，不敢跟这个四肢不健全的大汉子交手，两人一较劲，喊了声："一，二，三！"把花狗儿搡了个狗吃屎，嘴啃地，扭头撒腿就跑，返回学校向老师交差。

花狗儿被根半腿抱上驴背，一路哭声回了家。

花藕娘一见儿子这一副癞狗的惨相儿，心疼得搂在怀里，叫一声儿哭一声肉，便问花狗儿是何缘故。

花狗儿编个瞎话，可算天才。他甩一把鼻涕，抹一把泪，舌头就像打竹板儿，数来宝似的说道：“下了课，我躲到背静角落，吃您给我炒的五香花生仁儿。那个教书匠是个馋痨，走过来跟我要一把吃，我给了他。他吃得喷香，就问我：‘这是谁给你炒的呀？’我说：‘我妈给我炒的。’他又问：‘你妈长得好看吗？’我说：‘长得好看，比野台戏子里的潘金莲还俊俏。’他嘻嘻一笑，压低了嗓子，说：‘黑夜我去×你妈，你愿意吗？’我火冒三丈高，狠狠咬了他一口，他就把我打成这个样子。”

分明是一篇破绽百出、言之不能成理的鬼话，花藕娘却深信不疑，跳着脚骂道：“好个文墨书生，圣人之徒，原来是个贪腥馋骚的色鬼！”

于二甲子虽然已经是个老糊涂，但是他知道小田先生是个有学问的人，不会说出如此粗野难听的村话，便摇着头说：“狗儿的话不可不信，也不能全信，一定是他淘气，姓田的心黑手狠，把咱们狗儿毒打了一顿。”

“活王八！”花藕娘一口唾沫啐到于二甲子脸上，上炕就搬被褥，“你胳臂肘儿往外拐，我就到学校跟那个教书匠睡觉去。”

算到小田先生这一辈儿，他家五代教书，虽然家道清贫，却是本地最有名望的书香门第。田门弟子，上有高官，下有强人，可都懂得天、地、君、亲、师，师徒如父子；花藕娘到小学堂胡闹，田门弟子一窝蜂上场，只能自讨没趣，于二甲子横遮竖挡把花藕娘拦住了。

花藕娘难解心头之恨，便到外屋，手持切菜刀，剁着案板，点着小田先生的名儿叫骂："他娘黑夜睡觉不关窗户，贼留下的贱坯子！"一句比一句荤腥，令人耳不忍闻。

农村的小学堂，放麦收、秋收和年节假。这时正是麦收之后、秋收之前的挂锄时节，长工们也要歇几天伏。老虎跳在园房窗前的葡萄架下，虽是歇伏却不闲着，正给秋收编筐织篓，听内宅里花藕娘刀剁案板骂小田先生，便扔下手里的一捆荆条，闯入内宅。

"内掌柜，你为什么骂我兄弟？"老虎跳进门就直冲冲问道。

花藕娘把切菜刀拍到案板上，走出外屋，双手叉腰站在台阶上，眯着眼睛问道："你那个好兄弟，叫花狗儿给我捎话，今夜晚要来×我，难道我不该骂他？"

"我那兄弟是个非礼勿听，非礼勿视，非礼勿言的人！"老虎跳在急恼中想起他的耳食之学，孔夫子《论语》中的几句话，脱口而出，头顶着高粱花的泥腿子也散发出文墨书香。

花藕娘一蹦离地三尺，手指着老虎跳的鼻子，骂道："你也是王八货！"

于二甲子想打个哈哈逗个趣儿，以博花藕娘一笑，大事化小，说："狗儿他大舅还没有家眷，不像我有你这个美人坯子的娇娘，他怎能当王八？"

花藕娘冷笑道："你早当上了，他快当上了！"

老虎跳强压住顶到脑门子的怒气，一跺脚转身走了出去。

小学堂跟这个村庄，也只隔一条河汊子，老虎跳风行云走，一来一往一袋烟的工夫。

于二甲子家已经吃晌午饭。今天晌午吃的是饸饹，鸡蛋、青豆、黄瓜、蘑菇打卤，于二甲子和花狗儿早已吃起来；花藕娘却装作心口堵得慌，坐在影壁下揉胸。她心里七上八下，忐忑不安地等老虎跳回来。老虎跳仍然享受特殊待遇，跟东家一桌吃饭。

一股灼热的旋风扑进门来，老虎跳脸色煞白，满面杀气，冲进外屋，掐住在蒲团上吃饸饹的花狗儿的脖子，拔地而起，抡起蒲扇似的大巴掌，噼噼啪啪连打花狗儿的屁股。花狗儿正吞进一大缕饸饹，堵在嗓子眼里，咽不下去吐不出来，也哭不出声，憋得面皮黑紫，直翻白眼儿。

“狠心贼！”花藕娘像摘掉心肝，揪断了肠子一般叫起来，也顾不得身份体面，扯住老虎跳的胳臂，“我知道你是心黑才手黑，打死他我也不活了。”

老虎跳从胸膛里呼出一团扑人烫脸的火气，五尺多高的汉子哆嗦成一团，说：“这……这……这个小畜生，他竟敢骂我的婶子！他骂我婶子就是骂我娘，不打死他我对不起我的婶子！”

花藕娘还没见过老虎跳如此狂怒。老虎跳在他爹的门下学艺，直到他们两人暗中相好，二十多年都让她三分。

于是，花藕娘又表演她那拿手好戏，冷笑着甩起闲话：“嘻嘻！你倒真会认娘呀，怎么不多认几个爹呢？”

北运河农村有一句骂人不带脏字儿的话：“爹多娘少。”也就是被骂的人的娘是破鞋，他是杂种儿。

这真是干柴垛上放把火，又火上浇油。老虎跳扔下花狗儿，伸手挽住花藕娘的满头青丝，两巴掌扇下去，花藕娘每边脸颊上都留下五根手指的紫痕。

撇在一边的花狗儿，咽下嗓子眼里的饸饹，喉管通畅了，又汪汪叫着骂道："老虎跳，我就是×你妈！"

这个小畜生哪里知道，老虎跳的妈正是他货真价实的奶奶。如此大逆不道，是可忍孰不可忍？老虎跳又丢下花藕娘，夹起花狗儿就奔门外跑。

披头散发的花藕娘忙追出去，喊道："你要干什么呀，干什么？"

"我把这个孽障扔到井里淹死！"老虎跳跑进菜园。

花藕娘追进菜园抱住老虎跳的双腿，老虎跳仍然直奔井边，花藕娘光着膀子，被老虎跳拖拉得摩擦着地面，死命拉住他的后腿。

北运河农村的乡女村妇，有个不成文的礼俗：大姑娘是金奶子，穿衣裳要扣紧纽襻儿，火热的天一出屋子也不能敞开脖领，万不能被外人看见自己的乳房。出嫁之后便是银奶子，对自个儿的丈夫不能避讳了。一生孩子就成了泥奶子，当众袒胸露怀给孩子喂奶，热天光着上身，也无所顾忌。

"你这个千刀万剐的凶神恶煞！"花藕娘拼出全身气力，扯住老虎跳不放，"你先杀了我，再淹死孩子。"

"一不做二不休，我淹死他就杀了你！"

"杀人偿命，你也甭想活了。"

"我落到这步田地，早就活腻了。"

花藕娘一阵心寒肉冷，这才感到老虎跳已经下了绝情，硬碰不如软磨，便哀告道："亲人，看在多年的情分上，你饶过我们娘儿俩这一回吧！"

“谁是亲人，哪有情分？你不过把我当一头配种的公马！”

这可言重了，伤了花藕娘的心。她放声大哭，松开了双手，挺起了身子，把头顶在老虎跳的胸脯上，说：“你杀吧！死在你手里我不算屈死的鬼。人世间没有了我的亲人，不如到黄泉下找我的爹娘，也算一家老小得团圆。”

老虎跳看见，花藕娘的胸膛磨破了皮，两只乳房成了两颗血葫芦，也不禁心疼起来。又听她说起惨死的师父和师娘，肉长的心更像被刀剜一样疼痛，撒手把花狗儿交给了她，自己抱着头在井边蹲下来，酸、甜、苦、辣齐上心头。

于二甲子跌跌撞撞赶来，气急败坏地拍着大腿喊叫：“老……虎跳！你……奴才打主子，以下犯上，滚，滚，滚！”

老虎跳霍地站起身，说：“我一天也不想端你家的饭碗了。”说着，就要走进园房卷铺盖。

花藕娘却抢先一步，堵住园房的门口，哭着说：“师兄，你不能扔下我走！”

巧嘴乖舌的花狗儿，不知好歹，捏着嗓子学他娘的腔调：“亲人，看在多年的情分……”

这个一身狗性的小冤家，无意之中在于二甲子面前揭他娘的隐私，告他娘的状。花藕娘举手要打，花狗儿一惊，卷起了舌头。花藕娘又把手落下来，整起了脸子，说：“你大舅是娘的师兄，就是娘的亲人，师兄妹亲如骨肉，怎么没有情分？刚才不是娘说出这两句感天动地的话，你大舅的铁石心肠怎会大发慈悲，饶了你的小命儿？”

花藕娘和老虎跳明来暗去，虽然没有在于二甲子面前露出马脚，于二甲子却并不是不心怀戒意；他正好趁此机会，把老虎跳打发走，消除了心病。他把花狗儿拢在身边，端起主子架子，怒气冲冲地说：“奴欺主，不可留！”

“不留就不留吧！”花藕娘从鼻孔里哼了一声，“眼看就要收秋，满地的粮食，看谁能给你收拾得不丢一粒儿，不少一穗儿？”

于二甲子舍命不舍财，花藕娘这一番话，正中要害。临阵换将是兵家大忌，收秋之前把领青打头儿的解雇，这是自找破财。于二甲子连忙收回成命，说：“念他多年苦劳，我也就宰相肚子能撑船，只是往后不许他到内宅吃饭。”

花藕娘那可怜巴巴的目光，把老虎跳软化了，咽下这口窝囊气，硬着头皮留下来。

但是，从这一天起，于二甲子便对花藕娘和老虎跳的行动严加提防。花藕娘到园子里摘菜，他也紧追在屁股后面，害得花藕娘不但难以跟老虎跳同床共枕，就连眉目传情也不能够了。进出菜园有一条老狗相随，花藕娘也就对摘菜失去了兴致，便把这个差事移交给大丫头办理。

大丫头进菜园子，是花藕娘亲口下令，却又是她亲手埋下的导火线。大丫头摘菜不到一个月，正是秋收之前，就要磨镰收割，花藕娘竟为了大丫头而把老虎跳赶走了。

11

这个姑娘在老虎跳的眼皮下长大，一直管老虎跳叫大叔，老虎跳也一直把她当晚辈看待。她一年小，二年大，女大十八变，一天一个样儿，手大，脚大，个儿大，奶子大，老虎跳全没看在眼里。只有不死心的根半腿密切注意她的动态。大丫头上茅房，根半腿必定爬上树观看，也算饱餐秀色。大丫头是个粗心大意的性格，哪里知道提防根半腿的一双贼眼。有一回，根半腿正在树上伸长脖子，被哑巴金不换发现了；哑巴金不换不声不响，弯腰拾起一块碎砖头，“嗖”地投了过去，不偏不倚正打在根半腿的脑门子上。根半腿一声痛叫从树上摔下来，跌得瘸腿更瘸，不瘸的那条腿也伤筋动骨，一跛一拐一百天。

大丫头长得并不俊俏，可是一双笑眼儿，满脸喜相；内掌柜的指鼻子剜眼数落她，她也是喜眉笑眼不会哭丧着脸儿。所以，在花藕娘眼里，她虽然已经人高马大，也不过是个没心没肺的空壳子。

花藕娘跟随爹娘走四方，从头到尾走遍了二百八十里的北运河，学会了不知多少民歌小曲；大丫头在她身边七八年，一天听几遍，都吃进肚子里，就像春雨点点入地，记在了心上。她在畦里摘菜，不知是情不自禁，还是有意自显其能，摘顶花的黄瓜唱四鲜，摘羊犄角辣椒就唱四红，摘黄芽韭便唱起四嫩。虽然常常荒腔走板跑了调儿，却自是别具一格，旱甜瓜另个味儿，逗得闷着头摇辘轳的老虎跳也忍不住扑哧一乐。

“大叔，您没长着嘴呀？”大丫头顽皮地问道，“人家老龙套子打水，唱得四邻不安，鸡飞狗叫。”

老虎跳又沉下了脸，心事重重地答道：“我不会唱。”

“骗三岁的孩子去吧！”大丫头哼道，“您跟内掌柜的是师兄妹，她会唱您怎么不会唱呢？”

“我是一条破锣嗓子，唱出来比哭还难听。”

“这又是撒谎了！我听见您赶车吆喝牲口：嘚儿嗒喔嚯！就像野台

子戏里的关老爷叫板：‘周仓抬刀，关平备马！’响亮得叫人听着浑身起劲儿。”

“丫头片子，你可真会给我戴高帽儿。”

“那您就别坐轿子哭丧，不识抬举啦！”

“拐弯抹角骂人，你可真是你那内掌柜的得意门徒。”

“大叔，唱一个吧！”

“我没那份闲心。”

“您别牵着不走，打着倒退，不赏我的脸呀！”

“我把唱词都忘了。”

“那我就给您提个醒儿。”

说着，大丫头挎着菜篮走出菜畦，跳上井台，就抢老虎跳手中的辘轳把。

老虎跳心里烦恼，胸口憋闷，身上发懒。过去，他摇起辘轳把，一口气能打一百柳罐斗水；这几天打不上十罐，便手扶着辘轳把发愣。他想到自己眼看就是四十岁的人了，半辈子无家无业，到老来无依无靠，连一块方丈之大的坟地也没有。花狗儿已经是一根长歪了的小树，再过几年更是个贼骨头的逆子，怎能指望他把自己当亲爹孝顺呢？人过四十天过午，一过五十就像夕阳西下；人老猫腰树老焦梢，花藕娘跟自己还能有情有义吗？虽然花藕娘把他强留下来，他已经不想为花藕娘和花狗儿能够家财万贯而卖命了。满堂儿女不如半路夫妻，他想及早抽身，不能在花藕娘这棵歪脖儿树上吊死。如果能找个贤良温顺的二茬子女人，给自己生个一男半女，凭自己这一身四梁八柱的骨架，至少还能踢蹬二三十年；哪怕挣出两三间泥棚茅舍，四五亩旱涝保收的肥土良田，活着是个大全福人，死后也不是孤魂野鬼。可是，哪一天走，他还定不下日子；他跟花藕娘藕断丝连，狠不下心一刀两断呀！

他把镳铲把交给大丫头，蹲到井台上的豆架阴凉下抽烟；为了花藕娘和花狗儿，他戒掉了烟酒，心灰意冷又抽烟解闷儿，借酒浇愁了。

大丫头把菜篮放到他面前，嬉笑道："咱们得五马换六羊，您给我择菜，别想忙里偷闲儿。"

"大丫头，这又是你那内掌柜的真传，四两换半斤，多少得占便宜。"老虎跳磕灭了烟锅，择起菜来。

"别丫头丫头的叫人家，人家老大不小，也是有名有姓的。"大丫头把又粗又长的大辫子在脖子上绕了三圈，噘着嘴儿，喜相的脸儿硬装出恼怒的神气。

这可难倒了老虎跳。大丫头来到于二甲子家七八年，老虎跳跟她说过有数的几句话，从没打听过她姓甚名谁。这时忙换上笑模样儿，问道："大丫头，请问你贵姓高名呀？"

"我姓柳，叫……"大丫头脸一红，咬住舌尖，"姑娘的小名儿，连自个儿的女婿都瞒住。"

"我没当过女婿，不知道这个规矩。"

"您忘了！野台子戏《奇双会》，那个赵知县，要不是在书房里给他的新媳妇写状子，还不知道他的新媳妇叫桂枝哩！"

"我没听过这出戏。"

"又是睁着眼睛说瞎话！五月五端午节，河神庙前搭台唱戏，三出里就有这一出，我还看见您在人群里跟小田先生说话。这才几天呀，倒把戏文都忘了个一干二净。"

大丫头哪里知道，那天晚上，老虎跳不过是虚晃一枪，便溜之大吉。这个野台子戏班，头一出演的是《井台会》，二一出演的是《古城会》，最后的大轴子才是《奇双会》，连演了两个时辰。于二甲子是戏迷，锣鼓还没有敲响，就扒了几口饭，喝了几口水，出来进去坐不住了。但是，花藕娘却不感兴趣，她怕看到戏文里的伤心处，触景生情哭得肝肠寸断，不想去。老龙套子和哑巴金不换虽然听不见，却爱看那戏台上的粉白黛绿，扔下饭碗就直奔河神庙。最后，只得根半腿给于二甲子赶脚，大丫头身背着花狗儿，前跑后追到河神庙。老虎跳只听了《井台会》里李三娘打水的一段哭腔，便溜回家来，花藕娘在园房里早已等得像热锅上的蚂蚁了。

“我这个人好看真刀真枪的武戏。”老虎跳脸皮子发烧，也只得睁着眼睛说瞎话，“娘儿们家哭哭啼啼，小白脸儿嬉皮笑脸的粉戏，我不爱看，就找个朋友喝酒去了。”

“您想知道我的小名儿吗？”

“留着告诉你女婿吧！”

“我瞒他，不瞒您。”

“那就你说我听。”

“我叫香翠。”

“油炸麻花，又香又脆。”

“歪嘴和尚念不出正经，连哪个翠都不知道，还念过八年佛书哩！”

“你怎么知道我念过八年佛书？”

“内掌柜的说过。”

“早就拌着饭吃了。”

“您要猜对了，我有赏。”

“赏一斤关东烟，还是赏二斤高粱酒？”

“多给您打十罐水。”

“累折了腰，找不到婆家。”

“您养活我一辈子。”

“我正少个女儿。”

“呸！烂舌头。”

“香翠儿，你今年十八九，我快四十了，没占你的便宜。”

“您连当我的大叔都不配。”

“立秋的扇子，我又落价了。”

“您猜不出这个字儿，往后我就管您叫大哥。”

“这真是请将不如激将。”老虎跳被她这个小小的乖巧逗笑了，“你是珠宝玉翠的翠。”

“原来您肚子里的墨水还剩下三滴两点哩！那您就听我叫您一声……”香翠那黑白分明的眼珠儿转了又转，见老虎跳已经端起架子，一本正经的神情，这才脆脆生生叫道，“大哥！”

老虎跳大失所望，急不得恼不得，说：“你不烂舌头，也要长三个月的口疮。”

“谁叫您先跟我弄虚作假哩！”香翠儿便一边摇着辘轳把，一边用鼻音低吟浅唱一支枕头边的情歌：

一更里来月儿照瓜楼，

小妹妹梳妆打扮，穿的是花兜肚；

二更里来云遮月，

情郎哥呀，地当褥子天当被；

三更里来梆子响连声，

黑籽红瓤小妹妹不是那养汉的精；

四更里来下露水，

情郎哥搂着妹妹怀里睡；

五更里来鸡叫要早起，

小妹妹的红汗巾儿拴住了你。

……

"住口吧！越唱越粉了。"老虎跳择完了菜，走过来替换香翠儿。

"我还得打一罐！"香翠儿打上了九罐水，已经累软了胳膊，可是偏要逞强，不肯罢休，老虎跳只得搭一把手，两个人把这罐水打上来。

香翠儿满头淌着黄豆粒大的汗珠子，胸脯子一起一伏，鼻翅儿一张一合。她撩起身上那蓝花衫子的前襟儿，擦抹脸上的汗水；老虎跳无意之间看见，她身上没有兜肚，也没有围胸，露出了整个沁出一层汗珠儿的肚皮，两颗奶头滴下的汗珠儿像沁出的乳汁。他的心怦怦猛跳，忙转过身去。

忽然，香翠儿哎呀叫出一声，老虎跳又一个急转身，只见香翠儿紧揪住胸前的大襟，但是还有半个乳房从破裂了的衫子里冲了出来。

"针线……针线！"香翠儿又羞又急，眼里噙着泪花。

她从到于二甲子家，七八年都穿的是花藕娘的剩货。花藕娘身姿娇小，她一过十五就比花藕娘高半头，胸高腰粗个子大，花藕娘的衣裳穿在她身上，就像水筲打了箍。眼前这件蓝花衫子，还是十年前花藕娘身怀六甲，故意做得肥肥大大的衫子，为的是把大半个身子套起来，怕被眼毒的人的目光看化了胎；可是穿在香翠的身上仍然紧紧绷绷，透不过气。而且，不知洗过多少遍，补过多少回，一条条布丝儿都糟了。

“我哪儿来的针线呢？”老虎跳一见姑娘那令人心疼的窘态，急得搓了手。

本来，光棍子长工，都是自己洗洗涮涮，缝缝补补，身边带着个针线包，但是老虎跳享受优待，他的衣裳、鞋袜、被褥，拆洗和缝补都是花藕娘下令香翠儿代劳，所以便横不捏针，竖不拿线。

“我这怎么见人呀？”香翠儿双手紧抓住前襟，指甲嵌进了肉里，糟透了的前襟又被她抓出个大窟窿，整个儿跳出了一只乳房，急得掉下了眼泪。

老虎跳跑进园房，拿出一件自己还没上身的紫花布褂子，递给香翠儿，说：“穿上我这一件儿，赶快回去，该烧火做饭了。”说罢，又背过脸去。

香翠儿虽然个大，穿上老虎跳的褂子却咣哩咣当，扑哧一声，带着泪花儿笑了，说：“哎哟！我就像那戏台上彩旦扮的丑丫头。”

老虎跳回头一看也乐了，说：“我看倒像杨排风。”

“杨排风也是个烧火丫头。”

“虽是个烧火丫头可不丑，你没看过《杨排风招亲》这出戏吗？多少俊小伙儿都想娶她。”

这句话更叫香翠儿听着入耳，转悲为喜，高高兴兴地挎着菜篮走了。

12

花藕娘住在内宅正房东屋，正拿着竹绷子绣枕头。于二甲子得了暴火眼，眼红得像吃死尸的疯狗，疼痛难忍，呻吟连声。北运河农村有个偏方，暴火眼要用童子便洗一百遍，就能神清目明。每天打发根半腿串百家门，找那些百日之内，只吃母奶，没有尝过酸、甜、苦、辣、咸五味的小男孩儿，讨一壶尿来洗眼。根半腿对于二甲子虽然奴颜婢膝，骨子里却怀恨在心，他在每一壶童子便里，都羼几滴羊犄角辣椒汁儿，洗得于二甲子叫苦连天，暴火眼变本加厉。他粘在炕上，也不许花藕娘出屋，上茅房多耽搁了一会儿，他都大呼小叫。花藕娘身在内宅，心在菜园，为了花狗儿骂人跟老虎跳翻脸，大闹了一场，她多么想解开两人心里结下的疙瘩。可是，这个老不死的就像一贴狗皮膏药贴在她身上，揭不下来撕不下去，失去了行动自由。

天热，支起了上窗，窗框上钉上了冷布，下窗还是糊着高粱纸，镶嵌了一块巴掌大的玻璃当窗眼。花藕娘抱着竹绷子心不在焉，绣一针就从窗眼里往外看一看。高高兴兴的香翠儿挎着菜篮，哼着小曲走进内宅，拐过影壁。花藕娘一眼就看见她身上穿的是老虎跳的新褂子，心咯噔一动，身子便出溜下炕。

“到哪儿去？”紧闭着双眼的于二甲子也坐起来。

“大丫头摘菜回来了。”

“回来就回来吧！还用得着你去接驾。”

“她怎么穿起狗儿他舅的新褂子？”

“一定是跟老虎跳勾搭上了。”

花藕娘就像点燃的爆竹，蹦起来跳下炕沿，光一只脚，穿一只鞋，就抢出了屋门。

“大丫头，你……”一口气噎住了花藕娘的嗓子，咕儿喽一声，“怎么穿你老虎跳大叔的褂子？”

香翠儿并无邪念，咯咯笑道：“我替他打了十罐水，摇起辘轳一较劲，蓝布衫子绷开了几个大窟窿，羞死了人！他……”

“脱下来我看看！”花藕娘瞪着眼珠子喝道。

香翠儿只当花藕娘是为了她绷破蓝花布衫子生气，便一边脱一边说：“内掌柜的，您一看就知道糟得只配当铺衬，打袼褙了。”

把老虎跳的紫花布新褂子脱下来，香翠儿身上那七零八碎的蓝布衫子并没有引起花藕娘的注意，她看见的是香翠儿乳房上留下的几道红印。

“呸！”花藕娘一口唾沫啐在香翠儿的脸上，“是不是他跟你动手动脚？……”花藕娘又被一口气噎住了，连连打嗝儿。

香翠儿慌忙手掩着胸脯，说：“这是我死抓住前襟，抠出来的血印。”

“贱货！”花藕娘那哆里哆嗦的双手，掰开香翠儿掩住胸脯的双手，“你把一身肥肉送到他嘴边，哪一个猫儿不贪腥儿。”

“刘大哥不是那偷鸡摸狗的下色鬼，我也不是那破鞋烂袜儿的养汉精！”香翠儿七八年忍气吞声，这一回不知为何胆子壮起来，高声大嗓顶撞主子。

她哪里想到，这两句气话却是当着和尚骂秃子，而且那一声刘大哥，更像在花藕娘的心上捅了一刀。花藕娘扑上前来撕她的嘴，骚的臭的骂不住口。

“反了，反了！”于二甲子瞎眉黑眼，扶墙摸框走出来，“狗儿他娘，割下她的舌头，看她还敢不敢犯上作乱？”

香翠儿“哇”的一声大哭道：“老掌柜，内掌柜，我到你们家七八年了，你们没给过我一分一文的工钱，旧衣裳穿破了反倒怪我不正道，还有好人的活路吗？”

“你卖的是死契，就像我买来的骡马驴牛！”于二甲子的太阳穴上青筋迸起，“骡马驴牛吃草料，哪个要工钱？”

“我到你家是来当使唤丫头呀！”香翠儿蒙了头，“我哪年哪月自卖自身？”

“你十一岁那年在卖身契上按过手印儿！”于二甲子奸笑一声，“千年的字纸儿会说话，打官司告状我占理。”

香翠儿手脚一阵发冷，颤声问道：“押监坐牢还有个出头之日，你们哪一天高抬贵手放我走？”

“你哪一年撒手归西，才算熬出了头！”满腔妒火的花藕娘也恶言恶语地帮腔，“大河里翻船浪催的，你想勾引老虎跳，自个儿找主儿，还是死了这条心吧！”

香翠儿只觉得眼前一团漆黑，哭道：“我今晚上就一根麻绳上了吊，不想没年没月的给你们当牛做马了。”

“蝼蚁尚且贪生，何况人乎？”于二甲子又换了另一副腔调，软硬两手，“有肯出大价钱的买主儿想买你，我为什么不顺水推舟，两全其美呢？”

“您要多少身价？”

“一百石。”

香翠儿点了点头，转身走了出去，花藕娘急忙追赶。

这里又要插入一段并不离题的闲话。

辛亥革命是一锅夹生饭，花藕娘虽是民国年间出生，但是女人缠足的风气仍然十分盛行。她那位短打武生的老爹，对于女人的审美观点，还是“柳叶儿眉，杏核儿眼，樱桃小口一点点，杨柳细腰似笔管，三寸金莲像笋尖”。所以，一定要给女儿缠足，花藕娘是一双小脚儿。香翠儿比花藕娘小几岁，缠足之风已经衰减下来，她家又穷得揭不开锅，吃不上饱饭，也就没钱买裹脚布，她便落下了两只大脚丫子。

香翠儿的两只大脚丫子前边走，花藕娘的一双小脚儿在后面跑追，跑的没有走的快，追也追不上。花藕娘眼见香翠儿一阵风走进菜园，她就更紧捯两腿，怎奈脚小步子碎，难以赶上。

老虎跳已经浇完满园的菜畦，剩下一柳罐斗的井水，正在井台豆棚下洗身了。他抱起柳罐斗，井水浇头；香翠儿不顾一切，扑过去跪在他的膝下，哭道：“大哥，您把我买下吧！”

这一柳罐斗井水，也把香翠儿从头浇到脚。

老虎跳大吃一惊，问道：“香翠儿，你这是……”忙弯下腰去，把她搀扶起来。

“内掌柜的骂我，我……说不出口。”香翠儿水淋淋湿漉漉，就像寻死跳井刚捞上来，“谁能出一百石粮食，老掌柜的就把我卖给他。”

这时，小脚儿花藕娘跟踵而至，老虎跳见她的脸色十分难看，便问道："香翠儿犯下了哪条王法，你骂了她，老掌柜还要卖她。"

"香翠儿？"花藕娘听着耳生，愣了愣神儿，"谁叫香翠儿？"

香翠儿挺直了腰杆子，答道："我姓柳，叫香翠儿，不是那没名姓的骡马驴牛。"

"哎哟哟！"花藕娘酸溜溜叫起来，"枕边上的悄悄儿话，都说出口来了。"

老虎跳前几天的怒气还没有平息下去，花藕娘又来舌底板子压人，给他脸子看，这分明是缘分儿到头了。他的脸一黑，声音虽低，却是威吓的口气，说："你打开天窗说亮话，指桑骂槐我要打嘴巴。"

这可扳倒了花藕娘肚子里的一缸醋，尖叫刺耳："你们的奸情遮住了天，瞒过了地，我的一双眼睛可不是两只出气儿的窟窿，早就照下了你们的影子！"

"拿出真凭实据来！"

"她的奶子上留下你的手印儿，身上穿着你的褂子。"

"十八九的大姑娘不能光着膀子露着肉，你们早该给她做两件新衣裳。"

"我还要给她买全了单、袂、皮、棉，三十六抬嫁妆，吹吹打打送到你的被窝里。"

"嘴上留德吧！她在你我面前还是个孩子。"

"大哥，您买下我吧！"香翠儿又哭了起来，"看不上我这个粗手笨脚的黄毛丫头，买过来您再把我卖出去，好比集市上贩牲口。"

"多么膘肥腿壮屁股溜圆的一匹骒马呀，买下吧！"花藕娘模仿牲口市上牙行经纪人的声调，"尝一尝鲜鱼水菜黄花女儿的滋味儿，也算没有白活一世；吃人家的残茶剩饭，日子长了倒胃口。”

“我买啦！”老虎跳震天动地大吼一声，“还要明媒正娶，三班鼓乐，花红轿子抬进门。”

花藕娘就像被当头一棒打得身子晃了三晃，一屁股坐在地上，说：“那……那……你拿出……一百石粮食。”

“把你家欠下我的工钱，连本带利还给我，也就差不多了。”

老虎跳领青打头儿，每年工钱八石粮，十年来他只不过支取二十石，另外那六十石都存放在于二甲子的粮囤里。于二甲子放驴打滚儿的高利贷，这些年本利早超过了一百石。

“你敢跟我要欠下的工钱！”花藕娘跳跶着两只小脚儿，“算一算你欠下我的有多少？你那些连本带利的工钱是差不多，还是差得多？”

这可堵住了老虎跳的嘴，生不能吐，熟不能咽，有口难言了。

“狗儿他娘，老虎跳欠下你多少钱？”于二甲子拄着一根烧火棍子，像算命的瞎子拄着马竿儿，也一步一挪地蹭进菜园，当不当止不正地插一嘴，“你虽说是内掌柜，可是使唤丫头带钥匙，当家不能主事，怎么敢自做主张，私拿暗送，一回回、一笔笔我都没有入账？”

此中隐情，乃是天机不可泄露，老虎跳难以答对，神色慌张了。

花藕娘却心快嘴巧，不露痕迹地答道：“老虎跳在我爹门下学徒，出师之后还要孝敬师父三年。我一不坑他，二不讹他，每年只算他八石粮，三年就是二十四石，二十年驴打滚儿，他得还我多少？”

于二甲子放高利贷是内行，他掐指一算，便报出了数目：“二百三十四石五斗六升七合。”

老虎跳没想到花藕娘在他身上留着心眼儿，暗下埋伏，一听这么大的数目就傻了眼。

“狗儿他爹，他无情我不能无义，你算一算他那六十石存粮，连本带利有多少？”

“一百二十三石四斗五升六合。”

“两笔账填平补齐，他还有多大亏空？”

“一百一十一石一斗一升一合。”

“再加上大丫头的一百石身价，他应该拿出多少才能把人领走？”

“二百一十一石一斗一升一合。”

“咱们吃亏让人，抹去零头，只算二百一十石吧！”

花藕娘把手伸到老虎跳面前，笑了一笑，说：“一手交钱，一手交货，当场付清，不留尾欠。”这个女人在于二甲子的染缸里泡了多年，买卖交易也够得上半个行家了。

一文钱难倒英雄好汉，更何况二百一十石粮这个大数目？老虎跳悔恨交加，一声长叹，两只大手给香翠儿擦了擦眼泪，说：“香翠儿，你愿等就等我十年，我一定前来赎你。”

香翠儿收住了眼泪，咬破中指，点在胸窝上，说：“王宝钏能等十八年，我就能等你三十六年。”

“十年为期，我不能耽搁你一辈子。”老虎跳走进园房，打起行李扛出来，“老掌柜，咱们立个文书吧！”

“没有那么便宜！”于二甲子扳着指头，算得精细，“十年之后，这二百一十石就变成了四百二十石了。”

“你放心！我老虎跳不少给你一斤一两。”老虎跳爱怜地又看了香翠儿一眼，抢先走出菜园的柴门。

“滚，滚吧！”花藕娘发疯了，“你出了我的门，乘船船沉，坐车车翻，不得好死。”

13

老虎跳给于二甲子立下文书，原想到京东平谷县挖金子。万一一镐刨出个大元宝，香翠儿就得救了。谁想，日本鬼子占领了北京，也占领了京东各县；平谷县的金矿，不管是官家的，还是私人的，都收归日本鬼子的兴亚株式会社所有。每座金矿都拉上三道电网，白天有瞭望楼，黑夜有探照灯，机关枪瞪着眼，过山炮大张口；别说偷采黄金，就是挨近金矿看一看，抓住也要人头落地。老虎跳的黄金梦醒，只得又到别的地主家扛长工，而且身份上降了一格，从领青打头儿改为二趟，工钱也从每年八石粮降到六石。即便一分一文也不花，于二甲子的高利贷十年后不再打滚儿，赎出香翠儿得七十年。他想明偷暗抢，打家劫舍，羞的是辱没了先人，败坏了他家的名声。他想经商，一本万利，但是商不厌诈，经商的头一条本领就得会说瞎话，他却是一说瞎话就变颜变色，脸上挂相儿。此路不通，只有一条发财之路可走，那就是赌博。然而，越渴越吃盐，越穷越赌钱，赌博似发财之道，却比铤而走险更是死路一条。推牌九，押大宝，赢得多，输得也快；老虎跳那六石粮，推了三锅，押了四注，便都装进了别人的腰包。多亏盟弟小田先生仗义疏财，他才有一件过冬的棉袄。

老虎跳离开于二甲子家，一年不如一年；花藕娘逼走了老虎跳，没出三个月就后悔了。有一回她照镜子，看见自己的眼睛塌了坑，眼角爬上了鱼尾纹，悲从中来，伤心地哭了。于二甲子却感到称心如意，呵呵笑道："老得快好，老得快好！再过两年，你头发花白，满脸皱纹，咱俩就找齐了，再也没有人笑话老夫少妻。"

"老得快好，老得快好！"花藕娘抓起镜子摔碎在地上，"过两年找齐儿，过四年我就像你娘，过六年是你奶奶，过八年我更是你祖宗了。"

花无百日红，女人一到三十，就像虽然鲜艳的一朵花，却是快要开败了。花藕娘跟老虎跳相爱的时候才十八岁，虽然被于二甲子奸娶了三四年，失了身却是女儿心，扑到老虎跳怀里的是一个痴情的少女。但是，眼下三十岁了，她已经是一颗熟透的桃子，贪爱枕席之间的欢乐，也不能不想后半辈子得有个相依为命的人，只有老虎跳才当得起这个角色。但是，恶语伤人六月寒，老虎跳已经被她得罪得透心凉了。一两把鼻涕眼泪，三五句甜言蜜语，唤不回这个硬汉子。于是，连日来她挖空心思，要想出一条不显山不露水的锦囊妙计，自己不动窝儿，却叫老虎跳自投罗网找上门来。

不但花藕娘盼望老虎跳能吃回头草，于二甲子更盼老虎跳拨马回头二进宫，还到他家领青打头儿。

原来，老虎跳走后，西蜀无大将，廖化充先锋，于二甲子便封根半腿为领青打头儿的。根半腿受宠若惊，忠心保主，怎奈他连个廖化也不够格儿。下地上垄，卖大力气，他都不如哑巴金不换和老龙套子。然而，他官儿不大，架子不小，对这两位部下，不是指手画脚，便是吆三喝四。老虎跳领青打头儿，力气比老龙套子和哑巴金不换大，手艺比老龙套子和哑巴金不换高，还懂得心疼他们这两个孤苦伶仃的残疾人，没跟他们红过一回脸，瞪过一回眼。相比之下，老龙套子和哑巴金不换心中恼恨根半腿。收秋正紧，又下着连绵秋雨，砍高粱割豆子，一进垄就双脚陷进泥水里，一步一拔腿，手快脚慢，半天砍不完一垄，割不了两趟。根半腿陷进泥水里就寸步难行，只能跟在哑巴金不换和老龙套子后边吃屁，却又不放下领青打头儿的架子，扯断了脖子叫骂，就像大把式吆喝牲口。聋子听不见却能猜声，哑巴听不见能看口型，这两个残疾人一个猜出，一个看出，根半腿骂他们的娘，忍无可忍造了反，把根半腿打得遍体鳞伤趴了炕。天时不正，地势不利，人又不和，这一秋至少糟蹋了二三十石粮食。于二甲子像被剜了一块心头肉，吃不下饭，睡不着觉，唉声叹气半死不活了。

“狗儿他娘……”半夜里，于二甲子从炕头的热被窝里爬出来，越过横躺竖卧在他和花藕娘之间的花狗儿，爬到睡在炕脚的花藕娘身边，抻了抻花藕娘的枕头，“千军好招，一将难求，咱们还是把狗儿他舅请回来吧！”

下霜的秋夜，白花花的月光，听着窗根下的蛐蛐叫，花藕娘想老虎跳想得寸寸骨节都疼痛，一夜一夜地直瞪着眼睛到天明。

“他以下犯上奴欺主，我咽不下这口气！”花藕娘的心早已软得像豆腐，却装得嘴硬像刀子。

“狗儿他娘，孔圣人都说过，小不忍则乱大谋。”于二甲子想钻进花藕娘的被窝，花藕娘却把被子裹得死紧，“他是长工，你是内掌柜，虽有高低贵贱之分，可是，从我那死去的老丈人身上论辈分儿，你是他的师妹，狗儿是他的外甥，他跟你们娘儿俩口气、脾气都大，也不算失礼过了头。”

花藕娘却一翻身脸朝墙，说："你那脏心烂肺，贼眉鼠眼，老怕我跟我这个师兄给你戴绿帽子，我不想没罪找枷杠。"

"都怪我心瞎眼也瞎，错疑了你，冤枉了你，委屈了你！"于二甲子搂着花藕娘的被筒子，连连告饶，"这桩无头案已经水落石出，他勾引的是大丫头，我该给你立一座贞节牌坊。"

花藕娘一骨碌又仰面朝天，冷飕飕地问道："你当真就那么信得过我不是水性杨花？也许花狗儿就是他的种子哩！"

"你别吓唬我啦！"于二甲子那猫须磨蹭着花藕娘那冷若冰霜的脸蛋儿，"当初你一朵鲜花刚吐蕊儿，我也曾怕你嫌我老迈年高，爱老虎跳年轻力壮，疑心花狗儿是他借你的窑烧出的砖。可是，花狗儿一年年长大，模样儿越来越像你，性子越来越像我，小娇儿分明是我的骨头你的肉。"

"娘儿们的心是天上的云，说不定我年过三十变了卦，也想勾引老虎跳呢？"花藕娘要把于二甲子擒下马来，一句紧逼一句。

"这'年过三十'就叫我把心收进肚子里。"于二甲子嬉笑道，"桃花开，杏花谢，老虎跳要采大丫头那朵刚开的桃花，不采你这个过了景的残花败柳了。"

花藕娘咬牙切齿说："我才不能叫他们在咱家借窝配对儿，给我眼里揉沙子。"

"舍不得香饵，就钓不来金蟾呀！"于二甲子急得抬高了嗓门儿，"老虎跳不回来领青打头儿，咱家年年大麦两秋没人挂得了帅印，眼睁睁看着丢金撒银呀！"

花藕娘也心中暗算一笔账。不把老虎跳钓回身边，只能咫尺天涯单相思，自己一年比一年见老，他一年比一年生分，冷落三年五载就更难回心转意了。倒不如吃点小亏，叫这个硬汉子上了钩，自己改一改旧日的脾性，绵里藏针软中硬，拢住他的心，同时看紧大丫头，叫他下不了手，反而大占便宜。

“你贪财不要脸，那你就把他请回来吧！”花藕娘推开搂着被筒子的于二甲子，装得气哼哼地把被子蒙住了头。

“那又失我的身份呀！”于二甲子吭吭哧哧，“你是他的师妹，还是你亲自出马。”

花藕娘掀翻被子坐起来，叫道：“难道就该我不顾脸面吗？”

“打发聋子、哑巴和根半腿去找他，他不一定赏光呀！”

“你交给我办吧！我自有卤水点豆腐。”

“说给我听听。”

“用人不疑，疑人不用。”

“好，好，好！是，是，是！”秋夜寒气袭人，于二甲子被冻得像一只蜷缩的刺猬，又爬回了炕头。

第二天天亮，花藕娘叫花狗儿装病，不上学了。

花狗儿被小田先生开除，走他大姐夫的门路，到镇上的一座小学堂插班上学。他这位大姐夫，也就是于二甲子的大女儿的男人。此人开过宝局，贩过烟土，后来又到奉军里当个司务长；奉军败退出关，他拐带一笔军饷逃回了家，买了三五十亩地，还在镇上当牙行。他得过杨梅大疮破了相，所以于二甲子的女儿虽然闺阁不大清白干净，也并不嫌弃。瘸驴配破磨，两下都只将就而不讲究；成亲之后情投意合，两人都相见恨晚。他上京下卫，到过东三省，见过世面，不但会说日本话巴格牙路，还会说俄国老毛子话大列巴。干了几年牙行，跳到警界，当上镇里的警察分驻所的巡长。腰里挎着一支王八盒子和一副手铐子，招摇过市，横行霸道，瞧谁不顺眼就抓谁，想吃什么，要什么，努个嘴儿，递个眼色，坐商摊贩都得乖乖地进贡。狗改不了吃屎，他家的狗却一年到头吃肉；一盒盒的糕点发霉长了毛，倒进泔水缸里，便宜了他家的老母猪。花狗儿到镇上的小学念书，根半腿赶着大阉驴早晚迎送，中午在大姐夫家吃顿饭。

巡长的小舅子，有王八盒子和手铐子做后盾，镇上小学堂的老师不但不敢开除花狗儿，而且手指头也不敢捅他一下；迟到、早退、旷课、逃学悉听尊便，打架骂人更不加管教，各门功课不及格，吃鸭蛋，照常升班。花狗儿在教室里坐得不耐烦了，就从窗口跳出去，跟随他的大姐夫巡街查市，一路上白拿白吃，吃得满嘴长口疮，又到药铺里吃牛黄上清丸，大泄肚里的存食。大姐夫打了保票，再过几年，他当上巡官，就给花狗儿补个警士，大小也算有个一官半职。花狗儿的大姐虽然怀疑这位小弟未必是老爹的真传，但是捅破了这层窗户纸便败露了家丑，反倒不如以假当真，皆大欢喜。

花狗儿上学没认多少字，却深得大姐夫的熏陶，描着大姐夫的影子，一棵荒枝疯杈的小树更长得歪七扭八了。

花藕娘在花狗儿耳边如此如此，这般这般；花狗儿马上心领神会，假戏真唱起来。

然后，花藕娘走出内宅，点手叫过哑巴金不换，比比画画打手势，文言字话叫手语。那意思是花狗儿得了绞肠痧，性命难保，赶快叫老虎跳回来看一眼。

花藕娘知道，三个长工里，根半腿跟老虎跳是冤家对头，老龙套子跟老虎跳不冷不热，不远不近，只有哑巴金不换死心窟窿，跟老虎跳情同手足，亲得像从一条娘肠子爬出来的兄弟。他明白了花藕娘那手势的意思，哇哇两声，掉头而去。

这是花藕娘的一计。不管花狗儿如何无赖，到底是老虎跳的骨血，亲不过父子，父子血脉相连，假作生离死别，也许能打动老虎跳这条硬汉子的铁石心肠。

同时，她还另有一手，那就是以大丫头当诱饵，十拿九稳能把老虎跳诓回来，可是不到万不得已，她不愿使这一招儿。

于二甲子躲在幕后，为的是如果老虎跳和花藕娘一言不合，吵得人仰马翻，他好出来打圆场，便带着大丫头到菜园，一个摘菜，一个择菜，打算请老虎跳吃一顿荞麦面包饺子。

内宅里，只剩下花藕娘和花狗儿母子二人。花狗儿蒙住他娘那床富贵牡丹的大花被子，藏头裹脑却不住嘴儿地吃零食。花藕娘百感交集，心情激动，炕上坐不住，出溜到炕沿；屁股下面就像坐着蒺藜狗子，又走出里屋，坐在外屋门槛上；又像被灶膛的火苗子烤得慌，站起身走下台阶，到天井那看家狗钻来钻去的墙窟窿，趴下身子向外看。听不见脚步声，看不见人影儿，她又搬过梯子，爬到半腰，从墙上探头探脑。坐立不安又几上几下，仍然不见老虎跳到来，她的心凉了。

突然，内宅的院门咣啷一声，气喘如牛的老虎跳破门而入。

“狗儿呢？”老虎跳直瞪着两只眼，满头大汗像挂满了露水珠子。

花藕娘吓得从梯子上跳下来，跌了个单腿跪地，不知是悲是喜，像哭又像笑，问道：“你这是……从天上掉下来，还是从地下钻出来？叫人等得心焦，盼得眼蓝。”

老虎跳脸色大变，声音打着颤儿问道：“孩子……还活着吗？”

花藕娘看得出来，老虎跳一听花狗儿病重，便心急如焚，动了真情。这条硬汉子也有一挂儿女情肠呀！她的心一酸，淌下了两大颗圆溜溜亮晶晶的泪珠儿，却又不能不撒谎，说：“狗儿刚吃了一剂起死回生的药，魂灵儿归窍了躺在炕上睡得正香哩！”

老虎跳绷紧的心弦一下子松下来，腿一软打了个趔趄，险一些儿栽了个四脚八叉。他收住了脚，站定了脚跟，气息虚弱地说：“你进屋去，掀开被角，我……站在窗根下，隔着窗眼看一看。”

“来到我的家，怎么能不进屋坐一坐呢？”

“我出了这个门，就没想再进这个门；不知道狗儿病重，我一辈子也不回头。”

“你一个男子汉大丈夫，就这么小肚鸡肠呀？”花藕娘眼里噙着泪，手儿牵着老虎跳的一只袖子，“跟我这个头发长、见识短的娘儿们家怄气，值当的吗？”

“我是跟自个儿怄气！”

“干吗自个儿跟自个儿过不去呢？”

“恨我贪便宜好色，软了骨头。”

但是，这个立在地上像一根擎天柱似的硬汉子，还是被花藕娘的小手儿牵进了里屋。

里屋炕上，富贵牡丹大花被子里有个人形儿，想是花狗儿吃饱睡着了。花藕娘轻轻走过去，揭开被角，失声叫起来：“狗儿呢？”

她大翻膛掀开了被子，只见横放一只小枕头，竖放一条双人枕，花狗儿无影无踪了。

“原来你是插圈拴套，跟我要花招儿！”老虎跳又火了。

“我真没诓你！”花藕娘四下张望，只见后窗口有脚蹬的鞋印，“这个小冤家，病刚见轻就贪玩儿，跳出后窗野跑去了。”

“看来一时半会儿死不了。”老虎跳转身想走，挣脱了花藕娘牵住他的那只袖子。

“站住！”花藕娘扑到他怀里，“你还认得这床被子吗？”

“不认得。”老虎跳眼皮也不抬。

“那是咱俩头一回同床共枕的合欢被。”

老虎跳心一动，却说：“那时候你还是个孩子，我也年轻，才走差了脚步。”

花藕娘一定要焐热他那颗冻成冰疙瘩的心，又问道：“你还认得这一只双人枕吗？”

触目生情，勾起往事，老虎跳点了点头，说：“见过，枕过。”

花藕娘悲悲切切地哭了，说：“自从你走后，我没有一天不枕这只枕头，这只枕头上留着你身上的味儿。”她走过去扯开枕套，露出了枕囊，“你看，斑斑点点都是我的眼泪呀！”

老虎跳是个肉眼凡胎直肠子的人，一腔子血又被花藕娘这几句话烧开了锅；他一阵气短，长叹一声，说：“咱俩是前世的冤家，我上辈子欠下了还不清你的债。”

“哥哥，回来吧！”花藕娘鼻涕眼泪浸湿了老虎跳的前胸，“咱们重新打鼓另开张，你是我的主子，我是你的奴才。”

这时，院里于二甲子高声问道：“狗儿他娘，你在屋里跟谁说话呀？”

“我的娘家人来啦！”

“是狗儿他舅吗？”

“他看咱们一天天败家，又来给咱们领青打头儿啦！”

老虎跳急了眼，可又不能不低声，说：“我没答应你回来。”

花藕娘媚眼儿一笑，说：“你又进了我的门，也就钻进了我的狗牙锁，进得来出不去了。”

于二甲子三步两步走进里屋，当胸抱拳，连连拱手，说：“狗儿他舅，穷家出孝子，国破见忠臣，多谢你二返投唐，帮我整理家业。”

“狗儿他爹，你陪客。”花藕娘赶忙脱身而去，“我到灶上，给我师哥做几样下酒菜。”

老虎跳被一条无形的绳子七缠八绕，不得不硬着头皮坐下来。他和于二甲子本无话可说，不过是你问一句，我答一句，扯一些不痛不痒，少盐寡酱的淡话。不过，灶上的花藕娘和香翠儿各有各的心思，一个做饭，一个炒菜，一个比一个精心细作，一个比一个手忙脚快。不大一会儿，炒得了一大盘鸡蛋，拌了一盆子豆腐，另外又用白菜萝卜配搭一冷一热，荞麦面包饺子也改换了白面葱花饼。

酒菜上桌，于二甲子就气不打一处来。他一辈子吃别人的是狮子大张嘴，别人吃他的但愿都是鸡啄食儿，而且只能逢年过节吃白面，不年不节的吃细粮便是罪过。有气不出，憋在肚子里是块病，他就专抢那盘子炒鸡蛋，那贪婪下色的脸子，老虎跳一看就饱了，闷头喝酒吃豆腐，不在炒鸡蛋的盘子里下一箸。花藕娘别有用心，一杯又一杯给他满酒，他心中懊丧，满一杯就喝一杯。

14

北运河农村年年有出古北口，到穷山恶水的热河省种鸦片的人，腊月回家过年，便带回大包小包的鸦片烟籽儿，送给左邻右舍和三亲六故当礼品。北运河农村水土不服，鸦片烟籽儿撒下去不出苗儿，只能当药吃。泡在酒里，喝下去最能治肚子疼，可也能把人麻醉得昏睡过去。花藕娘给老虎跳喝的这葫芦酒，就兑上了浸泡鸦片烟籽儿的药酒。开始喝起来，令人感到兴奋，越喝越爱喝，不知不觉便被麻醉，酒力又在五脏六腑发作，便醉得一塌糊涂了。

老虎跳醉到天大黑，还不见醒来，花藕娘便吆喝大丫头，把他背到西厢房北屋，盖上大丫头的被子睡觉。

“我到哪儿睡呀？”香翠儿提心吊胆地问道，“我只有那床被子滚炕席，您给老虎跳大哥另找一床被子吧！”

“今晚上你跟他并骨！”花藕娘恶狠狠地咒骂，把花狗儿的一床尿过百遍的破被子扔给香翠，“你有情，他有意，我成全了你俩，你俩得懂得知恩必报。”

香翠儿心跳脸红，问道：“您跟老掌柜的开恩，不跟他要我的身价啦？”

“一粒儿也不能少！”于二甲子叫喊道，“老虎跳回来领青打头儿，拿他的工钱顶你的身价。”

香翠儿咬了咬嘴唇，说：“我把他背到园房去，就算你们借给我们的窝儿。”

花藕娘却扮演了王母娘娘的角色，拔下银簪划一道天河，说："只有今晚上你们唱一出《天河配》，老虎跳哪一天还清了你的身价，你们才能成夫妻。"

香翠儿把花狗儿那尿过百遍的破被子扔回去，说："我这辈子就是跟他过一夜，明天天亮伸腿瞪眼咽了气，也不算屈死的鬼了。"

半夜，老虎跳恍恍惚惚感觉，自己又和花藕娘在园房的小炕上，被花藕娘紧紧箍在怀抱里，他气恨交加地骂道："你是一条白花蛇，不把我缠死你不罢手！"

"大哥，是我……"香翠儿松开了胳臂，"我是香翠儿，今晚上内掌柜的把我给你了。"

"香翠儿，你……你……"老虎跳火冒三丈，翻身坐起来，"你怎这么下贱？"

"大哥，你骂我吧，打我吧！"香翠儿双手蒙住脸，不敢放声哭出来，只能低低地抽泣，"不把我给了你，老掌柜和内掌柜早晚也得把我给别人；给了你我心甘情愿，给别人我拼出一死。"

"妹子！"老虎跳感动得把香翠儿拢到怀里，"这是老掌柜和花藕娘给我插的圈，给你拴的套。"

"只要我能跟你做一日的夫妻，他们就是给我挖下了火坑，我跳下去烧成灰，也多谢他们成全了我的心愿。"

"香翠儿……"

老虎跳两行热泪，洒在了香翠儿那被秋夜寒气冻得冰凉的肩头上，烫得她一阵哆嗦。

"大哥，你哭了？"香翠儿伸手给老虎跳擦泪。

老爹出殡，老虎跳摔丧盆子大哭一场，二十多年再没有掉过半个眼泪疙瘩。硬汉子的心就像一座荒山秃岭，凿下千丈也打不出井，难得落泪。他攥住香翠儿的手腕子，把一大口泪水咽回肚子里，说："香翠儿，我眼看土埋半截了，论年纪比你的爹娘小不了几岁；我坏了你的身子，毁了你一辈子，缺德损寿呀！"

香翠儿的另一只手慌忙捂住老虎跳的嘴，半倚在他的身上，说："大哥，我的苦人儿！你从小死了娘，年到四十还没有自个的家，活了半辈子有谁疼过你？你虽比我大得多，在我眼里你可比我小……"

老虎跳摇摇头，掰开香翠儿的手，说："你这是给我说宽心的话，老夫少妻我于心不忍。"

"女人生来就是当娘的呀！"香翠儿两只手捧住老虎跳的脸，"我知道疼你，也会疼你。虽说我一不能给你好的吃，二不能给你好的穿，可是我的心窝子就像一间暖窖，你的家就在我的心窝子里。"

"亲人！"老虎跳把脸埋在香翠儿的胸窝里，哭得像三岁的孩子。

窗外，也有人吸溜着鼻子哭了，那是手提一盏马灯的花藕娘。

花藕娘站在窗根下听窗，听到老虎跳和香翠儿情投意合，本想闯进屋去，撕香翠儿的嘴，啐老虎跳的脸，可是一听老虎跳哭得如此伤心，却惊醒了她。回想自己跟老虎跳相好十多年，只知道贪玩、撒娇、赌气、甩闲话，何曾说过香翠儿这般良言一句三冬暖的知心话儿？老虎跳只有烦躁、懊恼、发火、悔恨，怎会赏给她一滴眼泪？她抽身返回正房，一头倒在炕上，也是哭不敢出声，咬碎了双人枕。

老虎跳留下来领青打头儿，花藕娘却一病不起。

于二甲子不许找大夫给她看病，也不吃求神问卜讨来的仙药；虽没有绝食，一天也只喝上半碗汤水，好像打定主意等死了。眼看着花藕娘一天比一天消瘦，一天比一天枯萎，于二甲子不但不着急，反倒流露出几分喜色。这十来年，开门他主事，关门花藕娘当家，他心里老大不痛快；可是花藕娘嘴刁气又盛，他惹不起这个满身是刺的花枝小媳妇儿，只得一忍再忍，窝在心里。现在，花藕娘病势沉重，有今天没明天，他便能接管内务，大权独揽了。头一宗，便是舀米秤菜，监督香翠儿上灶，围着锅台转，不许香翠儿多下半合米，多炒一碟菜，多洒一滴油，多烧一根柴，连给花藕娘做一碗鸡蛋汤，香翠儿多放了一点葱、姜、蒜的作料提味儿，他也把香翠儿臭骂了一顿。

花狗儿更是个混蛋，亲娘要死，他一点也不打蔫儿，更不怜惜。嘴馋就吃，口渴就喝，困了就睡，一不顺心犯起少爷脾气，摔盆子砸碗。有一天，他放学回来，于二甲子正在灶上监督香翠儿淘米做饭。他走进里屋，一口一口捯气的花藕娘叫了心肝儿叫宝贝儿，求他给倒一碗水，润一润嗓子。这个混蛋瞪起两只小三角眼，摔碎了茶碗又摔茶壶，叫骂道："渴死你，饿死你！免得你炕上拉屎，被窝里撒尿，满屋子的母狗骚臭味儿。"

花藕娘哀叫一声："报应！"便昏厥了过去，花狗儿却一甩袖子，扬长而去。

多亏灶上的香翠儿听见正房的响动，扔下手里的刀勺，跑进来给花藕娘掐人中揉胸口，花藕娘才活了过来。

好心肠儿的香翠儿，心慈面善，不念旧恶，耐心周到服侍花藕娘；花藕娘也像脱胎换骨变了个人，跟香翠儿说话都是低声柔气，也不分主子奴才了。

香翠儿自从跟老虎跳有过那一夜，就像春风吹得花儿开，春雨洒在花瓣上，又鲜艳又水灵，虽是破衣烂衫的打扮，却更衬出染在眉眼脸颊上的少妇娇色。老虎跳严守他和香翠儿之间的婚约，不进内宅一步，不见香翠儿一面；香翠儿也被看管得紧，走出内宅必须速去速回，十天半月难得看一眼老虎跳的身影儿。可是，两人心连着心，吃苦受累，吞糠咽菜，也觉得活着有盼头。

“香翠儿，坐过来。”花藕娘伸出骨瘦如柴的手，拍了拍炕沿，头一回亲亲热热叫香翠儿的名字。

“内掌柜，您……”香翠儿多少年没见过花藕娘的好脸儿，有点不相信自己的耳朵，脸色也疑疑惑惑。

“别叫我内掌柜，叫我一声……姐姐吧！”花藕娘苦涩地一笑，“我是老虎跳的师妹，你有朝一日……是我师兄的屋里人，照理我该叫你一声……嫂子。”

香翠儿头皮发炸，只觉得花藕娘这是回光返照。她虽然不懂得“人之将死，其言也善；鸟之将死，其鸣也哀”这两句文言字话，却感到花藕娘在临死之前良心发现，便挨近炕沿，低着头说：“内掌柜，我不敢当。”

“说什么敢当不敢当呢？我没进这个家门之前，还不是跟你一样，都是穷人家的孤女儿。”

“可是您当上了财主奶奶内掌柜，我是个使唤丫头下贱人，那就主子奴才不一般了。”

花藕娘惨笑道：“我多么愿意跟你一对一地换一换呀！”

“我不换！”香翠儿慌忙后退。

“我那师兄是个金不换的人品啊！”花藕娘闭上了眼睛，面无血色，“香翠儿，你恨我吗？”

“不恨。”

“说真话。”

“不……”

“你恨我，我那师兄也恨我。”花藕娘嘤嘤啜泣，鬼声鬼气，“我心里肠子烂，下辈子只怕要变畜生，天天被鞭打棍捶，临死一刀下汤锅，剥了皮蒙鼓面，捶得粉碎才算赎完了罪。”

“内掌柜的，您别说了，我害怕……”香翠儿回头看了看，好像一阵阴风吹来，门帘子飘动，就像鬼影幢幢，心惊肉跳。

“我死之后……”花藕娘突然又睁开眼，充满乞怜和赎罪的目光，令人恐惧，令人心碎，“叫我师兄剜出我的心喂狗，你刀剁案板骂我三天三夜，我到阴间也许少受点儿罪。”

“哎呀！”香翠儿尖叫着跑回灶上，向于二甲子禀告，内掌柜的只怕活不到一时片刻了。

“早就该死！”于二甲子嘿嘿笑起来，顺手掏了香翠儿一把，“她一死，我就把你收房，你这只串地垄的鹌鹑飞上了梧桐树，使唤丫头当上了财主奶奶。”

香翠儿闪身躲开于二甲子的老鸹爪，说：“您跟内掌柜的早把我给了老虎跳啦！”

“那是狗儿他娘的主意，她一死我就改章程。”于二甲子说着，走出内宅，吩咐老龙套子和哑巴金不换到河边刨树，给花藕娘打一口柳木槽子的棺材。

香翠儿也不管饭焦菜煳，跑进正房里屋，跪在炕沿下，哭道：“内掌柜，老掌柜的存心不良，他说等您……就把我收房。”

“老狗，我偏不死！倒要亲眼看你这条老狗得个痰火瘫炕上，中风不语有口难言！”花藕娘像被黄鼠狼附了体，披头散发一跃而起，扯裂了被褥，抓破了窗纸，两只金莲儿只缠着裹脚条子，便跳下炕，手持顶门的杈棍，打碎满堂瓷器，“我不喂你这条老狗，叫你这条老狗饿得只剩一张皮！我不饮你这条老狗，叫你这条老狗渴得舌头粘住上膛！我不给你这条老狗擦屎端尿，烂得你这条老狗浑身下蛆！”

她上蹿下跳折腾了一阵儿，气虚昏迷正要倒下去，被一阵风冲进屋来的老虎跳把她抱住。老虎跳正在河边耕地，看见于二甲子带着老龙套子和哑巴金不换刨树，听说是给花藕娘打棺材，扔下犁杖，解开绳套，骑着光背黑骡儿赶回来。

老虎跳把花藕娘抱在胳臂上，只觉像抱一团柳絮，一捆芦花；花藕娘不但黄皮寡瘦，而且好像连骨头都糠了。师兄妹如同手足，露水夫妻旧情难忘，老虎跳的心疼了。

“狗儿他娘，你不安生养病，发的什么疯？”老虎跳的话虽粗鲁，却是一片深情。

“老狗要……逼死我，就把……香翠儿……收房。”老虎跳要把花藕娘放在炕上，花藕娘的两条胳臂却挂住老虎跳的脖子，不肯松手。

“是你多心吧？”

“你问……香翠儿……”

香翠儿含泪点点头。

“他敢！”老虎跳咆哮如雷，“他敢逼死你，霸占香翠儿，我就给他灭了门，扒祖坟，一把火烧个片瓦不存。”

“我那顶天立地的好哥哥呀！”花藕娘泣不成声，“这些年……没有你在我身边，我早死过十年了，哪儿能活到今天？”

“养好了病，你还得活个七十三、八十四。”

“妹子在你身上亏心，顶着我爹娘的名儿，赖你一笔账。”

“我欠下师父和师娘的恩情，多少钱也还不清。”

“我欠你的恩情难道还得清吗？都一笔勾销了吧！”花藕娘哭得泪中带血，“我只怕活不上几天了，但求你天天来看我一眼，我愿当着你的面咽下这口气。等我死后，把我的心剜出来，你看看是红的，留下来你炒了下酒吃，给你补身子；剜出来一看是黑的，你就扔了喂狗。”

“狗儿他娘，你这是拿绱鞋的锥子扎我的心呀！”老虎跳又伤心又起火，“你再敢胡言乱语，我打死你！”

“打吧，打吧！”花藕娘微笑着闭上眼睛，“你就打过我一回，这才把我惯坏了。”

“等你病好了，我要把你打成一摊泥，再把你捏成个新人儿。”

“荷梗当骨，嫩藕当肉，莲子当心……”

老虎跳把花藕娘放到炕上，香翠儿给她盖上被子，她呢呢喃喃地睡着了。

香翠儿一头扑到老虎跳怀里，哭着说：“亲人，你的心千金难买，天下还有比你心更好的人吗？”

“大丫头！”内宅院门咣啷响，于二甲子兴冲冲走进来，大呼小叫，“狗儿他娘断气儿了吗？”

花藕娘从梦中惊醒，凄厉地连叫：“哥哥，快救妹子一命呀！”

老虎跳一步跨出里屋，两步跳出外屋门槛，站定在院里，满脸杀气，牙咬得咯崩响，说：“老掌柜，你还算是个人吗？我妹子死不了，要长命百岁！”

“大胆！”于二甲子一见老虎跳那阴沉可怕的一副凶相，吓得转影壁，“我给你清账，你给我卷铺盖，山字摞山字儿，请出！”

老虎跳一向是关云长的脾气，最爱脸面，听不得任何人吆三喝四；这一回却一反常态，双手叉腰，脚站丁字步，哈哈大笑三声，说：“只要我师妹活一天，你就别想把我撵走。”

“好哥哥！”花藕娘又从被窝爬到窗台，隔着玻璃窗眼，疯疯癫癫似的笑道，“你只要不走，我就能活下去！”

“好，好，好！”于二甲子只得缩回了脖子，“家贼引来外鬼，我这个灶王爷成了丧家犬。”

这一场风波过去了，花藕娘的病一天天好转；三天下炕，五天出屋，十天之后便到左邻右舍串门子。只是跟于二甲子不说一句话，也不在一张桌子上吃饭，睡觉还是一个炕头，一个炕脚，各占一方。

15

奇怪的是于二甲子一点儿也不烦恼。他每天早出晚归，骑着大阉驴，根半腿赶脚，就像周游列国，走遍了九个女儿家。可怜根半腿每天捅驴屁股，四面八方跑个不停，不但两脚打了泡，而且那条瘸腿肿得不敢沾地，赶驴只能蹦来蹦去，站下来便是金鸡独立。

“老掌柜，您老人家能不能歇息两天呀？”根半腿苦着脸儿劝道，

“累死了我，死而无怨；累伤了大阉驴，那可是破了您的财，难买这么赤胆忠心的好牲口了。”

“路遥知马力，日久见人心；根半腿你好比这头大阉驴，也是我驾下的一大忠臣！”于二甲子从九女儿家回来，四盘八碗吃得酒足饭饱，满面油光，“论功行赏，你想求我赏点什么，才觉得心满意足？”

“多谢老掌柜的恩典！”根半腿急忙打了个千，“您老人家赏我一双鞋吧！这些日子我跟随您老人家东跑西颠，南征北讨，脚下的鞋都跑飞花了。”

“一双鞋能值几何？”于二甲子摇了摇头，不屑一顾。

“那就……每年……”根半腿爹起胆子，吐出每个字都烫嘴，“给我长五斗工钱。”

“五斗粮也算不得我对你格外开恩。”

“老掌柜，您老人家是金口玉言，还是您老人家说吧！”

“贱骨头！我要的是你自己请赏。”

“老掌柜，我……我……”

“放个响屁！”

“我不敢想……”

“漫天要价，坐地还钱，说过了头我一不骂你，二不打你。”

“我想要大丫头香翠儿。”

“就把她赏给你！”

“您这是墙上画烙饼，能看不能吃。”

“我的话就是圣旨。”

“内掌柜的不点头，您的圣旨不过是一句空话。”

“我自有釜底抽薪之计。”

“过得了内掌柜的这一关，也过不了老虎跳那一关呀！”

“我还有调虎离山之计。”

已经望得见村庄的树梢，根半腿抓住大阉驴的笼头，说：“老掌柜，您还是别含着骨头露着肉，豆儿干饭光焖着不揭锅，不馋死我，也憋死我。”

“九姑奶奶要坐月子了，我要打发大丫头去服侍九姑奶奶……”于二甲子故意卖个关子，吊根半腿的胃口。

根半腿大失所望，噘着嘴说：“她到九姑奶奶家当差，我想看都看不见了，还不如墙上画烙饼哩！”

“你赶那头瘸腿草驴，送她到九姑奶奶家去。”

“这也只不过解一解眼馋，吃不到嘴里。”

“瘸驴走得慢，半路得住店。”

根半腿如梦方醒，惊喜交加，趴在地上磕头如捣蒜，连呼“谢主隆恩”。

过了两天，镇上来了 家野台子戏班，日夜两场。从早上到天黑，演的是《薛礼全传》。薛礼是唐朝名将，又名薛仁贵。这一出连台本戏，从薛仁贵到柳员外家扛长工，到柳迎春小姐慧眼识英雄，私定终身。又从投军别窑，到跨海征东。以后便是吃九牛二虎，独木关叹月。最后，救驾封王，衣锦荣归。生、旦、净、末、丑，五色俱全，一唱三叹而又刀光剑影，文武带打，如此好戏不是千载难逢，也是百年不遇。于二甲子换上一副讨好告饶的面目，打躬作揖，涎着脸儿，劝花藕娘到镇上看戏散心火，而且下令老虎跳套车伴送。薛仁贵和柳迎春的故事，正投合花藕娘的心意，便也给了他个笑模样儿，欢喜地答应了。

花藕娘和老虎跳刚走，于二甲子立刻吩咐根半腿牵出瘸腿草驴，然后就急得像火上了房，命令香翠儿收拾包裹，骑驴到九姑奶奶家服侍月子。香翠儿虽然觉得走得匆忙，临别没有见到老虎跳一面，不免心中怅然若失，却又想到一个月的时光，转眼之间就能回来，并没有多疑。

也许瘸腿草驴反倒心眼儿多。香翠儿上了驴，根半腿牵缰绳，瘸腿草驴却耷拉着耳朵，夹紧了尾巴，一步不走，纹丝儿不动。根半腿平日温柔体贴，今天却勃然大怒，抡起懒驴愁的皮鞭子，狠抽驴屁股。瘸腿草驴虽然没有暴跳如雷，蹦起多高，一条后腿尥起了蹶子，正踢在根半腿那条好腿的踝子骨上。根半腿疼得鬼叫着满地打滚儿，站不起身只能爬行，狗咬尿泡空欢喜了一场。

赶脚的改换哑巴金不换，瘸腿草驴高高兴兴地上了路。

于二甲子的九女儿，是九姐妹中的一枝花，出阁之前的风流韵事也就比八个姐姐更多。不过，她比八个姐姐嫁得远，丑事不为人知，是被当作黄花闺女，八抬大轿娶走的。她的婆家在北京东便门外，通惠河畔，种菜园子。虽没有八个姐姐家那么多的土地，可是一亩园十亩田，日子反倒比八个姐姐家富足。她的丈夫，在北京城内南小街路西的一家杂货铺当伙计，是个安分守己的买卖人，离家只有几里路，不到年节也不敢向掌柜的请假回家住一晚上。这位九姑娘独守空房，静极思动，旧病复发；公婆都是安善良民，管不了她，丈夫是个缩头男子，不闻不问。后来闹得门庭若市，家无宁日，公婆接连被她气死，丈夫便卖掉了菜园，在西城一个名叫十八道湾的拐角，开了个小杂货铺，把九姑娘接到城里。香翠儿等九姑娘过了满月，想要返回乡下，九姑娘却拿出了她当年按过手印的卖身契，原来于二甲子把她转让到九姑娘名下了。她逃跑了三回，都没逃出十八道湾胡同口，就被当地警察分驻所的巡警拦住，不但惨遭毒打，而且受到百般凌辱。她寻过一回死，抢救过来，九姑娘要把她卖到下处。当时，北京的内城没有妓院，却有养家和暗门子。十八道湾有个满脸横肉的养家妈，养着十个年岁相差不多的姑娘，她对外都说是自己的亲生女儿；好像她是一口老母猪，一窝十胎。这十个姑娘有的当野妓，有的在家里接客，香翠儿亲眼看见这些人的惨相。她求生跑不了，求死不得而沦落为娼，更受残害，只得听天由命，给于二甲子的九女儿终身为奴了。

老虎跳想到北京城内找回香翠儿，可是一进北京城门，便眼花缭乱，头晕脑涨，迷失了方向。他打听了多少行人，东撞一头西扑一空，七天七夜也没有找到十八道湾，好几回差一点被汽车撞死。当时占领北京的日本鬼子正抓华工，他愣头愣脑送上门来，被反剪双手押上火车。这是一节运送生猪的车厢，他和十几个华工被扔进这节车厢里，头上是一张铁丝拧成的罩网。他不愧是一条硬汉子，竟咬断了几股铁丝，露出一个大窟窿，临近安次县的廊坊车站，一个旱地拔葱，蹿出了罩网，跳下火车逃了命。

老虎跳逃出命来，怕后面有人追赶，一路上拐弯抹角，不走大道走小道，脚不停步走了一天一夜，没有遇见一个行人；眼看跨过京津公路就到了家，想不到碰见了一个好像恭候多时的算命瞎子。

一座荒草蓬蒿的孤坟，一棵半死不活的歪脖儿树，算命瞎子坐在孤坟顶上，歪脖儿树下，脱下千钉百补的长衫，光着膀子拿虱子，身边放着马竿、响锣和横笛，还有一副油渍麻花的梢马子。摸一个虱子扔进嘴里，嚼得像爆炒豆子，怡然自得。

老虎跳急着回家，从算命瞎子面前匆匆而过，顾不上瞟他一眼。

“站住！”算命瞎子突然大喝一声。

这个算命瞎子的双眼塌陷两个大坑，瘦得像灯草胳臂麻秸腿，一声断喝却像半夜三更的深巷犬吠，吓了老虎跳一跳。

老虎跳蹦了个高儿，双脚落地，定了定神儿，笑骂道：“你这条瞎狗乱咬人，我可不上你那江湖诀的当！”

“赶快倒退三步！”算命瞎子急赤白脸地喊道，“你正脚踩着阴阳界，我得给你指明一条生路。”

老虎跳虽然出家八年，又在僧道两家的寺庙里扛过十年长工，眼见目睹他们那装神弄鬼的黑幕，可是上有天堂，下有阴司，万般皆由命，半点不由人之类的迷信思想，仍然装满他的脑瓜子。他的思想水平差不多和孔夫子相等。“子不语怪、乱、力、神”，但是相信宿命论。

身不由己倒退了三步，老虎跳半信半疑地问道：“先生，你是不是三年没开张，想在我身上开张吃三年？”

“我白送你一卦，分文不取。”算命瞎子披上千钉万补的长衫，摸过了油渍麻花的梢马子，抽签、测字、打卦、占卜……道具齐全，十样全能。

老虎跳一天一夜奔走百里路，又像惊弓之鸟丢了魂儿，也想歇一歇腿，喘一喘气，便在孤坟下坐定，说：“先生，你给我批一批八字吧！”

“客官，请讲！”算命瞎子伸出老鸹爪似的脏手，“心诚则灵，不许藏头露尾；你说得千真万确，我才能批得不差分毫。”

老虎跳满腹冤屈，正想一吐为快，不但说出了自己和香翠儿的生辰八字，而且和盘端出自己跟香翠儿的深情和隐秘，提心吊胆地问道：“先生，您看我跟这个打着灯笼难找的好姑娘，有没有夫妻之缘？”

“白马犯青牛，羊鼠一旦休，蛇虎如刀错，龙兔泪交流，金鸡怕玉犬，猪猴不到头。”算命瞎子一边掐算，一边口中念念有词，“你是庚子年生，属鼠的，她比你小十八岁，己未年生，属羊的；命相不合，属相相克，不宜婚配。”

老虎跳想了想，自从他跟香翠儿同床共枕一夜，口头订下婚约，便日见走背字儿；这一回进城寻找香翠儿的下落，险一些儿扔了命，看来属羊的香翠儿命硬，命里克夫，跟自己不能白头到老，只不过是露水姻缘。他垂头丧气，又说：“还有一个比我小十岁的女人，是我的姘头儿，你给我算一算，我跟她能不能有朝一日成夫妻？”

算命瞎子忙说：“这一卦可就不能白送了。”

白送一卦，本是算命瞎子兜揽生意的一种手段；老虎跳已经钻进他的圈套，由不得他不掏腰包了。

他进城穿的是一件里外都打补丁的褂子，补丁里藏着钱。东奔西走了七天，只剩下一张伪中国联合准备银行的纸票子，撕开补丁掏出来，递给了算命瞎子。

算命瞎子虽然看不见，却摸得纸票子的数目多少。他一摸便知，卦礼可算丰厚，便堆起笑脸儿，说：“客官，你出手大方，我详批细解，这叫钱能通神。”

“她是庚戌年生，属狗的。”老虎跳说出花藕娘的生辰八字。

“客官，不必多讲了。”算命瞎子打断老虎跳的话，“此人必是活人妻。”

这又叫老虎跳大吃一惊，反问道：“你怎么知道？”

老虎跳虽没有被鬼迷了心窍，却是被算命瞎子搅昏了头脑。北运河农村甘当姘头儿的女人，大多是婚姻上很不如意的有夫之妇；其次是被迫不能改嫁的寡妇，坐家女儿很少。即便是寡妇或坐家女儿，也曾是活人妻或将是活人妻，算命瞎子仍然可以胡同捉驴两头堵。

“这个活人妻的男人，生辰属相，你可知道？”算命瞎子又追问一句，就像问案的套供。

“我不知道他的生辰……”老虎跳后悔自己刚才脱口而出，感到嘴唇发烫，羞于出口，“只知道他比那个女人大四十多岁，好像是属鸡的……”

“金鸡怕玉犬，这个男人活不长了！”算命瞎子拱手道喜，“你属鼠，那个女人属狗，狗不拿耗子，相安无事，美满良缘。”

“到那一天还得等多少日子？”

“多则三五年，少则二三年。”

这倒不是算命瞎子能知生死，而是他心算了一下，那个老头子已经七老八十，两三年死不了，最多也只能再活三五年。如果三五年之后还没有呜呼哀哉，那么二三得六，三五一十五，仍然能四方八角下注，落不了空。

老虎跳心里亮堂起来，道了声“多谢”，急忙赶路，过河回土财主家。

花藕娘一见老虎跳那脸上挂灰的神色，便猜出他没有找到香翠儿，心中暗喜，也就乐得装聋作哑，并不追问他一走七天，如何乘兴而去，败兴而归，免得引起他的伤感，给他的伤口揉一把盐，好不了疮疤也就忘不了疼，不能把心转到自己身上。

16

活该算命瞎子歪打正着，转过年春暖花开时节，于二甲子得了下痿之症，心里明白，嘴能说话，却下肢瘫痪，不能走动。花藕娘有言在先，只等他瘫在炕上，不给他吃，不给他喝，不给他擦屎端尿，饿得他只剩一张皮，渴得他舌头粘上膛，浑身下蛆。于二甲子想到狠毒莫过于妇人心，自己落到花藕娘的手心里，只有把脑壳低到裤裆，在花藕娘面前装孙子，矮三辈儿。花藕娘见他这副软胎子模样儿，反倒狠不下心来，一日三餐都给他吃的是净米净面，并没有一点虐待他。

于二甲子不能跟在身后盯梢，花藕娘又到园房里跟老虎跳重修旧好；老虎跳没有把她推出门外，却不像当年热得像一盆火。

“哥哥，从今以后，我学会疼你，不敢气你。”每一回相会，花藕娘都在老虎跳的怀里哭一场，“花狗儿的良心给狗吃了，不能指望他。我再给你生个儿子，长大了孝顺咱们老两口儿。”

老虎跳却没有多少热情，冷冷地哼道：“有你这个娘，生出来的又是一个花狗儿。”

“再有个儿子，你打他我不拦你，你骂他我没有半句怨言；小树儿要剪，小孩儿要管呀！”

“还是等咱俩真成了夫妻，再要孩子。”

“老王八还能活几年？早得儿子早得利。”

“我可不想要老掌柜的这份财产，都留给花狗儿。”

“母子分家，我也能得一半呀！”

“你也一间房、一亩地都不能要。”

“那咱们住哪儿，吃什么呀？”

“我挖一座寒窑，给你遮风避雨；我扛长工卖力气，挣钱养活你。”

“到嘴的一块肥肉你不吃，这是跟谁怄气？”

“你不愿意，咱们就一刀两断！”

“我愿意，愿意……”

但是，花藕娘这些年身心受伤，落下妇女病，坐不住胎了。盼了一年，一年不开花；盼了两年，两年不结果。没有家教而又不守校规的花狗儿，却在不知不觉中已经十三四岁。他干脆不去上学，在家当少爷。每日跟比他大几岁的一伙财主秧子鬼混，出入赌场，到半掩门子的女人家吃喝打闹。逍遥自在一天，夜晚回家四肢酸软无力，扔到炕上便死狗般沉睡，天亮扒开眼睛，伸个懒腰，跳下炕又找他那伙哥们凑热闹儿去了。

有一天夜里，梆打三更过后，花藕娘又悄悄到园房跟老虎跳相会，老不死的于二甲子唤醒了沉睡的花狗儿。

“儿呀！……”于二甲子哭得凄凄惨惨，“你的心，是给你娘，还是给我这个爹？”

花狗儿正做梦娶媳妇儿，被他搅扰了好事，丧门星似的嚷道：“我的心长在我的腔子里，不给你也不给我娘，就是我自个儿的！”

“你在爹娘之间，也得有个远近呀？”

花狗儿这时忽然脑瓜儿一亮，多了个心眼儿，假装亲热地说：“您老人家一死，给我留下这一大片家产，我娘死了能给我留下什么？针头线脑，裹脚条子罢了。两笔账一算，我跟您近，跟我娘远。”

“可惜，这一大片家产，未必能落到你的手里。”

“谁敢虎口夺食？”

“你娘勾搭老虎跳，要害死我，赶走你，独吞这万贯家财。”

“找我大姐夫，把他们五花大绑抓走，吧咕一声枪崩。”

“捉贼拿赃，捉奸拿双，你没有按住奸夫淫妇，大姐夫怎能抓人？”

“到哪儿按住我娘跟老虎跳呢？”

“你提一盏马灯，悄悄走到园房，一脚踢开房门，十拿九稳。”

花狗儿跟随那些比他大几岁的财主秧子们，乱串半掩门子的女人家，多次见识男女私情的场面，虽然没有亲口尝一尝，却早已大感兴趣。哪一家娶媳妇入洞房，他都赶奔现场，蹲在墙根下听窗，不听得心满意足不罢休。

于二甲子挑逗起他的邪念，寡廉鲜耻的花狗儿手提马灯，鬼鬼祟祟，蹑手蹑脚，贼溜溜来到菜园。

花藕娘自从于二甲子瘫在炕上，便放心大胆地跟老虎跳明来暗去，故意叫土财主看在眼里，憋在肚里，气死活人不偿命。二更天她离开内宅，花狗儿睡得正香，五更天亮之前她从园房回来，花狗儿仍然死睡，万没想到乳臭未干的亲生儿子揭她的底。

正是盛暑时节，低矮的园房窄小的炕，两条粘连一起的热身子就像热锅上贴饼子，老虎跳和花藕娘便敞开了房门，打开了前后窗，满屋子凉风打旋，只有屋后的转角莲和窗前的葡萄架遮掩一圈。

花藕娘枕着老虎跳的胳臂，睡得甜甜蜜蜜，安安生生；昼长夜短，老虎跳劳累一天，更困乏得一连声打呼噜。

花狗儿突然出现窗外，马灯一照，只见她娘和老虎跳都一丝不挂，拍着巴掌又跳又笑地叫道："拿双，拿双！"

老虎跳从睡梦中惊醒，推开花藕娘，滚身而起，见是花狗儿捉奸，一阵羞愧，心慌意乱，不知如何是好。

花藕娘比老虎跳脸皮厚，到这个节骨眼上反倒胆大心细，她抢过花狗儿放在窗台上的马灯，摔得粉碎。幽暗中，一边催促老虎跳穿衣裳，一边骂花狗儿道："贼子！你是你大舅的骨血，大舅才是你的生身之父。你不学那乌鸦反哺，羊羔跪乳，却要学那夜猫子反咬爹娘一口，天打五雷轰你！"

花狗儿却把她娘搭在窗口的裤子拿在手里，扭头就跑，喊嚷着："我拿了双，又拿了赃，大姐夫就能抓你们治罪！"

"我把这个狗崽子扔下井去！"老虎跳一股怒气冲上头顶，要从窗口跳出去。

花藕娘扑上去抱住他的腿，哭叫道："虎毒不吃子，你怎么能亲手杀娇儿？杀人要偿命，狗儿死了你也活不成。这世上没有你们父子俩，我一时片刻也活不下去。"

"不杀了他灭口，咱俩还有什么脸见人？"

"你赶快逃生！等你找到安身立命的落脚之处，给我捎个信来；老王八一死，我就去投奔你。"

"要走咱俩一块儿走，我不能扔下你一个人顶两个人的罪。"

“天快亮了，我光着下半截身子，怎么上路？老王八早被我揉圆搓扁了，不敢一板一眼地跟我较真儿。”

老虎跳束手无策，只有三十六招走为上计了。

他逃回生身之地的小村，猫在徐老莲家里几个月，脸皮发烧不愿见人，就关上门将他那扔荒了的武艺收拾起来。夜深人静才偷偷到河边打鱼摸蟹，贴补徐老莲过日子。他一拳能打出石碾一个坑，一掌能切开十块砖，双手抱起青石碌碡扔到树杈上，光着脚走高粱茬子，旱地拔葱八尺高，蹿房越脊如走平地，直上直下蝎子倒爬墙，下河浮水就像在旱地上走路。他也曾到几个财主家扛长工，可是他的力气虽大，脾气却更大，打过几个东家，方圆左右的财主没一家敢雇他。他就蹲在运河葫芦口，给顶风船背纤。葫芦口是个大旋涡，上下都顶水，行船最怕走这条水道。顶水又顶风，船老大扳不住舵，三旋两转就翻船。这时，全靠一条大纤当主心骨，拢住船身，摆正了船头，跟舵手齐心合力，就能渡过难关。老虎跳迎进送出，拉一回纤够吃三天。他每天晚上，打一葫芦酒，到渡口找徐老莲，徐老莲早炖得鲜鱼，等他来吃，两人一醉方休。

老虎跳也曾打听花藕娘的消息，听说花藕娘被花狗儿的大姐夫扒光了身子，吊在房梁上，两只奶头拴两只秤砣，于二甲子的女儿们有的拿竹签子，有的拿火筷子，有的拿皮鞭子，有的拿木棍子，把花藕娘打得皮开肉绽，扎得下身稀烂，锁在西厢房北屋，像被装进活棺材里，暗无天日，吃猪狗食。花狗儿的大姐夫当上伪军中队长，就在这个村里修筑一座大炮楼子，把花狗儿带在身边当苏鲁儿。苏鲁儿是一句满洲话，含有卫士、随从、马弁、小厮之意。近墨者黑，花狗儿有他的大姐夫当仿影儿，描出来一个枉披人皮的畜生。老虎跳想搭救花藕娘，碉堡拦住公路，炮楼子耸立村口，过不了公路更进不了村。不久，又听说北京城里吃混合面，于二甲子的九女儿饿得挺不住，杂货铺也关了张，带着男人和香翠儿到于二甲子家来。九女儿当家，她的男人管事。香翠儿被口头上许配根半腿，身价打了折扣，只要八十石黄豆，根半腿至少要过五六十年才能跟香翠儿同房。两个相依为命的女人，一个跌入苦井，一个跳进火坑，老虎跳怎能隔岸观火，见死不救？他身上带一把杀猪刀子，月黑天浮过河去，不料刚上公路，就挨了一枪，枪子儿穿胸而过，虽没有要了他的命，却叫他受了重伤。

枪伤封了口，结了疤，日本鬼子滚蛋了。他拄一根棍子下地，又打算去看一看受苦的亲人；谁想中央军接了日伪军的防，京津公路上的碉堡数目更多，个儿更大；那个村的炮楼子过去是一座，眼下是四座，针插不进，水泼不进，更难见面。

有一天下小雨，老虎跳跟徐老莲躲在船舱里喝酒，阴雨天酒难醉人，两人你一碗我一碗，喝光了一葫芦酒，谁也没有头昏耳鸣，好像一葫芦酒倒进别人肚子里。这一对表兄弟，老虎跳是急性子，徐老莲是蔫脾气；徐老莲喝闷酒，老虎跳却喜欢一边喝酒一边呼喝喊叫。可是今天却有点古怪，老虎跳不但没叫嚷一声，而且笑眯眯地给徐老莲把盏，喝光了一葫芦酒竟一言不发。

反倒是闷葫芦徐老莲沉不住气开了口，问道：“大哥，我看你肚子里有话，跟兄弟掏心窝子吧！”

老虎跳抓了抓头皮，张了张嘴又咬住舌头，皱巴了半晌才说：“我怕……话刚出口就被你戗回去。”

“大哥，你是我的老长兄。”徐老莲恭恭敬敬，“长兄如父，我怎么敢戗你呢？”

“割你的心头肉，你能不喊疼吗？”

“就是要我的脑壳，我也给你摘下来。”

“我只跟你讨半个儿子。”

“整个儿都送你。”

“等你娶个填房弟妹，生个小二，芝罘儿那就整个归我了。”

“大哥，你这是怕芝罘儿有了后娘，我变成了后爹。”徐老莲苦笑了一下，淌下了两行眼泪，“芝罘儿是我奶奶的眼珠子，我敢有一点儿对不住他，你替你家老姑奶奶把我万剐凌迟。”

“兄弟，我是想一子两不绝。”老虎跳满脸正色，“借你家芝罘儿，给我家传宗接代。”

“大哥，你有自己的亲骨血呀！”

“生出花狗儿这个孽种，已经给祖宗丢尽了脸，我宁可绝户，也不想留下这条祸根。”

京东北运河农村，亲兄弟、堂兄弟或盟兄弟之间，有人膝下无儿，可以借别人的儿子传姓，也就是在自家门里，给那人的儿子另娶一房媳妇，生下儿孙便是这家的后代。那人的儿子两边跑来跑去，两个媳妇地位平等，不分大小。甚至有的一人顶几门，挑几姓，娶几个媳妇。这个风俗，直到全国解放以后，严禁重婚，才被根除。

从这一天起，徐老莲和老虎跳一言为定，芝罘儿一身双姓，二人共有。所以，芝罘儿差一点被拍花子的拐走，老虎跳才气急败坏，跟徐老莲大吵大闹。

“眼下青纱帐起，大河涨水，我是渡口瓜田两头忙，顾不上看管他。”徐老莲长叹一声，“还是把他赁出去，也就有了最能照看他的人。”

“赁到哪儿去？”

“隔壁麻姑家，赁给她一百天。”

“跟那老婆子跳大神儿？”

“给她的儿媳妇取个吉利。”

“那还不如找你帮忙！”老虎跳哈哈大笑，忽然发觉当着芝罘儿的面走了嘴，笑声戛然而止。

徐老莲摇头叹气，说：“杜小犬子占全了酒、色、财、气，怎么能怪灯草儿不开花结果？”

“苦命的灯草儿呀！”老虎跳也长吁短叹，“能叫她开花结果的人，有心不出力，眼瞧着她守空房，胆小如鼠不敢上她的炕。”

芝罘儿听不懂这老哥俩的话中话，却知道要把他送到灯草婶子身边，那可正中他的意。

17

京东北运河农村有个风俗习惯，谁家生个小小子儿，又是个病秧子，就当寄名和尚，取得佛爷的保佑。寄名的和尚并不出家，只是认个师父，得个法号，每年到庙里值几天班，也可以找替身代劳。拜师要孝敬师父一笔财礼，逢年过节要交一笔香火钱；庙里代雇替身，收费也很高。有了身份的和尚，都喜欢山门之外开后门，收上个十个八个寄名弟子，年年能得一大笔额外收入。有的装进闷葫芦罐里，积攒几年，在娘家买房子买地；有的这手来那手去，给相好的买胭脂官粉，鸭蛋圆香胰子，冰糖绿豆糕，大荷叶包牛杂碎，零七八碎花了。寄名和尚到了娶媳妇的年龄，还要举行一场除名的仪式。那要带上五光十色的礼品，现款赎身的红包，给师父送去。叩拜之后，禀明自己孽根未除，桃红柳绿惹动了凡心，只得触犯清规，男大当婚。师父勃然大怒，拿起禅杖就打，寄名弟子便从一条长凳上跳过去，逃之夭夭，不许回头。这条长凳就算是寺院的墙，跳出墙便还了俗，师父也就不再管了。徐老莲当过寄名和尚，他的师父叫空海，娘家姓杜。不过，弟子还没有跳墙，师父反倒先行一步，从寺庙的阴沟水眼钻出来，跑到徐老莲家隔壁的寡妇麻姑屋里，倒插门了。于是，空海和尚变成了杜空空，跟麻姑要出个儿子。猫三、狗四、猪五、羊六、驴七、马八，这个儿子是杜空空到麻姑家四个月以后出生的，只够狗生的月份儿，杜空空又酸文假醋，喜欢咬文嚼字，在外人面前说起自己的妻儿，一个是贱内，一个是犬子，所以村里人也就客随主便，管他的儿子叫杜小犬子了。

杜空空是柳湾村难得的一个能写会算的人，村里谁家写个春联、地契、状纸、婚书，都找他代笔，红白喜事也请他管账，不知捏扁了多少只酒盅，嘲短了多少双筷子。他每趟应邀出马，便穿起长袍马褂，戴上红疙瘩帽盔，手端着一杆湘妃竹、玉石嘴、白铜锅的大烟袋，拈着稀稀落落的八字胡儿，走四方步，架子十足。他是一双迎风落泪的沙眼，水汪汪的红眼圈儿，腰带上系一条污黑的羊肚手巾，走几步就要抻下手巾擦眼泪，像个报丧的。他那肚子里的学问，鸡零狗碎像个小药铺，还会看风水，批八字，拘魂儿念咒，自称是半仙之体。麻姑的脸上有一大六小七颗黑麻子，像一张牛牌，面目凶恶，眉眼乱转，是个嘴甜心辣的女人，专走四县搭界几个村的财主家内线，哄得姨太太和少奶奶们的欢心，掏出私房钱交给她放驴打滚儿的高利贷。她从中取利，一年也有不少收入；夏天能穿上纺绸的褂子，冬天能穿上小羊羔皮袄，还是缎子面的。

杜小犬子十八岁那年，娶了个十三岁的小媳妇，这个小媳妇是鸡笼店梁家的姑娘，小名叫灯草儿。

鸡笼店跟柳湾村相隔一道河汊子，过了河还有一道连绵起伏的沙丘，是个二三百户的大村。如果没有这一村一丘，两村的村头咬着村尾，就连成一片，合二而一了。

两村虽然只是一河之隔，风土人情却各有特色，口音上也颇有差别。

柳湾村家家说的是京腔，也就是北京土话，满口京片子，吐字儿话韵。“瞧这个姑娘，长得多俊呀！水葱儿似的。”一河之隔的鸡笼店就不同了，京腔里夹杂着唐山水音儿，北京人管这个叫怯口。比如，柳湾村的人问道：“二大爷，您干什么去呀？”鸡笼店的人却是：“您干啥去呀？”柳湾村的人又问道：“您这是怎么啦？”鸡笼店的人却是：“您咋的啦？”顶有意思的是柳湾村的人说起我们二字，京字京韵；鸡笼店的人却把我们说成是俺们，俺字还发的是鼻音，柳湾村的人一听就皱眉头。柳湾村早晚两顿饭都要熬粥，熬字字正腔圆，鸡笼店的人却把熬念成了挠。鸡笼店的姑娘嫁到柳湾村，最大的难处是口音不对，婆婆听着不入耳，挑她的字眼儿，不是挖苦就是打骂。

十三岁的灯草儿嫁到杜家，麻姑要扳正她的行腔吐字，常常拧她的嘴，拔下头上的簪子扎她的舌头。

灯草儿生下来就父母双亡，吃嫂子的奶长大，黄皮寡瘦。哥哥梁二嘀咕，农忙时节扛长工，打短工；农闲时节到野台子戏班跑龙套，也扮演《杀狗劝夫》里的狗，《时迁偷鸡》里的鸡，《捉放曹》里吕伯奢的猪，只为吃一碗残汤剩饭，给家里省下一个人的嚼谷。这三出戏的狗、鸡、猪都不可缺少，却又都是躲在幕后不露面。他一辈子最露脸的一回，是扮演《武松打虎》里的虎。那是老虎跳的师父短打武生逃离潭柘寺以后，带着妻子女儿流落江湖，搭野台子戏班连演三场。其中一场是一人双出，头一出便是《武松打虎》，扮演虎形的演员临到上场，跟短打武生对戏，两个人不是一个路子，谁也不肯将就，扮演虎形的演员扒下行头给短打武生晾了台。救场如救火，短打武生一眼看见梁二嘀咕，就抓他顶缸。他受宠若惊，深感知遇之恩，锣鼓一响，上场就蹿、跳、扑、咬，大卖力气，可就忘了锣鼓经，也不顾家伙点儿，短打武生怎么也打不死他，气得狠下毒手，一拳捣他的脑壳，一脚踢他的肋骨，梁二嘀咕昏倒台上，众猎户把他抬回后台，扒掉虎皮行头一看，被踢断的两根肋骨塌了个坑。短打武生过意不去，把三天的戏份儿都送给他养伤。梁二嘀咕百年不遇露一回脸，竟落下了半边病身子，连跑龙套都不够格了。他欠麻姑的印子钱，麻姑一眼看见了五岁的灯草儿，就拿灯草儿顶三个月的利息，给她那个八岁的小犬子买下一个便宜货。杜空空下令，叫梁家给灯草儿裹脚，三寸金莲才算美人儿。

十三岁进门，灯草儿脚穿一双尖尖小小的凤头鞋，走起路来风摆柳，却没有脚力，下不了地，挑不了水，每天要看麻姑的屁股脸子，胸前背后被拧得青一块紫一块。吃喝不足，身子亏空，七八年也不坐胎。杜小犬子到县城里的当铺学徒，三年零一节出师；当铺在乡镇上开了个分号，东家打发杜小犬子到分号当账房先生，也算是个有头有脸的角色了。他在县城里逛过窑子，嫖过野妓，见过大宅门的小姐和骑自行车的女学生，只觉得家花不如野花香，一见灯草儿的小脚就恶心。镇上距离柳湾村只有八九里，他却两三个月都不回家一趟，回家也不愿跟灯草儿同房。

可是，芝罘儿喜欢灯草婶子。

一灯如豆，曾祖母老眼昏花，拈一根线穿不过针鼻儿，芝罘儿头上脚下的裤褂鞋袜，只得找灯草婶子代劳；曾祖母便给她做点顺口的饭菜，眼看她吃得打饱嗝儿，才放她回家。曾祖母在柳湾村是个老长辈，杜空空和麻姑不敢不给曾祖母的面子，还顺水推船叫灯草婶子认曾祖母当干奶奶，两家更亲近一层。芝罘儿从小没有得到过母爱，虽然吃的是干娘的奶，可是干娘自己有一大堆儿女，只能粗枝大叶地疼他。于是，他就一天比一天更亲近灯草婶子，疏远了干娘。曾祖母死了，芝罘儿有时跟爹住在船上，有时回家跟唐大姐儿做伴，一想念灯草婶子就到杜家串门，玩困了打盹儿，麻姑就把他留下来，送到灯草婶子的被窝里。

麻姑有她的如意算盘。

北运河沿岸村落的风习，年轻媳妇过门三年不见喜，有的到送子娘娘神龛前上香，有的到和尚庙里拴娃娃，有的买牛鼻子老道的种子仙丹，也有的找个童子暖窝。

“芝罘儿，好吃不如饺子，叫灯草婶子给你包饺子吃吧！”麻姑虚情假意，甜言蜜语，想把芝罘儿拴住。

暖窝的童子是贵客，天天好吃好喝，像给小喜神儿上供。

芝罘儿偎在灯草婶子怀里，摇摇头，说：“我就爱吃灯草婶子打糊饼。”

打糊饼是北运河农家最平常的吃食，却不是哪个媳妇都有这门手艺。灯草婶子打糊饼，柳湾村独一无二。她把调拌得匀溜溜的玉米面，薄薄地摊在热锅上，搅拌白菜、韭菜、虾米、鸡蛋花儿和嫩蘑菇芽儿做馅，摊在热锅的玉米面上，灶下三把火揭锅。饼薄如纸，形状很像圆头斗笠，金黄焦脆；熟透了的菜馅占全了色、味、香，吃到嘴里，香脆可口。灯草婶子调拌玉米面不稀不稠，恰到好处，摊在锅上薄厚适当，端出锅来不散不裂，完整无缺；菜馅搅拌得不干不湿，摊开来五花三层，熟透了不老不嫩。最难的是掐算火候儿，灶下不能烧硬柴，要用麦秸、谷秸和豆秸，三把火出锅，火大了焦煳，火小了夹生，手上摊着面和馅，脚下送柴进灶口，还不能手忙脚乱。灯草婶子打糊饼，手疾眼快，有板有眼，火光烤红她那苍白的脸儿，十分娇艳。芝罘儿坐在门槛上，手托着腮，滴溜着眼珠儿看灯草婶子，一边看一边想，他那埋在乱草荒坟里的亲娘，一定跟灯草婶子一模一样儿。

芝罘儿一天三顿吃灯草婶子的打糊饼，喝的是高粱米稀饭和玉米楂儿粥，心满意足，乐不思父了。

夜晚，灯草婶子给他洗得干干净净，又点燃了艾蒿绳熏蚊子，芝罘儿枕在灯草婶子的胳臂上，窗外那青幽幽的月光中，大肚子蝈蝈在葫芦架上叫个不停。芝罘儿听灯草婶子轻声柔气说故事，低低哼唱小曲，一边吮吸着灯草婶子那红豆粒儿似的乳头。

“芝罘儿，我的儿呀！”灯草婶子一阵冲动，雨点似的亲吻芝罘儿的脸蛋，“你是我身上掉下的肉，我就是你的亲娘。”

芝罘儿吐出乳头问道：“我的亲娘不是死了吗？”

“那是他们哄你。”灯草婶子拉过芝罘儿的小手，抠着她的肚脐眼儿，“我是一根藤，你是藤上的瓜，瓜熟蒂落摘下来，我的肚子上还留着这块疤。”

“我是从大西瓜里钻出来的呀！”芝罘儿咯咯笑道，“那又像老母鸡孵小鸡儿，小鸡钻出的蛋壳子，毛毛茸茸，啁啁啾啾。”

“你像那孟姜女。”灯草婶子编织着优美动听而又自欺欺人的童话，“老孟家的葫芦秧，爬过老姜家的墙头，结下一个大葫芦。两家讲定，摘下葫芦一切两半，一家一只水瓢。谁想，一刀切开，葫芦里有个喜眉笑眼的小丫头儿。老孟家想要，老姜家也想要，两家你争我夺，各不相让，就到衙门打官司。县太爷清如水明如镜，秉公断案不偏不向；这个葫芦根生在老孟家，秧长在老姜家，小丫头儿理当两家所有，一人二姓，就叫孟姜女吧！”

“我的根生在徐家，秧长在杜家，怎么不叫徐杜儿呢？”

“你的根长在你爹身上，你的秧长在我身上，我本该是你家人，你也就姓一个徐。”

“您是我的亲娘，怎么不到我家住呢？”

“问你爹去吧！催你爹快把我接回家。”

芝罘儿点点头。五岁孩子的心眼儿不会拐弯抹角，只能直出直入；他相信了灯草婶子的话，脸埋在灯草婶子胸前睡着了。灯草婶子却睁眼望着窗外的月亮，眼角淌下两大颗泪珠。天上，月牙儿像一只小船，挂在月牙上的云影像人影，难道是徐老莲撑着小船来接她？忽然，一阵风起，把云影吹散，好像徐老莲跳进银河里，人影儿不见了。她正大失所望，却又见窗外树影婆娑，又像徐老莲的身影摇曳在窗纸上。她闭上眼睛，心怦怦跳，只等徐老莲跳窗进屋，双手把她抱起来，她也紧搂着芝罘儿，三人相连坐在月牙小船上，一帆风顺走四方……

灯草婶子把徐老莲放在心上，不是一年两年，三年五年，至少也有七八年了。

18

徐老莲比灯草婶子大十岁，比她的哥哥梁二嘀咕小十岁。梁二嘀咕在野台子戏班里跑龙套，戏迷徐老莲不拿戏班一分一文，只要看戏不花钱，便场场给戏班护台。野台子戏，露天演出，观众你推我搡，都想抢个台前的位置，常常挤塌了戏台。班主便要雇几个力大如牛的汉子，摽着膀子像一道铁栅栏，阻挡骚动的观众。梁二嘀咕和徐老莲台下台上常见面，日子一多就交上朋友。徐老莲怕回家罚跪，常到梁二嘀咕家借宿，灯草婶子管他叫大哥，徐老莲管她叫小妹，亲如一家人。灯草婶子嫁到杜家，乡亲名分，她跟徐老莲应该是弟妹和大伯子，那就要见面整脸儿，不能有一句走板。可是，芝罘儿的曾祖母收下她当干孙女儿，不但不要改口，反倒比过去更随便了。她嫁到杜家，受婆婆的虐待，丈夫的冷落，心里常常怨恨哥哥，怎么不把她许配徐老莲。不过，徐老莲跟自己的媳妇相亲相爱，她虽然胡思乱想，可不敢眉来眼去，乱了一丝一毫的分寸。后来芝罘儿的娘死了，她被找到徐家做针线活儿，又忍不住萌动那个压下几年的念头。有一回，徐老莲取笑她的三寸金莲的小脚，说："小妹，我带你坐一趟大船，上京下卫看一看，年轻女人都是大脚片儿，你还是赶快放足吧！"她娇嗔地瞟了徐老莲一眼，说："大哥，我跟你去。”徐老莲却又哈哈笑道：“我怕杜家告我拐带人口。”她脸一红，低下头，骂了一句：“五尺五高的汉子只会嚼舌头！”可是，她从这一天起，却日日夜夜盼望徐老莲把她拐跑。然而，芝罘儿的曾祖母死后，她不能随随便便到徐家去，跟徐老莲也难得见面了。

身边睡着徐老莲的儿子，怎能不惹动她的相思？

怀里搂着芝罘儿，灯草婶子每晚都能跟徐老莲梦中相会。芝罘儿暖窝半个多月，她那枯黄的脸儿有了桃红李白的春色，愁眉锁眼也变得眉开眼笑起来。麻姑断定这个不开花的儿媳妇已经含苞待放，连下十二道金牌调令，传唤杜小犬子回家。

杜家小犬子这几天，正像生吞了二十五只田鼠子，百爪挠心。

当铺分号关了张，他得回家受罪。虽然他的爹娘每年四面八方抓弄不义之财，可是抓来的钱都买了酒肉，填进两张馋嘴，穿肠过肚，分文不剩，没有买下一分半亩旱涝保收的良田宝地。他回家不扛长工，就当佃户，最上等的营生也不过是挎着竹篮做小买卖，他这位账房先生放不下这个架子，更吃不了这个苦。却在这时，花狗儿的大姐夫打发他的舅舅根半腿，偷偷给他捎来一封信，愿意掏钱做本，叫他应名把当铺分号盘下来，改换门面开酒馆，当个眼线，替国民党的区分部监视可疑分子。原来，听说八路军的冀中十分区、冀东十三分区和十四分区开了个会，把安次、武清、香河、通州搭界的这个蝈笼子地块，划到十四分区属下管辖，成立一支武工队，控制京津公路和北运河道。武工队的队员改扮成贩夫走卒和过往行人，三三两两地向四县交界处渗透。杜小犬子做梦都想当掌柜的，只是暗中又兼个谍报员，一露马脚就得人头落地，掂量来盘算去，拿不定主意。偏巧，花狗儿的六姐死了男人，九间青堂瓦舍的房子，八十亩肥得流油的好地，没有儿女。花狗儿的大姐夫又打发根半腿送来口信，只要他答应当走狗，休掉家中的黄脸婆儿，就劝六姐嫁给他。杜家小犬子虽然比这位六姐小五岁，女大五赛老母，可是一顶花轿抬来个大钱柜，却也值得。只怕花狗儿的大姐夫言而无信，害得他猫咬猪尿泡空欢喜，所以他仍然半信半疑。

老娘有令，顺者为孝，杜小犬子不得不硬着头皮从镇上回家一趟。他阴沉着脸，龇牙咧嘴，皱紧的眉毛像挽了蒜头疙瘩。进门吆三喝四，拍桌子打板凳，鸡蛋里挑骨头，吓得灯草婶子面无人色。

已经掌灯，芝罘儿光溜溜躺在炕上，等候灯草婶子给他说故事，唱小曲。却不想杜小犬子踢门进来，叉着腿坐在太师椅上，吆喝灯草婶子给他脱鞋扒袜子、沏茶、点烟、打洗脸水，骂骂咧咧的满嘴脏字儿。芝罘儿虽是个乳臭小儿，也感到欺人太甚，愤愤不平了。

灯草婶子刷了锅，洗了碗，扫了地，仍然在外屋打转转，不愿进里屋，怕见杜小犬子那一张狗脸。

“滚进来！”杜小犬子拍着八仙桌子，大叫道。

芝罘儿打了滚儿爬起身，瞪着圆溜溜的黑眼睛，问道：“你是猫抓了还是狗咬啦？惊惊乍乍地叫唤得吓人。”

灯草婶子面如死灰，进屋倚在门框上，低着头不敢直腰。

“坐到大爷腿上来！”杜小犬子像个花钱买乐子的嫖客，拍了拍大腿。

灯草婶子的身子一哆嗦，乞怜地看了杜小犬子一眼，说：“等一会儿……孩子睡着了……”

“我这是赏你的脸！”杜小犬子翻着眼，“惹起大爷的邪火，小心我给你上刑。”

灯草婶子打了个寒噤，赶忙走到杜小犬子面前，刚要挨到杜小犬子身上，忽然杜小犬子抬起一脚，踩住灯草婶子的凤头鞋尖，疼得她哎哟一声痛叫。

“你怎么踩人？”芝罘儿急了，心疼得在炕上跺脚。

“等着瞧吧！一会儿我还有好戏。”杜小犬子淫猥地狞笑，“她是我娶来的老婆买来的马，想骑就骑，想打就打。”

“你敢打她，我就咬你！”芝罘儿跳下炕沿，扑到杜小犬子身上，狠咬他的手背一口。

“疼死我啦！”杜小犬子抖动着被咬伤的手，像弹弦子，“我摆弄自己的娘儿们，跟你这个徐家的小兔崽子有什么相干？”

“她是我的亲娘！”芝罘儿的眼睛里冒火苗子。

杜小犬子嘿嘿冷笑道：“她是你的亲娘，我就是你的亲爹了。”

“你是一摊狗屎！”芝罘儿照杜小犬子的脸上啐了一口，拉扯灯草婶子的胳臂向外走，“咱们娘儿俩到我家睡觉去。”

“你爹回家睡到哪儿？”杜小犬子闪烁着奸诈的目光，狡猾地问道。

芝罘儿不懂好歹，答道：“我家炕大，睡得下三口人。”

“芝罘儿！”灯草婶子来不及捂住他的嘴，凄厉地喊叫一声，昏死过去。

一见灯草婶子昏倒地上，芝罘儿慌了神儿，光着屁股撒腿就跑。

黑灯瞎火，他沿着村外柳棵子地的一条羊肠小路，逃向小龙门渡口。歪脖儿树上，夜猫子咕嗷咕嗷叫，更吓得他浑身起鸡皮疙瘩。他一边跑一边哭，两只脚扎满蒺藜狗子。

渡口，大船上，他爹和老虎跳折断柳枝当筷子，吃着炖鱼喝烧酒。

河湾子的水柳枝上，挑着一个又圆又大的月亮。老虎跳光着身子，连挂在胯上的围腰都扯下来，喝得汗流浃背，全身像披着一层露水珠子；徐老莲闷声不响，喝得蔫头耷脑，像霜打的黄瓜秧。

“兄弟，你不老不小，又有个金童转世的好儿子，得想个长久之计呀！”老虎跳打着饱嗝儿，又给徐老莲满上一碗，自己抱着酒葫芦，嘴对嘴儿喝了一大口。

徐老莲抬了抬头，挑了挑眼皮，怪里怪气地笑了一下，说：“前边有车，后边有辙，我就踩着你的脚印过日子。”

“你死了有芝罘儿披麻戴孝，我是个孤坟、野狗、一棵树的绝户人！”老虎跳脸红脖子粗，太阳穴上青筋迸起，“我要是有个芝罘儿，早就打算着给他订个媳妇，买几亩地了。”

“大哥，我自有安排。”徐老莲将这碗酒一饮而尽，抬起胳臂抹了抹嘴，“芝罘儿聪明过人，见景生情，过目不忘，土里刨食委屈了他。我想等他个子长高一头，送他到野台子班学戏。”

“依不了你！”老虎跳捶着船板吼道，“一丈五尺五的大柁劈成烧柴，花梨紫檀打猪食槽子，你这是糟蹋贵重材料儿。”

“大哥有什么高见？”

“我教他习武，你送他上学，咱们得栽培他文能安邦，武能定国。”

“那我就把他交给你了。”

“我自己都没个窝儿，难道你叫我把他挂在脖子上？”

“当爹的得给儿子盖房，买地娶媳妇呀！”

“我正想给芝罘儿保媒。”

“谁家的闺女？”

“门当户对。”

“多少财礼？”

“分文不取。”

“唐大姐儿？”

“咱们哥俩真是一个鼻孔出气。”

这时，阵阵晚风如流水，传来呜哇呜哇的哭声，芝罘儿一瘸一拐地跑出柳棵子地。

“爹呀，大伯！……”芝罘儿扑倒在渡口上，哭声更高，“杜小犬子……像一条恶狗，要活吃了灯草婶子。”

“你那个灯草婶子瘦得皮包骨，也只有杜小犬子那满嘴狗牙能啃她的骨头。”老虎跳大笑着一跃而起，“送到你爹嘴边，你爹都不愿吃。”说罢，跳下大河醒酒。

“灯草婶子是我的亲娘，我是她身上掉下来的肉！”芝罘儿上船，夺下他爹捧起的酒葫芦，“您快把她救出来。”

“疯……疯话！”徐老莲的舌头像挂上了秤砣，嘴里像含着个煮鸡蛋。

“我的根生在您身上，我的秧长在她身上……”芝罘儿在他爹的胸脯上撞头，“您把她背回家，咱们一家三口过日子。”

“这个娘儿们给芝罘儿念了迷魂咒儿。”老虎跳绕着大船浮水，“兄弟，她这支曲儿是唱给你听的。”

徐老莲醉得像摇摇晃晃的不倒翁，被儿子一头撞倒在船板上，扯起呼噜噜的鼾声。

芝罘儿把头钻进他爹的胳肢窝里，也抽抽噎噎地睡着了。

他昏昏沉沉地睡到天光大亮，忽然一枝茅茅草捅进他的鼻眼儿，他打了个喷嚏坐起来。揉开酸涩的眼睛，才知道自己睡在渡口的窝棚里，爹爹正把满船的人马车辆摆到对岸的渡口去。

“叫破了嗓子，也喊不醒你！”唐大姐儿趴在窝棚口，手里拈着茅茅草，满脸惊慌神色。

芝罘儿头晕目眩爬起来，说：“我把魂儿丢了。”

“丢在哪儿啦？”唐大姐儿眨着眼睛问道。

芝罘儿眼睛直勾勾地想了想，说：“丢在灯草婶子的炕头上了。”

“我正是找你去看灯草婶子呀！”唐大姐儿的脸儿发黄，嗓子发哑，“杜家写下休书，把她休了。”

“什么叫休书呀？”芝罘儿走出窝棚，只见唐大姐儿果然是空手跑来，没有挎着装猪菜的柳条篮子。

“老杜家不要她了，把她撵回娘家，杜小犬子要娶个财主家的寡妇。”

“从今以后，杜小犬子就管不着灯草婶子了吗？”

“一刀两断了。”

“快跟我把亲娘接回家！”

芝罘儿喜出望外，只当今天是个黄道吉日。

19

他俩手拉手回村，远远看见杜家紧闭街门；街门外挤满了人，酸枣树上拴着一头骨瘦如柴的小毛驴儿。芝罘儿和唐大姐儿钻不进去，便跑回他家里，爬上天井的水蜜桃树，隔着院墙看杜家。

杜家的葫芦架下，一条长凳上，坐着满脸奸相的杜空空和凶眉恶眼的麻姑，却不见杜小犬子。另有一只瘸腿太师椅，瘸腿下垫一块砖头，一个酒糟红鼻老头子，盘腿坐在瘸腿太师椅上，妖形怪状。灯草婶子的哥哥梁二嘀咕低头弯腰，垂手站立在这个酒糟红鼻而又妖形怪状的老头子面前。

“灯草婶子呢？”桃叶遮眼，芝罘儿小声问唐大姐儿。

唐大姐儿拨开一条桃树枝子，努了努嘴儿，说：“你看！”

芝罘儿这才看见，灯草婶子跪在葫芦架的阴影里。她那平日梳理得光光整整的满头青丝，被揉搓得乱乱蓬蓬像一团枯草。左眼被打得乌黑，右眼哭得红肿。光着上身，胸前被拧出一块块黑紫的瘀血，背后留下横七竖八的鞭痕。下身围着她哥哥那件打满补丁的破褂子，两只小脚被扯下了裹脚布，裹脚布染满了血污，脚心上都是针扎的伤口。

“梁二嘀咕！”瘸腿太师椅上的酒糟红鼻老头子，嗽了嗽嗓子吐出一口黏痰，“你妹妹不守妇道，可知罪吗？”

“知……知……”梁二嘀咕的腰弯得像一张弓，两大颗浑浊的眼泪砸在脚面上。

“你妹妹婚后八年不生子，犯下七出之条，可知罪吗？”酒糟红舅老头子拔了个高音儿，很像母鸡啼鸣。

梁二嘀咕咽下一大口泪水，答道：“知罪。”

“你妹妹蛇蝎心肠，咬伤亲夫手背，可知罪吗？”酒糟红鼻老头子扳着污黑得像老鸹爪的手指，又宣布灯草婶子的一条罪状。

“杜小犬子的手背，是我咬伤的！”桃树上，芝罘儿抢着喊道。

可是，梁二嘀咕却不争辩一句，仍然答道：“知罪。”

酒糟红鼻老头子拈弄着几茎猫须，摇头晃脑，咬文嚼字，说：“我已经代笔写下一纸休书，打上你妹妹的手模脚印，领回家严加管教吧！”

“您老人家多费心了。”梁二嘀咕趴在地上叩了个头，站起身泪流满面，“妹妹，画了押，咱们回家吧！”

原来，昨天晚上，芝罘儿从灯草婶子的屋里跑出来以后，杜小犬子就插上门闩，顶住门杠，关死了窗户，把昏倒的灯草婶子翻了个身，扯开她的衫子和兜肚，狠拧她那瘦得只有一层皮的胸脯。灯草婶子疼得醒转过来，他拳打脚踢还不解恨，又把一条懒驴愁的皮鞭子泡透了水，抽打灯草婶了的后背，逼问她和徐老莲的奸情。灯草婶子虽有此心，却并无行动，更不能给徐老莲头上扣屎盆子，被打得死去活来七八遍，也不肯屈打成招。精通此道的杜空空和麻姑，出场拦住了儿子，一唱一和，攻心为上，插圈拴套，逼供不成改诱供。

明清两代，京东北运河农村给守节的寡妇树贞节牌坊，都要在寡妇奄奄一息的弥留之际，进行严密的讯问，然后确定牌坊的等级。心如古井，守身如玉，是一等，竖龙头牌坊。春心波动，发乎情而止于礼，是二等，竖虎头牌坊。曾有秽行，而能悬崖勒马，不为人知，是三等，竖狗头牌坊。如果不说话，死后到阴曹地府，要受毒刑炮烙，罚充鬼娼三世，才能轮回投胎当猪狗。古代的妇女哪有不迷信的，个个从实招来，不敢窃名盗誉。竖龙头牌坊的节妇，转世为男子，而且官居一品。竖虎头牌坊的节妇，转世虽然仍为女人，却能夫贵妻荣，甚至可能当上诰命夫人。竖狗头牌坊的节妇，品行大亏，投胎贫贱人家，只配当姨太太。其实，何止女人上这个当，寇准夜审潘洪，也玩的是这一类的把戏。

不过，鬼把戏早晚要被拆穿，所以后来的当婊子而又竖牌坊，便是将鬼骗一变而为骗鬼了。

灯草婶子愚昧无知，十分迷信鬼话，杜空空和麻姑又是玩鬼把戏的能手，三盘六问她就吐露了真情。她白天想的是徐老莲，黑夜梦的是徐老莲，只要徐老莲朝她招一招手，她就跟徐老莲私奔而去。路死路埋，水死水葬，也心甘情愿。

“淫妇！”

站在外屋偷听的杜小犬子，狂吠一声，闯进屋来，又把灯草婶子打得皮开肉绽。灯草婶子昏死不能醒转，他又剥下灯草婶子的裹脚布条子，找来绱鞋的大针扎烂灯草婶子的脚心，才发出一声微弱的呻吟，活了过来。

杜小犬子扔下灯草婶子，连夜重金礼聘讼棍写下休书。这个讼棍便是那个酒糟红鼻老头子，最能无中生有，栽赃诬陷，罗织罪名，嫁祸于人。杜小犬子有讼棍包揽一切，他便找花狗儿的六姐寻欢作乐去了。

灯草婶子面前铺着一大张高粱纸，写着几行核桃大的黑字，还有一只墨海，泡着一把麻刷子。

她睁不开眼睛，哆哆嗦嗦伸出双手，梁二嘀咕把她的双手捉过来，拿起麻刷子抹黑了手掌，又扯出她那两只小脚，也涂上墨汁，都按在休书上。然后，像抱起一捆麦秸，抱起灯草婶子就跑。

“梁二大伯，把灯草婶子抱到我家去！”芝罘儿从水蜜桃树上出溜下来。

这时，杜空空点起一串爆竹，乒乒乓乓崩散煞气。一个爆竹天上没有响，直落下来，钻进麻姑脖领子。麻姑鬼叫连天，“砰”的一声爆竹响了，麻姑皮肉开花，身上的夏布衫子起了火，躺在滚烫的地上像抽羊角风，翻、扑、跌、滚。等杜空空提水扑灭了她身上的火，已经燎成花毛秃子，满身核桃大的水泡，肿得像个肉球。

“活该，活该！”芝罘儿拍着小手欢笑。

唐大姐儿咬牙切齿，连啐了三口，骂道：“现世报！”

灯草婶子被梁二嘀咕抱到小毛驴上，一路哭声走远了。

“灯草婶子，亲娘！”芝罘儿追出村口，一头栽倒河堤上，不省人事了。

他大病了一场，不知过了几天，醒来只见满天星，是个月黑天。他躺在窝棚里，看不见却听得见，他爹和老虎跳大伯，又在大船上喝酒吃鱼。

“大哥，你的手真黑！”徐老莲双手捧着酒葫芦，送到老虎跳嘴边，“割下杜小犬子一只耳朵，这个小子就破了相，一辈子别想坐顺风船了。”

“我本想砍下他的脑壳当尿壶！”老虎跳连饮三大口，“这个狗娘养的两脚畜生，害苦了灯草儿，又骑在梁二嘀咕脖子上拉屎，我气破了肚皮。”

“你有没有露出破绽？”

“天黑又下大雾，我还抹着满脸锅烟子，火眼金睛也看不出我的本色。”

“三十六计，走为上策。”

“谁？”

“你。”

“只等共产党的武工队到咱们蝈笼子，我就入伙；出头之日快到了，我怎么能溜之大吉呢？”

“杜小犬子到警局子告状，警狗子破了案，那就要抓你坐大牢。”

“兄弟，我平安无事，你才是嫌疑犯。”

“这话怎讲？”

“杜小犬子认定你跟灯草儿是奸夫淫妇，不告你又告谁？”

“我冤呀！”

“哪座庙都有屈死的鬼。”

“这可要逼得我走投无路了。”

“我劝你带着灯草儿、芝罘儿和唐大姐儿，走出运河滩，跳出蝈笼子。”

“到哪儿去？”

“京东老盘山，京西妙峰山，京北野人坡，京南凤河七十二连营，哪一块黄土上不能落脚？哪一棵树上不能搭窝？”

徐老莲沉吟半晌，长长叹了口气，说：“私奔外逃，反倒坐实了灯草儿的冤案，岂不是我败坏了她的名声？”

“色大胆小怕狗咬！”老虎跳一脚踢翻了酒葫芦，“缩头男子！”骂了这两句脏话，便愤愤而去。

“大哥，大哥！”徐老莲连喊两声，老虎跳不肯留步，便沿着河岸追赶，在浓黑的夜色中不见了。

芝罘儿摸不着头脑，又怕他爹坐大牢，渡口上孤零零只剩下他一个人，病身子心虚，便吸溜吸溜哭起来。

“芝罘儿，做噩梦了吧？”身边有个人，伸出一只胳臂搂住他，“醒一醒，醒一醒。”

想不到竟是唐大姐儿，满身野花青草味儿，口气柔和，甜丝丝的。

“大姐儿，你怎么睡在我的窝棚里？”芝罘儿奇怪地问道。

“我住六七天哩！”唐大姐儿的一只手，轻轻摸着芝罘儿的脸，“这几天，煮汤熬药，吃饭喝水，都是我服侍你。”

“我怎么不知道？”

“你半死不活像一根木头，给你扎针放血，三寸针扎进二寸半，你都没有哼一哼。”

“那你怎么给我喂药呢？”

“掰开你的嘴，一勺一勺灌下去。”

“我怎能吃饭呢？”

“都是我嚼烂了饽饽，掰开你的嘴，一口一口喂进去。”

“喝水也得喂吗？”

“我嘴对嘴儿吐给你。”

“多谢你了，大姐儿。”

“咱俩是一家人，小两口儿，谁跟谁呢？说这话。”

“小两口儿！”

“老虎跳大伯保媒，我娘点了头，把我许配你，等你病好了就过红帖，还要吃肉喝酒。”

“咱俩才多大呀？”

“过几年才圆房，可是我算老虎跳大伯的儿媳妇。”

“这是怎么一笔账？”

“等你跟我圆房以后，再过几年，你爹另给你娶个小娘儿们，那是他的儿媳妇。”

“我不愿意。”

“你敢！”唐大姐儿在芝罘儿的大腿根上，死拧一把，像火蝎子蜇了一口。

“哎哟哟！……”芝罘儿疼得哀叫，“我……愿意……愿意。”

“枕着我的胳臂睡吧！”唐大姐儿又柔声细气起来，一只手拍抚着芝罘儿的肩膀，哄他入睡。

芝罘儿闭上眼睛，恍恍惚惚进入梦境，梦见了一顶花轿在吹吹打打，鞭炮声声中迎面而来。但是，拜天地的不是他和唐大姐儿，而是他爹和灯草婶子。

病来如山倒，病去如抽丝；晚茬西瓜上市，芝罘儿才扔下药锅子。他瞒着爹爹，背起一只荆条背筐，想给灯草婶子送两个花皮鬼脸的大个儿西瓜。可是，力气小，身子软，背不动。他叫来唐大姐儿，换一只柳条篮子，插一根烧火棍，两人抬到鸡笼店去。

20

一条小河汊子是村界，柳湾村和鸡笼店的住宅也不相同。柳湾村的住宅仿造的是京城格局，穷门小户也要有院墙和门楼，门扇上贴着门神爷，大鬼小鬼进不来。进门一座影壁，免得过往行人偷看院里的大姑娘小媳妇儿。拐过影壁看见正房，堂屋的门楣上挂着一面小镜子，那是照妖镜。盘肠的窗槅子，窗纸上贴着喜鹊登枝的红窗花。院子里，多多少少有几棵杂花果树，不能光秃秃的，干巴巴的，冷冷清清的。猪圈、羊栏、鸡窝、柴垛、茅房……都放到后院，门前是净地，十分爽目。小河汊子那边的鸡笼店的住宅，可就粗野多了。他们喜欢四框夹篱笆，篱笆上爬满豆角秧。一出水的房顶，绿叶丛中横躺竖卧着金红的大南瓜。猪圈、羊栏和茅房，挤在柴门外，鸡窝和柴垛，堆砌在院角落。院子里有块巴掌大的地方，也要栽种黄瓜、茄子、辣椒、毛子姜。窗口开得小，横竖钉几根棍子，屋里看得见门外的过往行人，过往行人却看不见屋里的动静。穿衣上，虽然城里人眼尖，一看就觉得柳湾村的人打扮得土气，本地人却认定他们是京城的扮相儿。柳湾村的人，不像鸡笼店的男女老少，一色的青布、蓝布、紫花布。年轻的姑娘媳妇，喜欢穿花衣裳，桃红柳绿地挂着喜色；年过四十的中年妇女，不能浓妆艳抹，也要穿柳条格衫子，裁剪得抱身，腰肢和胸脯都很显眼，鸡笼店的人骂她们妖里妖气，招蜂引蝶。柳湾村的姑娘喜欢在辫根上扎根红绳儿，鬓角上插朵花；柳湾村的媳妇梳圆髻，鲜花插在圆髻上。冬天戴红绒花朵，衬着两片翠叶；夏天脖子上挂一嘟噜茉莉花骨朵儿，走来走去风一吹，留下一缕淡淡的花香，粘人鼻子。

芝罘儿和唐大姐儿抬着瓜篮，走几步就得歇一歇脚。走过小河汊子上的草桥，眼前横着一道沙丘，两人在一片柳荫里坐下，鸟语花香中喘口气，翻过沙丘一下坡，就到灯草婶子的娘家了。

一阵带着青草香蒿气味的夏风，从沙丘那边吹过来，把胡琴伴奏的歌声送到沙丘这边，回荡在小河汊子上：

一轮明月照窗前……

“梁菊鸣！”芝罘儿跳起来，扯着一只耳朵。

徐老莲听说书，看野台子戏，都把芝罘儿背在身上。六岁的芝罘儿，早已是个书迷，更染上了戏瘾。

唐大姐儿却把手指塞住耳朵眼儿，说：“我就爱听蕙儿的大口落子。”

北运河沿岸村落，常年唱野台子戏。有钱人家做生日，办满月，娶媳妇，嫁女儿，都要唱戏。祭神求雨，逢年过节，村会也要唱戏。打官司告状，家族之争，村仇械斗，失败的一方就得请戏赔罪。拴班的人，十有八九都是当地的青皮、地痞和混混儿，每个班子又都有几个财东。北运河曾有四大野台子班，一个班唱河北梆子，一个班唱唐山大口落子，一个班唱京东大鼓和单弦牌子曲，一个班唱京戏；各有各的听众，各有各的地盘。

梁菊鸣是梁二嘀咕的儿子，灯草婶子的侄子。

河北梆子走向衰落，只能跑野台子；京戏高贵得多，占有城里的大戏园子。梁菊鸣开头学的是河北梆子的武生，后又改学京戏的老生；倒仓以后，嗓子又宽又亮，富有韵味，虽然还没有进城登大雅之堂，一显身手，却在乡野村镇小有名气了。

蕙儿是梁二嘀咕的女儿，灯草婶子的侄女，梁菊鸣的妹子。她开头学的是京东大鼓，后又改学唐山大口落子；前两年只配唱帽儿戏，这二年也常常压轴子了。

芝罘儿和唐大姐儿抬着瓜篮走上沙丘，梁家那柳篱小院就在他们脚下。

梁家虽然吃开口饭，可是野台子班的收入只装满班主一个人的腰包，他们一家三口不过挣到眼前的吃喝。梁菊鸣算个角儿了，一天能吃一顿白面，一场只拿二斗米。蕙儿还算不得角儿，三天吃一顿白面，一场才拿五升米。梁二嘀咕跑龙套，啃窝头，喝菜汤，叫满座才能得几个赏钱。野台子戏一年最多有几十场生意，所以他们还要租种几亩地，才能勉强糊口。梁菊鸣是个孝子，吃白面分给老爹一半；蕙儿是一张馋嘴，也从哥哥身上揩油。下九流的戏子是人下人，又穷得地无一垄，二十一岁的梁菊鸣娶不上媳妇，十八岁的蕙儿也嫁不出去。

柳篱被白沙挤得东倒西歪，三间泥棚茅舍低窄破旧。院里一座冷灶，芝罘儿看见灯草婶子到门外抱柴做饭，大喊大叫起来。

“芝罘儿，芝……罘……儿！”灯草婶子抱着柴火哭了，两只小脚陷进沙窝里，一动也不能动。

芝罘儿扔下瓜篮，跑下沙丘，只见灯草婶子满脸憔悴，头上蒙着一块半旧的蓝花布头，像个刚能下炕的月子人。芝罘儿抱住她的腿，说：“老虎跳大伯给您出了气，割下杜小犬子一只耳朵……”

灯草婶子慌忙捂住他那张顺口溜的嘴，哭道："芝罘儿，我的亲人！几天不见你，想死了我！"

"我也想您……"芝罘儿鼻子一酸，红了眼圈，"我给您送来两个大西瓜，您吃了败一败火，身子就壮实了。"

"老妹子，赶快做饭吧！"泥棚茅舍里走出梁二嘀咕，穿一身打满补丁却洗得干净的裤褂，"一会儿李大少爷陪着贵客就到了，我还得买两个西瓜待客。"

灯草婶子含着眼泪笑道："徐老莲大哥打发芝罘儿给咱们送瓜来了。"

"看来他心里有你。"梁二嘀咕的苦脸儿难得一笑，"等送走了菊鸣和蕙儿我就找人说媒；你有人管饭，也就卸下了我肩膀上的沉重。"

"那就快一点吧！"灯草婶子咬着嘴唇低下头，"请老虎跳当媒人，才能十拿九稳。"

梁二嘀咕跑上沙丘，从唐大姐儿手里抢过瓜篮，挥了挥手说："我家留下芝罘儿吃饭了，你该干什么干什么去吧！"唐大姐儿扭头就走，原路而回。

芝罘儿牵着灯草婶子的衣襟儿，走进院里。梁菊鸣已经唱完《文昭关》，蕙儿又唱起了《王二姐思夫》：

秋风起呀秋风凉，
一场寒露一场霜……

芝罘儿扒着窗口向屋里看，给蕙儿伴奏的是她哥哥梁菊鸣，刚才那一段京戏，是梁菊鸣自拉自唱。烟熏火烤得黑乎乎的后墙上，贴着一张南洋兄弟烟草公司的时装大美人广告画。过了多年，芝罘儿才知道那个大美人是评剧皇后白玉霜。

梁菊鸣留的是小平头，长方脸儿，黄白净面，五官端正；柔弱的眼神，怯懦的目光，看得出年纪虽轻却已饱经风霜，是个胆小、世故而又没有完全丧失农家子弟本色的人。他上身穿一件对襟的新白布小褂儿，下身一条青市布裤子，脚下是千层底圆口布鞋，芝罘儿一眼就看出这些都是灯草婶子的针线。他那扯着琴弓的手上，看得见茧子；春天扶犁，夏天耪地，秋天还要摸镰刀把子，算是半个庄稼人。蕙儿的眉眼神态，没有她哥哥稳重，也没有她哥哥朴实，少女的媚态中流露着妇人的轻狂。她虽然姿色平常，却生得丰满白嫩，又搽着胭脂抹着粉，梳一条水光油滑的大辫子，满身江湖艺人的习气。她在家里光着膀子，只穿一条牡丹翠鸟红兜肚，脚上却穿着登台演唱的洋袜子绣花鞋，她一边唱一边照镜子，飞眼走神儿，心不在焉。

“妹妹！”梁菊鸣收住琴弓，“这几天你老是定不下神来吊嗓子，嗓筒儿生了锈，可怎么进城登台？”

蕙儿却倒打一耙，凶神恶煞似的喊道：“你的胡琴拉着吱咯吅吅，搅得我心乱如麻！”

“是你心里长着草！”梁菊鸣想大发脾气，又怕坏了嗓子，刚挑了个高腔，赶忙又压低了调门儿，“你才十八岁，台上露面不过两三年，一没有唱出人缘儿，二没有唱出名声，就明里爱一个，暗里贪一个，这是自个儿挖火坑，断自己的财路。”

蕙儿一甩大辫子，冷笑一声：“戏班里不出贞节烈女！”

“小心李大少爷给你个颜色看。”

“等我进了城，我就揭下粘在身上的这贴老膏药！”

蕙儿七八岁时，她爹梁二嘀咕就给她找过婆家，男方是个佃户的儿子。这个佃户不怕抽骨扒筋，把儿子送到小田先生的学堂念书，一心要把儿子栽培成才。不想蕙儿十岁那年，北运河春旱夏涝，差不多颗粒不收，梁二嘀咕就想把蕙儿送到那个佃户家里，减轻自己的负担。那个佃户比他儿女更多，三天倒有六顿揭不开锅，而且还叫儿子退了学，怎么能收留蕙儿？于是，梁二嘀咕便跟亲家商定，叫蕙儿投师学艺，卖艺不卖身。蕙儿三年出师，又给师父效力二年，十五岁能唱压轴戏，挣钱归自己了，男方却择定吉日，催蕙儿过门。蕙儿眼看着一步步走红，梁二嘀咕也想从女儿身上取利，都很不愿意。双方各不相让，班主李大少爷出面调停，从蕙儿今后的戏份里，拨给她那个十七岁的未婚夫一笔学费，让他重到小田先生的学堂念高小，直念得学而优则仕，才能娶蕙儿；男方同意，蕙儿却在不知不觉中落入李大少爷手里，一副假金叶子的耳环，一对刷金色的手镯，眼皮子薄的蕙儿便被李大少爷诱骗失身，从此也就不走正路了。野台子戏班大杂烩，就像染坊的缸和澡堂子的水，蕙儿一年比一年见多识广，这山望着那山高，早已觉得李大少爷只会说大话，荷包里却掏不出真东西，只盼有个腰缠万贯的财神爷捧她，她就一步登天了。恰巧，通州城里的天乐茶园，要拴个共和班，梆子、二黄、落子和十样杂耍大拼盘，日夜两场。李大少爷听到这个消息，便抢着给梁家兄妹当掮客，两头吃回扣。远怕水近怕鬼，梁菊鸣心里七上八下地忐忑不安，蕙儿却想入非非，飘飘然神不守舍了。

“我看，你还是赶快跟那个孩子成亲吧！”梁菊鸣气哼哼地嘟哝道，“戏班里不出贞节烈女，也就没见过哪个坤角有好下场。”

梁菊鸣所说的那个孩子，便是蕙儿的未婚夫。已经念完高小，却上不起中学，眼下在小田先生的学堂里帮工。

“嘻！”蕙儿耸了耸鼻子，撇了撇嘴，“我宁可给李大少爷做小，也不嫁那个穷小子。”

这时，柳篱外马蹄声，只听他们那个窝窝囊囊的老爹梁二嘀咕，低声下气问道：“大少爷，贵客怎么没来？”

“恭喜你，梁二！”马上，一阵尖厉刺耳的笑声，“天乐茶园老东家，不光要你家菊鸣搭班唱二牌老生，还要赏你和你的妹子一碗饭吃，都交给我一人包办。”

灯草婶子的命运，节外生枝了。

21

这位李大少爷，官名云岫，是鸡笼店李三财主的儿子，运河滩上有名的狂蜂浪蝶，花花公子。不过二十八九岁，就已经一妻二妾，二妾之一便是花狗儿的八姐，还常在外面眠花宿柳打野食儿。他到通州、天津、北京都念过书，不是被挂牌开除，就是被勒令退学，最后欠下一大堆烂账，灰头扯脸回了家，气得他爹中了风，他就大权独揽，花天酒地起来。梁二嘀咕租种他的地，梁菊鸣搭的京戏班有他的股份，蕙儿搭的落子班，班主就是他。李三财主本来只有一两顷地，被他吃、喝、嫖、赌，花掉半壁江山了。

他头戴巴拿马凉帽，鼻梁上架着一副黑光墨镜，身穿杭纺长衫，挽着袖口，故意露出腕子上那闪闪发光的手表，嘴里叼着象牙烟嘴，抽的是哈德门香烟，模仿的是城里公子哥儿的打扮，不沾一点土腥味儿。

这个乡下纨绔子弟，占全了油头粉面、油头滑脑和油嘴滑舌，所以他虽然排行不是第三，却有个诨名叫三油子。

他从马背上跳下来，梁二嘀咕赶忙接过缰绳，在柳荫下遛马。

蕙儿手提布掸子，从屋里飞跑出来，谄媚地笑问道："大少爷，我们哪一天进城呀？"说着，搬起李云岫的一只脚，抽打缎鞋丝袜上的尘土。

李云岫侧过身子，伸手在蕙儿牡丹翠鸟红兜肚里摸了一把，挤眉弄眼地小声说："我给你买了半斤口香糖，一瓶花露水，都是美国货。"

梁菊鸣在屋里咳嗽了一声，等李云岫抽出手来，才从屋里搬出一张桌子和一把椅子，堆着笑脸问道："大少爷，我爹和我老姑，进城端谁家的饭碗？"

"老东家拴的班儿，是角儿都得坐包月车。"李云岫在椅子上落座，两条腿搭在桌面上，"菊鸣你上园子，也不能走着去；肥水不落他人田，你爹给你拉车。"

"我坐车，我爹拉车？"梁菊鸣大吃一惊，"乡亲们要戳断我的脊梁骨，城里人也得照我脸上啐唾沫。"

"到城里，你们不能父子相称，他只算是你的跟包。"李云岫解开领扣，摇着扇子，"他除了接送你上下园子，还可以到街上拉散座，又是一笔收入。"

"这……这……"梁菊鸣急得搓手，却又不敢一口回绝。

"儿呀，你答应下来吧！"梁二嘀咕在柳荫下拴了马，笑眯眯地走进院来，“我更名改姓，只当是《三娘教子》里的老薛保期待小东家；三五天也就看着顺眼，叫着顺口，坐在车上心安理得了。”

梁菊鸣蹲下身子，抱着头喊道：“天理难容啊！”

“小家子气，死心眼子！”李云岫瞪起眼睛，“你要是登基坐殿当皇上，你爹还得给你三跪九叩，口称万岁爷哩！”

“咱们爷儿俩只当是逢场作戏，老天爷不会怪罪你。”梁二嘀咕过去劝儿子，“想一想，你唱《上天台》的汉光武刘秀，我这个龙套扮的是太监，不是早给你下跪称爷了吗？”

梁菊鸣点点头，抹了把泪，站起身又问道：“我老姑进城又干什么呢？”

“是个美差。”李云岫色眯眯地一笑，“天乐茶园的老东家，老脑筋，老眼光，最喜爱老式的小脚女人。我就在老东家面前，替你老姑那三寸金莲美言了几句，老东家就一定要你老姑到他家当老妈子。”

“这位老东家，真是大善人！”蕙儿点着一支烟，自己吸了一口，才送到李云岫嘴里，“本来，我们全家都进了城，怎么能把老姑一个人扔在乡下。”

“不过，这个老妈子得上炕。”李云岫斜眉吊眼，喷着烟圈儿。

“不当老妈子也得上炕呀！”蕙儿夺过李云岫的香烟又吸了一口，“我天一黑就想上炕，天大亮还不想起炕；好吃不如饺子，舒服不如倒着，谁跟睡觉有够？”

李云岫一字一板，说：“你老姑日夜都要服侍老东家。”

“跟那个老头子睡觉？”蕙儿打了个寒噤，“那个老头子多大年纪？”

“七十二了，只不过应名儿给他当差。”李云岫提高了嗓子，“挣双份工钱，还能穿绸裹缎，吃香的，喝辣的，像个管家大奶奶。”

在冷灶上烧火做饭的灯草婶子哭起来，说：“我不丢这个脸！”

“你的脸早丢在柳湾村啦！”李云岫横眉立目地喝道，“你难道不是犯了淫戒，才被休回娘家吗？”

灯草婶子忍无可忍地哭道：“那是杜小犬子血口喷人，休了我才能娶那个财主寡妇；那个财主寡妇就是您家姨太太的六姐，大少爷不会不知道这里头的真情。”

“你是不是想跟杜小犬子破镜重圆呀？”李云岫奸笑着问道，“我可以给你们搭一座鹊桥，牵一条红线，帮你们言归于好。”

蕙儿忙问道：“杜小犬子怎么不娶您家姨太太的六姐啦？”

“是我们那位寡妇六姐不愿嫁给他了。”

“怎么回事儿？”

“杜小犬子少了一只耳朵。”

“那只耳朵呢？”

“只怕是黑更半夜遇见一头拦路虎，跳起来张开血盆大口，把他的一只耳朵咬掉了。”李云岫的话里话外，好像对于此事心中有数，“我看这是一只挂着念珠儿的佛心虎，真要是一口咬下杜小犬子的脑壳，杜家可就断子绝孙了。”

“大少爷，好马不吃回头草，我妹子也不愿再回杜家了。”梁二嘀咕怯生生地看着李云岫的脸色，“您想找个乐子当一回月老，那就给我妹子另找个主儿。”

“我给她找主儿啦！”李云岫沉下脸，“到天乐茶园老东家屋里，当上炕老妈子，你们别给脸不要脸。”

“大少爷，息怒，息怒。”梁菊鸣慌忙打躬作揖，“我家还有三间破房，一座院子，还租种着您的几亩地，就把我爹和我老姑留下，土里刨食吧！”

“那你别想到城里的戏园子露脸了！”李云岫一拍桌子，暴跳如雷，“你老姑到老东家上炕，你的包银从每场三块大洋加到五块，有朝一日还要捧你挂头牌，不把你老姑送上门去，你这辈子就没有出头之日。”一脚踢翻了桌椅，就要拂袖而去。

“大少爷，我替我老姑做主，百依百顺！”蕙儿一边牵住李云岫的袖子，一边侧过脸向灯草婶子哀告，“老姑，您能眼看着炒熟的虾仁儿，从您的侄儿、侄女嘴里蹦出去吗？您身背着黑锅，跳到大河里也洗不清白，难道还想有谁给您竖立贞节牌坊吗？”

灯草婶子放声大哭，芝罘儿吓得跑过去，两手抓紧她的衣襟儿，怕她投河寻死。

梁菊鸣扑身跪倒，搓行几步，匍匐在灯草婶子面前，涕泪交流地哭道：“老姑，为了侄儿的前程，您就忍辱含悲答应了吧！侄儿不孝，您狠狠打侄儿的嘴巴。”

灯草婶子哆哆嗦嗦抬起手，却又颤颤抖抖落不下来，哽哽咽咽地说：“芝罘儿你……你替我……打他！”

芝罘儿咬了咬牙，抡起几天没洗的乌黑小手，左右开弓，在梁菊鸣的脸上连抽几个嘴巴，打得梁菊鸣的嘴角淌了血。

“满天云雾散了！”李云岫连声狂笑，“赶快操持吃饭，吃过饭收拾行囊包裹。起晌以后，天乐茶园老东家礼贤下士，雇一辆四轮马车，接你们进城。”

蕙儿又摆正桌椅，切开芝罘儿送来的西瓜，双手捧到李云岫的嘴边，抛了个媚眼儿，说：“大少爷，我到城里登台卖艺，您可别忘了进城捧场呀！”

李云岫挂下脸子，翻了她一眼，冷冷地说：“你留下。”

“为什么把我留下来？”欢天喜地的蕙儿像挨了当头一棒，手里一块黑子红瓤的西瓜落了地。

“我这是分外疼你。”李云岫打一巴掌又揉一揉，“眼下你进城搭班，只配唱个丫头宫女，桌子底下放风筝，出手就不高；还是等我给你排演几出拿手的粉戏，野台子上唱红了，带着全班人马进城，出场就是个满堂彩，那够多么风光。”

蕙儿一身媚骨，心无主见，只能俯首帖耳，言听计从。

“可是，我十七奔八了，万一红不起来呢？”蕙儿对于自己的色艺，并无十足的信心，“你答应我的那件事，哪一天才兑现？”

蕙儿被李云岫诱骗失身，李云岫虽不是瓷公鸡一毛不拔，却也没有给过她多少实惠，全靠花言巧语迷住她的心窍。李云岫的大老婆是个痨病腔子，只比骷髅多一层皮，掐着日子活一天算一天。李云岫便跟蕙儿赌咒，只等痨病腔子一死，就娶蕙儿补缺。

“心急吃不了热豆腐，煮熟的鸭子飞不了。”李云岫又给蕙儿灌起迷魂汤，“你还看不见吗？那个痨病腔子有今天没明日，躲过初一逃不出十五，正宫娘娘的位子，早早晚晚是你的，谁也巴结不上。”

“我这个穷命人，命中注定没这个福分。”奴颜婢膝的蕙儿，忽然感到一阵凄凉，“能做个偏房，也算落得个好下场。”

这个缺心少肺的丫头哪里知道，她连做个偏房也不可得。李云岫已经把全部家当花得只剩下个空架子，他正甜言蜜语地麻醉花狗儿的寡妇六姐，阴险毒辣地加快痨病腔子的死亡，然后寡妇六姐带着田亩文书和金银现款，到李家当主子奶奶。梁菊鸣和梁二嘀咕走后，剩下蕙儿孤身一人，更被他紧紧抓在手里，乖乖地听他摆布，明里卖艺，暗中卖身，替他赚双份儿。

吃过午饭，梁菊鸣和梁二嘀咕收拾他们那破烂家当，李云岫把蕙儿带到不知哪一片高粱地的坟圈子里，灯草婶子牵着芝罘儿的手，走进她的小屋。

她从一只破篓子里拿出一个小包袱，咬着芝罘儿的耳朵说："这是我给你爹做的一双鞋，还给你做了一身衣裳。"

芝罘儿摇着头，噘着嘴，说："我爹一点也不心疼您，这双鞋送给老虎跳大伯，不给他穿。"

"他不心疼我，我可心疼他，你给他捎回去吧！"灯草婶了两眼含泪，压低声音，"好孩子，你还得替我给你爹捎两句话。"

"您说吧！我记得住，一字不差。"

"你告诉他，我说的：'别给芝罘儿娶后娘，娶了后娘的亲爹也变成了后爹。'"

"他敢给我娶后娘，我就不认他这个亲爹，给老虎跳大伯当儿子。"

"我的肉啊！"灯草婶子抱起芝罘儿，连亲了几口，"我给你做的衣裳尺寸大了点儿，过二年你上学，穿起来正合身。"

"今年我就穿上您做的新衣裳进学堂。"芝罘儿伸出两只手给灯草婶子擦泪，“尺寸大一点儿，凉凉快快的不长痱子。”

“我的儿，我的儿……”灯草婶子泪流满面，“芝罘儿，叫我一声娘。”

芝罘儿从灯草婶子的怀里出溜下地，响当当磕个头，响亮亮叫了声：“娘！”死缠着抱紧灯草婶子的双膝。

芝罘儿拎着那只送瓜的柳篮，柳篮里装着灯草婶子交给他的小包袱，一步一回头、三步一停脚，离开了梁家，回到小龙门渡口，已经起晌。

徐老莲一听灯草婶子被逼到城里当上炕老妈子，头昏眼发黑，浑身起了火，跌跌撞撞赶奔鸡笼店。他一口气跑上沙丘，却只见一辆四轮马车从梁家的柳篱小院跑出来，沿着大河长堤，在树影尘烟中疾驰而去。

来晚了，人走了。

22

返回小龙门渡口，徐老莲的两条腿像两根枣木杠子，不像长在自己身上。他满脸挂着泪水，眼睛瞪得包子大，却蒙头转向，看不见脚下的坑坑洼洼；深一脚浅一脚，东撞一头，西碰一头，南北转磨。走到日落黄昏，也没有走出沙丘的方寸之地。一条裸露地皮上的枯树盘根绊倒了他，骨碌碌从沙丘上滚下来，四脚八叉躺在小河汊子岸边，像一棵被雷电殛倒的大树，横拦在羊肠小路上。

老虎跳从外村喝酒回来，已经半夜三更。月色迷茫，醉眼蒙眬，头重脚轻，不留神被横倒的徐老莲绊了个跟头流星。收住脚，转过身，走回来一看，原来是徐老莲昏迷不醒。他摸了摸手脚冰凉，听了听心口窝跳得十分微弱，鼻孔里只有一丝丝气息，急忙把他背在身上，跑回渡口，放躺在窝棚里。

掐人中，捅鼻子，翻眼皮，拧耳朵，挠脚心，喷了一瓢水，徐老莲仍然一动不动，一声不吭。胆大包天的老虎跳，也感到心慌意乱，拿不定主意了。

老虎跳想来想去，只有请小田先生前来看个究竟。小田先生不但教书，而且治病；他不曾拜师学医，但医书看得很多，也就无师自通。不过，他为人胆小心细，看病而不开方子，只管从病理上说透，用药却让病家自己斟酌。

忽然，河那边一声鸡啼，徐老莲陡地一个鲤鱼翻筲坐起来，嘟哝了一声："我要进城看一眼灯草儿才放心！"爬出了窝棚，沿着河边纤道向上游走去。

"气迷心了！"老虎跳叹了口气，难过地摇了摇头。

这时，对岸有赶早上路的客商喊叫过河，老虎跳也就顾不得把徐老莲追回来，还得替他撑船。

大运河全长三千四五百里，从浙江的杭州到江苏的扬州，叫江南运河；从扬州到江苏的清江，叫里运河；从清江到山东的台儿庄，叫中运河；从台儿庄到山东的临清，叫鲁运河；从临清到天津，叫南运河；从天津到北京的通州，叫北运河。元朝至元二十九年（公元1292年）春，元世祖下令修凿大都运河；两万民工，一年时光，到至元三十年秋竣工。于是，千帆万船从通州东关码头沿大都运河直达北京城内，停泊在现今的什刹海上。元世祖龙心大悦，又赐名通惠河。

通惠河到明朝初年淤浅，大船不能通航，南北大运河的漕米到通州，只得从陆路转运入京。一四四六年，明英宗敕建永通桥，六月动工，八月二十七日告成，只用了两个多月。桥长十八丈，宽四丈三尺五寸，桥下护坡上伏卧四只石兽，鼓着眼珠子凝望河面，凶猛而又妩媚。桥栏石柱每边三十根，每根柱顶的莲托上雕有一只大石狮子，每头大石狮子又带着几只小石狮子。六十只大石狮子的姿态各不相同，有的张牙舞爪，有的摇头摆尾，有的抓耳挠腮，有的闭目酣睡，有的怒形于色，有的如醉如痴……几百只小石狮子趴在大石狮子背上，蹲在大石狮子脚下，一个个稚气十足，憨态可掬，活泼可爱。

永通桥距离通州城内的鼓楼八里，俗名八里桥，是北京的东大门。八里桥和北京西南的永定河上的卢沟桥，是当年北京的两大通衢要道。八里桥的长桥映月，卢沟桥的卢沟晓月，又同是京郊的两大风景。

只可惜年久失修，天旱少雨，八里桥和通惠河都已经十分衰老，桥身破旧，河床枯瘦。当年大船小舟往来如梭的通惠河，只剩下三五丈宽的河床，一只狗追急了的兔子，能从这岸蹦到那岸。两岸河边又挤满密密丛丛的蒲苇，河道只有从蒲苇丛中蜿蜒而来的一线潺潺流水。

正是暑伏时节，一盏宫灯似的夕阳，挂在京西暮霭缠绕的峰峦上。迷迷糊糊乱走一天的徐老莲，站在八里桥上，脚下的通惠河被晚霞映照得像一条胭脂河。

一弯镰月，升上头顶。

青纱帐里，蒲苇和茂草丛中，喧闹着大花脚蚊子的嗡嗡声。徐老莲心里有火，脚下又急，一整天兜圈绕弯子，走了许多瞎道，身上的热汗散发着呛鼻子的馊味儿，吸引着一团团的大花脚蚊子向他猛扑，咬得他急蹦乱跳，从桥上逃下来，跳下河去。

河床像一只碟子，水浅得只能齐腰，他个子高大，盘膝而坐也没不了顶。泡了一会儿，全身汗退，他便仰躺在水面上歇息；水里的鱼儿从他身下游来游去，一只愣头青的绿蛤蟆跳上他的肚皮。

“喂！”从北京满载而归的一叶扁舟上，有个嗓子沙哑的老头儿呼叫，“我的船搁浅了，帮我推一把。”

徐老莲忙浮过去，问道：“老哥，是回通州吗？”

老头儿点点头，从耳丫上取下一支香烟，缺牙露齿的嘴里喷着酒气，递给徐老莲，说：“乱而不急，忙里偷闲，咱们萍水相逢是缘分儿，抽支烟聊一会子。”

徐老莲并不上船，两只胳臂架在船尾上，又问道：“老哥，你这条船到北京，做哪一路生意？”

老头儿打着火石，给徐老莲点着香烟，又给自己点上烟锅子，嘬起腮帮子深深吸了一口，才答道：“卖荷叶。”

他是通州城内德泰杂货铺的长工。德泰杂货铺从县政府包下西海子公园的几块池塘，养鱼栽藕。入夏天天剪荷叶，运送到北京东便门码头，零整批发，卖给猪肉杠、酱肉铺、水果店，然后运回装满酱油和陈醋的大木桶。天麻花亮从通州出船，只装十大捆荷叶，船儿虽轻，却是逆水而行，也很吃力。傍晚归来，十只酱油和醋桶压得小船擦河床，像一只肥鸭子，虽然顺流而下，也不省劲。天旱水浅，沿河的农户日夜打水浇园，更眼见水少，所以，这只船虽然原路而回，早上通行无阻，夜晚却遇到重重障碍。

徐老莲肚里无食，腹内空空，三口五口便把一支烟抽进肚子，反倒逗得肠胃打起架来，不得不又向老头儿伸手，说："老哥，你的烟真香得馋人，我讨一锅儿尝尝。"

"抽两口提一提神儿吧！"老头儿用手揉搓一下玉石烟嘴儿，递到徐老莲嘴边，"不是我舍不得一锅烟待客，只怕你抽多了上瘾，那就害了你。"

"烟里有毒？"

"叫鸦片烟串秧了。"

"哪个地方出产的？"

"京西门头沟龙泉务。"

"难道种烟也能驴马下骡子？"

"龙泉务种鸦片烟，割了浆扔下的烟柴，煮透了熬汤，喷在旱烟上，闷在大墙柜里，到日子一出柜，那就串足了味儿。"

"您怎么抽这个毒烟？"

"我这一身骨头架子，不借这股子烟劲儿，怎么能卖这个苦力，挣出一天三顿的残汤馊饭？"

"我不抽了，您也戒了吧！"徐老莲一见日落西山发了慌，"老哥赶快开船，我要进城找人，天黑就难打听了。"

"通州城千门万户，存放在我肚里。"老头儿拍了拍皮包骨的胸脯，"你问哪一家，想找哪个人，我没有不知道的。"

"天乐茶园老东家住在哪里？"

"西海子东岸上。"

徐老莲的心怦怦跳起来，问道："他家是不是新来一个老妈子？"

"你找的小脚灯娘吧？"

“她叫灯草儿。”

“是你什么人？”

“干妹子。”

“明白了！你是她的情郎哥，想把她拐跑，做一对野鸳鸯。”

“灯草儿是我奶奶的干孙女儿，我跟她亲如一奶同胞，只想见她一面。”

“天乐茶园老板的家规，上炕老妈子得一心保主，大门不能出，二门也不能迈，你见不到她。”

“难道连干哥哥也不能见？”

“听说就连她的亲侄子梁菊鸣，也不许进门看望姑姑。”

“我白跑一趟了！”

“只要你不口羞，有什么心腹话，我给你捎进去。”

“那个老东家怎么不把你拦在门外？”

“我是他十八辈的祖宗！”老头儿大骂道，“一年四季，不管刮风下雨，还是天寒地冻，我都得天天给他送上只甲鱼。”

“那就有劳老哥了！”徐老莲的铁肩膀扛住船尾，大喝一声，搁浅的小船像一条蹿跳的鱼，划破浅滩，冲入水道。

老头儿打起双桨，说：“兄弟，上船说话吧！”

“我一边浮水，一边推船，还免得蚊子叮咬。”徐老莲怕前面还有浅滩拦路，不肯从船尾撤手。

船过八里桥孔，河床是个斜坡，水急船快，一眨眼便到通州西城墙下。通惠河在西城墙下水分两路，一路进入护城河，一路穿城而过。船到三岔水口，老头儿拢住双桨问道：“兄弟，眼看就要进城了，你有哪些口信想捎给小脚灯娘，说呀！”

“我想问她……还得过多少日子……才能回家。”

“那你还不如问我哩！这家的上炕老妈子能混下一年的不多。”

“到那一天，我来接她。”

“抬着花轿？”

“正是。”

“还是打造一口柳木斗的棺材吧！”

“怎么？”

“十个有五双，都是低头而进，仰脸出门，只剩下个空壳子的整尸首。”

“老家伙吃人不吐核儿？”

“他是一贯道的大坛主，专门从娘儿们身上采阴补阳，配长生不老药。”

“我得把灯草儿救出虎口。”

“你活腻了，找死。”

“难道老家伙是牛魔王、黄风怪？”

“县城里的警狗子和侦缉队，一半是他的徒弟，一半是他的干儿子，你惹得起，碰得动吗？”

通州共有通运门、朝天门、迎熏门、凝翠门和新城南门，还有一座水门。水门的三道铁栏大开，老头儿把垂头丧气的徐老莲扯上船来。小船直入城内，城内通惠河北岸的万寿宫大街，已经万家灯火了。

23

从七月剪荷叶到九月出藕，徐老莲在西海子公园打三个月短工。

他陪同老头儿到德泰杂货铺卸货，点货的二掌柜把老头儿叫到账房，问明徐老莲的来路，赏他一顿饭。北京的猪肉杠、酱肉铺和水果店大量订购荷叶，小船一天要跑两趟，剪叶子和送叶子一个人忙不过来，想雇个短工。徐老莲正想在城里多逗留几日，也不管工钱多少，就抢下这个差事，夜晚还要看守荷塘，只能睡露天地。

通州城内原有两大池塘，一个叫东海子，一个叫西海子；东海子有几十亩水面，西海子的水面上百亩。相传，当年大禹爷手持一根烧火棍子，从南到北追赶一只铁甲金头的大龟，大龟逃到通州城东的大河，这条大河那时叫潞水。大禹爷把烧火棍子插进大河里，大河就像开了锅，烫得铁甲金头大龟一跃而起，蹦了三蹦。头一蹦砸出个东海子，二一蹦砸出个西海子，三一蹦刚到通州城西的半空中，大禹爷扔出了烧火棍子，敲碎了大龟的金头，砰的一声落了地，化作一座土山。这座土山便是西汉李广、东汉耿弇、三国公孙瓒、隋唐罗艺、北宋杨六郎、辽国萧太后、元朝大丞相脱脱、明朝大将徐达和常遇春的点将台。燕王朱棣扫北，也在这座土山上筑台拜将点兵，后来他当了皇上，便把点将台改名驻跸台。不过，还有另一种口头相传：秦叔宝驻守潞郡，隋炀帝的萧皇后逃到北国，勾引番兵将潞郡团团围困，四面堆上干柴，点火烧城；秦叔宝下令全城男女老幼，挖坑开塘，取水灭火，便挖出了东海子和西海子，直到罗成的大军赶到，才解了围。这两个传说都无史可考，现在更没有几个人知晓，亏得芝罘儿六岁那年听进耳朵，几十年后才得以立此存照。

东海子一年年淤浅缩小，到芝罘儿六岁那年，只剩下一片绿黏黏的死水洼子，沿岸一家家青楼妓馆，水臭人脏。西海子不但保存原状，而且颇有艺术加工。那是大汉奸殷汝耕认贼作父，以通州为首府，成立伪冀东防共自治政府当儿皇帝的一九三五年到一九三七年，仿北京的北、中、南海，将西海子割成三块，围上曲曲弯弯的长堤，堤上栽花种柳，池塘里养鱼植荷，高岗上筑起几座凉亭，翠柳下拴着几只画舫。不过，他虽然亲笔题匾，给西海子加上“公园”二字，却并不允许平民百姓游玩赏景。他的官邸坐落在西海子南岸，西海子公园也就成了殷府的后花园。伪冀东防共自治政府垮台，殷汝耕下野，通州又恢复县制，县政府开放了西海子公园。然而，八只画舫已经尸骨无存，四座凉亭也坍倒了三座。

徐老莲夜晚看守荷塘，就睡在残存的那座风雨飘摇的凉亭里。

荷塘里蛙声聒噪，凉亭里盘旋着打成团滚成蛋的蚊子；蛙声吵得徐老莲不能入睡，蚊子又叮得他坐卧不宁，思念灯草儿更难心静。他肩倚凉亭的明柱，黑夜中瞪着失神的眼睛，眺望东岸天乐茶园老东家的宅院。大宅院里，灯明火亮；他看看三星，至少亥时已过，子时一刻了。他很奇怪，难道这家人是一窝夜猫子，过了半夜还不睡觉？日出而作、日入而息的徐老莲哪里知道，天乐茶园刚散了夜戏，这一家人还要吃一顿什锦夜宵；灯草婶子更要服侍那个糟老头子抽足了鸦片烟，这一天才算交差。

徐老莲打了个盹儿，便被领工的老头儿叫醒，揉开眼睛一看，大宅院的电灯正一盏一盏地熄灭，东山已经呈现一抹蛋青色，乡下早已鸡叫三遍了。

头顶着露水剪荷叶，剪下带着露珠儿的荷叶。带着露珠儿的荷叶有一股清鲜淡远的香味儿，蒸馒头铺笼屉，熬粳米粥盖砂锅，沁入荷香，别有风味。太阳出来，蒸发了露珠儿，晒蔫了荷叶，或是浓雾漫天蔽地，捂得荷叶灰溜溜地失去了这个特色，那就像二婚头的女人身价大跌，很不值钱了。

领工老头儿和徐老莲都扒光了身子，一前一后走下荷塘。水清如镜，塘边齐腰，深处没顶。领工的老头儿一边浮水，一边开合蟹爪似的剪刀，挑挑拣拣，小心翼翼，剪下十张锅盖大的荷叶，挤了挤眼睛笑道：“大兄弟，快把这十张荷叶送到那座大宅院，趁这个工夫亲你那干妹子几口。”

徐老莲的脸一阵通红，说：“等剪够了总数儿，选出十张，送也不晚。”

“那就不合老东家的口味了。”领工的老头儿把这十张荷叶叠起来，“他正求仙学道，虽说还得吃人间烟火，却要沾个鲜字儿，取的是吉利。清早头　茬的荷叶，最能净气提神儿，一过了他定下的钟头，白给也不要了。”

“他怎么就分得出是头茬还是二茬呢？”徐老莲不大相信。

“老家伙有一只狗鼻子。”领工的老头儿压低了嗓子骂道，“他那条舌头，更厉害得像蛇信子。”

徐老莲赶忙头顶这十大张头茬荷叶，踩水上岸，穿上衣裳，脚急心慌直奔天乐茶园老东家的大宅院。

这座大宅院的旧主人，是殷汝耕手下的八大帮凶之一。惹得天怒人怨的殷汝耕下了野，手下的大小爪牙也就树倒猢狲散，这一个帮凶便将这座大宅院卖给了天乐茶园老东家。大宅院前后两进院子，一座后花园。这位老东家在后花园别有洞天，有上炕老妈子陪伴，游戏于花、鸟、虫、鱼之间，大吃补药，吸食月华，不但想长生不老，而且要活着成仙。

徐老莲送荷叶的时候，大宅院的男男女女睡下还不到一个时辰，前后院静悄悄无声无息，紧闭着铜钉兽鼻的大红门，门前龙爪槐下的两只石狮也像昏睡着。他不敢敲门，又怕误了钟头，丢了生意挨骂；想要敲门，更怕惊醒贵人酣睡惹祸。头顶着荷叶转来转去，不得其门而入。

他没有发现后花园外墙的爬山虎藤萝中，藏着个小小的角门，没有听见花园的角门吱的一声响，也没有看见从角门里走出一个风摆杨柳的女人。

徐老莲转来转去想找个人问路，角门里走出的妇人四下张望，寻觅平日送荷叶的老头儿。两人一转一看老半天，这才对了眼，都打了个愣怔。徐老莲向那个妇人走去，那个妇人也向徐老莲走来。

“干哥……”

“灯草儿！”

徐老莲眼花了。眼前的这个灯草儿像个财主家的二奶奶，身穿纺绸的衫子，青绸的裤子，两只耳环闪闪亮，一对手镯叮当响，梳个插玉簪的圆髻；只是眼窝乌黑，脸色惨白，目光愁苦，好像得了月子病，血亏、气虚、腰子剜疼。

“干哥，你怎么到城里来了？……”灯草婶子赶前一步，退后两步，远瞧近看徐老莲的面孔，半信半疑，只当是做梦。

“我进城来找你，在西海子公园打短工……”徐老莲低下头，眼里噙泪，头上的荷叶滚下了颗颗露珠，“你……跟我回去吧！芝罘儿醒着喊你，梦里叫你。”

“我写下三年卖身契，要想赎身利滚利。”灯草婶子苦笑着摇了摇头，“城里没有咱们乡下人站脚的地方，你快回家吧！他们要是知道了你的底细，不扒你的皮也得抽你的筋，一辈子残废。”

“我也拿了人家三个月的工钱，不到日子不能走。”徐老莲一手扶着头上的荷叶，一手轻轻托起灯草婶子的下巴颏儿，“我天天起早送荷叶，三个月能看见你九十回。”

“那就把芝罘儿带来，也让我天天见他一面。”灯草婶子闭上眼睛，咽下一大口泪水，“我也是醒着梦里都想这孩子，只是不敢叫出口，喊出声。”

徐老莲见四下无人，把灯草婶子推到墙根下的黑影里，低声而又急促地说：“三年哪一天熬到头，我带你跑吧！”

灯草婶子打了个寒噤，吓得蜷缩了身子，说：“我跟你跑了，菊鸣跟我哥哥就遭了罪；你救出我一人，害苦了他们爷儿俩，我不能亏情欠理没良心，还是让我一个人死受吧！”

“可是……听领工的老哥说……给这家当上炕老妈子，低头而进，仰脸出门，难得熬过一年。”

“我生不能是你的人，死后要当你的鬼，你……有情有义，别忘了给我收尸。”

灯草婶子含泪看了徐老莲一眼，抢过十张荷叶，慌慌张张走了。

徐老莲愣了愣神儿，追赶上去，灯草婶子走进花园角门，反手插上门闩，把他关在了门外。

“你怎么……肉包子打狗……”徐老莲耳贴着角门，听见后花园的房屋里一个呼噜气喘的老头子恶言恶语，“一出去……就想……不回头。”

“送荷叶的换了个人……”灯草婶子不会说谎，又不敢说出真相，便有些吞吞吐吐，不那么理直气壮，“他头顶着荷叶在大门前乱转，我才出门喊他送过来，盘问他几句。”

“是年轻的，还是年老的？”呼噜气喘的老头子逼问道。

“不年轻……也不年老。”

“他有没有跟你动手动脚？”

“没有。”

“你是不是跟他眉来眼去？”

“我……没有……”

“哎哟”一声尖叫，徐老莲的头发根子发奓。他隔着门墙看不见，呼噜气喘的老头子那尖如利爪的指甲，隔着纺绸衫子狠狠掐了灯草婶子的乳头一下。

徐老莲的心像被捅了一刀，正想一头撞进花园角门，杀死呼噜气喘的老头子，将灯草婶子救出火坑，忽听领工老头儿从背后叫道：“大兄弟，还差半船荷叶，天光大亮之前你得剪出来！”徐老莲只得忍气吞声离开了花园角门。

“我听见干妹子一声尖叫，那个糟老头子正折磨她。”徐老莲又悲愤地回头看了一眼，只恨隔墙如隔山。

“羊入虎口呀！”领工的老头儿连连叹息，“小脚灯娘像个纸糊的人，不出一个月就得给那个老家伙榨干了油水。”

“都是为了她的侄儿受苦。”徐老莲也只有叹息不止，“等她的侄儿唱红了，她的坟头早长出了青草。”

“我听了梁菊鸣的戏，真有几分马连良的味儿。”领工的老头儿也许是要驱散一下心头的阴云愁雾，荒腔走板唱起来，“诸葛亮上坛台，观看四方，望江北……劝千岁，杀字休出口……”

徐老莲又下到荷塘，剪满半船荷叶，说：“老哥，我的干妹子想看一眼我的儿子，我得跟您告个假，回村把儿子接来。”

“你把荷叶船送过八里桥就回村，别忘了太阳落山到八里桥西，接我进城。”

“多谢您了，老哥！”

24

荷叶船过八里桥，太阳刚刚升起，徐老莲急如星火返回柳湾村，没有喘一口气，也没有跟老虎跳打个照面，便背起芝罘儿，搭一只小划子，又重返通州。

爷儿俩在城外东关和北关之间的石坝码头上岸。

通州是北京漕运的主要集散地，元、明、清三朝从江南征调的大米、绸缎、珍玩、木材、良药……都要运到这里储存，或是经过通惠河和陆路转运到京都。城东北，有土坝和石坝两大码头。《石坝大光楼行》一文写道：“石坝在州城北，七省正兑漕米运京仓者从此盘入通惠河，岁计二百四十四万石有奇。杠夫喧轰，昼夜不息，日以起运三万石。”通州城内外，元朝有十三仓，明朝有十六仓，清朝有十七仓。这些粮仓可储米几十万石，都采用了通风和防潮设备，为了防火，四周都凿了井，并设有仓场署和坐粮厅，监督和管理这些粮仓。在仓场署和坐粮厅之上，还有漕运总督衙门，漕运总督官居一品。清雍正七年（一七二九年）八月至雍正八年（一七三〇年）五月，从石坝码头铺设了直达北京的石板路，路宽二丈，两旁土路各宽一丈五尺，并且连接通州城内各仓的仓门，耗费帑银三十四万三千四百八十四两。清世宗在一座矗立在石坝码头的御碑上写道：“潞河为万国朝宗之地，四海九州致百货，千樯万艘辐辏云集。商贾行旅梯山航海而至者，车毂织络相望于道。盖仓庾之都会，而水路之冲达也。”骚人墨客描写当时的通州盛况，有诗曰：“城倚红云下，门临绿水滨；宝鞍驰骏马，多是帝京人。”又有诗曰：“清浅潞河流，常泊万里舟；越罗将蜀锦，充满潞滨楼。”光绪二十七年（一九〇一年）修成京通铁路，漕米陆运改用火车，民国初年又开京津公路，北运河的漕运大大减少，石坝码头也就一天比一天冷清起来。

徐老莲背着芝罘儿走上石坝码头，在芝罘儿眼里，冷清起来的石坝景色，仍然目不暇接，惊奇不已。从七九河开到大雪封河，石坝码头每天都停泊大小几十只船。沿河一条长街，绵延二三里，河岸蜿蜒起伏，就像一条波动的龙舟。两大鱼行，三大鱼市，四家酒楼，五家客栈，分布在这条街上。船行和鱼市之间，还有几家宝局子；客栈与客栈之间，更有不少暗门子。面对码头的高台上，有一座居高临下的慈航寺，俗名河神庙。庙里不但香火旺盛，而且还有说书的，唱曲的，卖艺的，算卦的，以及五光十色的小摊。钟楼耸立，早晚观景，虽不能穷千里目，却也令人心旷神怡。钟楼的抱柱上，刻有前人的题诗：“极目沧溟浸碧天，蓬莱楼阁远相连；东吴转海输粳稻，一夕潮来集万船。”传说这首诗是曾隐居通州的明代大学者李卓吾的手笔，虽然未必可信，却也描写出石坝码头的昔日风光。

从石坝码头到通州北门外，路过一个名叫马厂的小村，绿树浓荫掩映着二三十户人家。徐老莲肩扛着芝罘儿，走村外的车马大道。大道拐弯，正对着通州北城门口，有一片高耸入云的白杨树林，蒲扇大的叶子被南风吹得哗啦啦喧响，像下着瓢泼大雨。白杨树林里，围起一道土埂，野草蓬蒿中有一座古墓，墓前一座石碑。一位身穿长衫的先生，手牵着一个穿花衣裳的小女孩儿，在墓前弯着腰，低着头，好像在祭告先人。

“爹，您看！”芝罘儿在爹爹的肩上喊叫，“这是谁家的祖坟呀，大坟里一定埋着个大官吧？”

徐老莲拉纤走船，听人说过那是明代大学者李卓吾之墓，便卖弄地答道：“这是李圣人坟，当圣人比当大官儿更千古留名。”

“李圣人是哪个村的？”芝罘儿问道。

徐老莲那道听途说的学问，仅此而已；儿子打破砂锅问到底，他便无言以对。但是，当老子的怎能被儿子问得张口结舌，不愿丢面子便顺口胡诌起来，答道：“李圣人是永乐店的人。你不是听过野台子戏《二进宫》吗？他就是戏里那位永乐店的李娘娘的娘家哥哥，跟徐延昭和杨波站在一条船上，探皇陵有他，大保国也有他，只可惜被他那谋反篡位的奸贼老爹李良害死了。”

他们正从石碑前走过去，那个穿花衣裳的小女孩儿从墓前抬起头，喊道：“你答得不对！李卓吾夫子是福建泉州晋江人。”

芝罘儿吓了一跳，只见这个穿花衣裳的小女孩儿有一张苹果脸，两只圆溜溜的眼睛，通梁小鼻子，花骨朵小嘴儿，个子不比自己高，岁数也看不出比自己大，却好像是个三年早知道，真叫人纳闷儿。

“福建……是河东的村，还是河西的村？”芝罘儿从他爹的肩膀上出溜下来，歪着脑瓜问道。

“福建不是村！”穿花衣裳的小女孩儿咯咯笑道，“是个省。”

“什么叫省呀？”

“好多好多的县就叫省。”

“什么叫县呀？”

“好多好多的村就叫县。”穿花衣裳的小女孩儿皱了皱鼻子，撇了撇花骨朵小嘴儿，“你们通州就是个县，连这个都不知道，不羞得慌吗？”

“什么你们通州！难道你不是通州人吗？”芝罘儿恼羞成怒，气呼呼地问道。

“我本来就不是通州人！”穿花衣裳的小女孩儿翘起两只小辫子，“别看我是通州生通州长，可是我们老家在湖南，我就是南方人。”

“南蛮子！”芝罘儿握紧拳头，逼上一步，“怪不得我听你说话扎耳朵。”

北运河农村出门见过世面的人，像老虎跳，都管南方人叫南蛮子。南蛮子长的都是一条鸟舌，说起话来有的像黄鹂，有的像柳叶儿，有的像苇喳子，有的像花胡不拉鸟，还有的像公鸭子追赶母鸭子呱呱叫。又说南蛮子都会盗宝，他们到北边来，能看得出地下埋藏的金银财宝，所以他们都爱戴眼镜，四只眼能穿透地面，月黑天能偷棺掘墓。

穿花衣裳的小女孩儿也火了，骂道：“谁是南蛮子？你才是北鞑子哩！”

“李圣人坟里有金枕头、银褥子，你们想扒出来偷走！”芝罘儿使出了老虎跳传授给他的杀手锏，以为必中要害。

“住嘴！”徐老莲赶忙喝道，“嘴里不干不净，我剁下你的舌头。”

一直站在树荫下，微笑着观阵的那位身穿长衫的先生，哈哈大笑起来，说：“一个唇枪，一个舌剑，南蛮子和北鞑子难分高低上下，还是停战讲和吧！你们看仇深似海的国共双方，不是都在和谈吗？”

徐老莲见此人三十多岁，不但穿长衫，而且留分头，戴金丝眼镜，比商号的写账先生文雅，比学堂的教书先生福相，却又没有衙门里当官儿的架子。虽然估不透他是何许人也，却也猜得出他的身份不低，是个泥腿子惹不起的角色。为息事宁人，徐老莲连忙打躬作揖，说：“乡下野孩子说话不知分寸，您大人不见小人怪，高抬贵手。”

“不敢当！我叫安守已，县立师范的史地教员。”名叫安守已的长衫先生，和颜悦色，连连摆手，“只不过我大半生一点也不知道安分守己，所以自号学匪，反倒名副其实。”

徐老莲以为所有教书先生的形象，都跟他那位盟兄小田先生是一个模子刻出来的。原来这位安守已先生教的是县立师范，高他的盟兄一等，于是便在他的眼里显得福相了。

“我叫安柳男，小名叫柳哥儿。”穿花衣裳的小女孩儿走到芝罘儿面前，“请教你贵姓、高名？”

徐老莲怕儿子又言语失当，堆起笑脸替儿子答道：“他姓徐，叫芝罘儿；我是他爹徐老莲，在西海子公园打短工，带他进城开开眼。”

“芝罘儿，芝罘儿……”安守己一手抚摸着芝罘儿的光葫芦头，眼神中若有所思，“你们是哪个村的人？”

“蝈笼子里的柳湾村。”芝罘儿忍耐不住，快嘴快舌地答道，“我进城来看望灯草婶子，她想我了。”

安守己改变了若有所思的目光，岔开话题，问道：“那么，你们认识梁菊鸣吧？”

“他是我们邻村的人，两村只隔一条小河汊子，低头不见抬头见。”芝罘儿又抢着答道，“他是我灯草婶子的娘家侄儿，我管他叫鸣哥。”

“咱们越说越近了。”安守己笑道，“梁菊鸣和他的父亲，跟我住一个院。”

芝罘儿欢跳起来喊道：“爹！咱们去看看梁二大伯和鸣哥。”

“慢！”安守己拦道，“徐芝罘小朋友，你想知道这位李卓吾老夫子的故事吗？”

“想知道。”

“来！”安守己带领芝罘儿，走到李卓吾墓前，垂手站定，“随我三鞠躬。”

芝罘儿直眉瞪眼，愣愣怔怔不懂这个城里人的礼节。

“磕个头吧！”徐老莲走过去，掐脖子把芝罘儿按倒在地。

芝罘儿双膝下跪，碰了个响头。

“请起！”安守己伸手把芝罘儿搀扶起来，又带他到石碑前面，“你看这几个大字，‘李卓吾先生墓’，是明末学者焦竑所题。”

"这几个字写得真好！"芝罘儿点头咂嘴儿，"比我家门框对联上的字，强多了。"

"有眼力！"安守已非常高兴，又带芝罘儿到石碑后面，"你看这篇《李卓吾先生碑阴记》，是明万历壬子四十二年二月，新定詹轸光所写。"

"我一个字也不认得。"芝罘儿苦恼地摇着头，"这座碑有些年月了吧？"

安守已掐指一算，说："万历是明神宗的年号，壬子四十年折合公历是一六一二年；眼下是民国三十五年，折合公历是一九四六年，这座碑已经有三百三十四年了。"

"哎呀！"芝罘儿惊呼起来，"这位李圣人死去三百三十四年啦！比我老奶奶的老奶奶还大得多。"

"卓吾夫子已经逝世三百四十四年，这座碑是在他逝世十年之后立起的。"安守已满脸庄严而又激动的神色，"先生生于明世宗嘉靖六年（公历一五二七年）十月三十日，卒于明神宗万历三十年（公元一六〇二年）二月十五日，享年七十六岁。"

芝罘儿一句也没听懂，却又问道："老人家得的什么病，不是通州人怎么埋在了通州呢？"

"一言难尽呀！"安守已一只手牵着柳哥儿，一只手牵着芝罘儿，"我家就住在这马厂村里，咱们携手进村，边走边谈。"又向徐老莲含笑点点头，请他一路同行。

路上，安守已就像给芝罘儿上历史课，大讲李卓吾的身世和坎坷的一生。

李卓吾名贽，号宏甫，是明代的著名学者，杰出的思想家。他二十六岁乡试中举人，三十岁出外做官，先后在河南的共城、南京、北京和云南的姚安当过教谕、博士、员外郎和知府。做官二十年，常常和上司发生冲突，因而不断遭受迫害。后来弃官隐居，专事著述，最重要的著作有《焚书》和《藏书》，对于历史、哲学、文学均有独到的见解，自成一家，被腐败的朝廷和反动的道学家视为眼中钉，肉中刺，必欲置之死地而后快，逼迫得他无处可以栖身。万历二十九年（一六〇一年）由友人马经纶迎接到通州，住在马家，已经七十五岁。通州地处天子脚下，李卓吾虽然年逾古稀，衰老多病，但是近在咫尺，不仅著书立说，也许还要设帐讲学，这就引起朝廷的严重不安。万历三十年（公元一六〇二年）都察院罗织罪名，上书皇帝，弹劾李卓吾蛊惑人心，明神宗敕令严拿治罪。李卓吾被捕入狱，不愿受辱，于二月五日写下《遗言》，三月十五日自戕身死，马经纶将其遗骸归葬通州。马厂村墓地，是李卓吾生前亲自选定，墓穴的构造也是李卓吾生前亲自设计。只因马经纶不久病故，所以直到十年之后才由马经纶的子侄立碑。

六岁的芝罘儿虽然莫名其妙，安守己却也不算白费唇舌。在这之后三十七年，芝罘儿作为发起人之一，将李卓吾墓迁到风景秀丽的西海子公园新址，并起草了新的碑文。不过，这是后话。本文只能预告节目。

25

他们走进马厂村口，柳荫夹道一条街，迎面一辆闪闪放光的人力车飞奔而来。拉车的是个干瘦老头儿，尖顶斗笠，白粗布衫，青市布裤，打着裹腿穿洒鞋。车上坐着个闭目养神的年轻人，留平头，黄白净面，杭纺长衫，羽纱马褂，皮底便鞋，一把菊花鹦哥的折扇，展开掩住前胸。

“梁二大伯！”芝罘儿眼尖，却又目瞪口呆，“鸣哥，儿子坐车爹拉车，你不觉得扎屁股吗？”

徐老莲见此情景，脸也一沉，低声骂道：“好狠心的逆子，不怕天雷轰顶吗？”

梁二嘀咕叫了声：“老大兄弟，芝罘儿！”慢跑着收拢脚步，轻轻放下车把，从裤腰带上扯下一条堂布手巾，擦抹着满头大汗，嘿嘿憨笑。

梁菊鸣被徐老莲骂了个红脸，赶忙下车，一眼看见安守已和柳哥儿父女，堆着笑问道：“安老师又是带着柳哥儿小姐，到李夫子坟前讲古吧？有您这么精心调教，柳哥儿小姐长大，敢比苏小妹，不让曹大家。”

“大家”二字念“大姑”的音，又引起芝罘儿的兴趣，问道：“这位小妹，那个大姑，有哪点出奇？”

梁菊鸣向柳哥儿拱了拱手，说：“还是请柳哥儿小姐指教吧！”

安守已自编一册《才女传》，每天给女儿讲授，柳哥儿的头脑里装满了古今中外的才女故事。于是，她有头有尾地讲起汉朝班昭（曹大家）如何帮她哥哥班固续写《汉书》，传说中的宋代大文学家苏洵之女、苏轼和苏辙之妹，如何在洞房花烛之夜三难新郎。

“芝罘儿兄弟，你看柳哥儿小姐多么有学问！”梁菊鸣拿起芝罘儿的手，看了看手相，“十载寒窗，磨穿铁砚，你也能学会诗词歌赋，赶不上苏东坡，也追得上秦少游。”

“呸！”柳哥儿啐了他一口，“我才六岁，不要新郎。”

梁菊鸣笑道：“我说的是再过十年、十五年，后会有期。”

“菊鸣，我要给你写个戏！”安守己忽然兴之所至，异想天开，“不知你敢演不敢演？”

“安老师，您这是赏我的饭，我怎么能坐轿子号丧——不识抬举呢？”梁菊鸣好像求之不得，急不可耐，“我正愁没有看家的戏，您就快写吧！”

“就地取材，我要写《卓吾先生之死》。”安守己似乎酝酿多时，打得了腹稿，“整出戏又分八折：北上、隐居、遭诬、冤狱、骂奸、自刎、归葬、碑祭。我要把《文昭关》《击鼓骂曹》和《李陵碑》的大段成套唱腔，熔于一炉。”

梁菊鸣一边洗耳恭听，一边连连叫好。等安守己不能不喘口气，他才婉言相商，说：“安老师，恕晚辈斗胆，这个题目不像京戏的戏名，沾个死字也不大吉利，您是不是再斟酌一下？”

“叫什么好呢？”安守己搔着头皮，“雅俗共赏，才能两全其美。”

“晚辈才疏学浅，狗咬刺猬也不知怎么下嘴，只有恭候您的佳音了。”梁菊鸣自幼学吃开口饭，早已练得伶牙俐齿，进城又大见世面，言来语去就更对答如流了。

徐老莲憋着一肚子怨气，这时才得着插嘴的工夫，问道：“菊鸣，你们爷儿俩这是到哪儿去？”

“刚换上来的一位县太爷到任，唱堂会戏。”梁菊鸣面带愧色，

“我这个二牌老生，算是一人之下，众人之上的角色，不得不打肿了脸充胖子，昧着良心坐我爹的车摆谱儿，眼泪流进肚子里。”

芝罘儿看看梁菊鸣的脸，疑疑惑惑地问道：“我替灯草婶子打你那几个嘴巴，脸上还疼吗？”

“疼在我的心里。”刚才还眉飞色舞的梁菊鸣，黯然神伤了，“我要心里长牙，争一口气，有朝一日挑班挂头牌，大把子挣钱，打个佛龛把我爹供起来。雇一辆包月三轮车，天天拉着他老人家上酒楼，下馆子，吃山珍海味，享几年晚福。”

“怎么就想不到你姑姑呢？”徐老莲又怒气冲冲起来，“我在西海子公园打短工，清早给你姑姑那个东家送荷叶，听说你姑姑被折磨得一天几个死。”

“姑姑是为我才跳进火坑的，我知恩必报，全看我今后有没有出息了。”梁菊鸣掏出一块半旧的怀表，看了一眼，“大叔，我得赶钟点，失陪了！哪天您有闲工夫，侄儿备下几杯水酒，咱们爷儿几个团聚团聚。”

“我替你爹跑一趟！”徐老莲抢过人力车的车把，“梁二哥，你带着芝罘儿到西海子公园，坐在凉亭里赏景，我把菊鸣送到之后，就去找你们。”

安守己却不肯撒手把芝罘儿放走，说：“徐芝罘小朋友聪颖可爱，我想留他吃一顿家常便饭。”

“这怎么敢当呢？”徐老莲想不到自己这个头顶着高粱花的儿子，竟被这位有大学问的安守己先生如此看重，又高兴又感动，眼泪汪汪了。

“我还要看望灯草婶子哩！”芝罘儿扭动着身子，并不引以为荣。

“明天起早，才能见到你灯草婶子。”徐老莲虎着脸叮嘱道，“安老师喜爱你，是你的福气，你可得有板有眼守规矩，不许猴爬杆儿，驴打滚儿，马撒欢儿，蹬鼻子上脸。”

梁菊鸣、梁二嘀咕和徐老莲进城，芝罘儿到安守已家做客。

这个马厂村的二三十家住户，五行八作都有，就是没有一家真正是土里刨食的农民。种菜为生的几家兼营鸡毛小店，投宿住店的有走江湖卖假药的郎中，要猴玩蛇的穷艺人，吹笛算卦的瞎子，卖耳挖勺的小贩……没有一个穿绸裹缎的贵人。不过，却有一个大木厂子，雇着十几个工匠，二十几个学徒，打造车、船、寿木，从前还打造站笼子。还有一座占地三四十亩的牛棚羊圈，那是城里的牛羊肉铺从口外贱价骗买千百只牛羊，在这里喂肥杀肉，零整批发，鞣熟的毛皮、羊皮卖给服装店做皮袄，牛皮编搓大车的绳套，经久耐用。

马厂村距离通州北门不到一里，护城河上放下吊桥，便跟关厢连成一片，它是个城市贫民窟。

安守已的住处，是临河的一个院落，方方正正的四合院，他一家住的是青堂瓦舍的北房五大间。这位过去念过大学，眼下在教中学的安守已先生，却是寒门出身。他的老爹，原是坐落在北京西单商场对过的湖南饭庄曲园的掌灶师傅，在西单商场后面的背阴胡同租了间耳房，娶了个拾煤核儿、捡菜叶出身的北京平民之女为妻，生下了安守已。安守已七岁在太仆寺街小学开蒙念书，十三岁又到绒线胡同的崇德中学念初中。他爹会烧苦瓜和油笋等几道名菜，最为大学者吴承仕先生所激赏。吴先生是一位经学大师，当时在大木仓胡同的中国大学教训诂学，每回前来中国大学上课，必到曲园吃一顿。在安守已的老爹眼里，吴先生便是孔夫子的化身，活圣人。他不但亲自精心掌灶，而且亲自端盘送碗，垂手侍立吴先生身侧，随时听从吴先生驱使，聆听吴先生品评，服侍得十二分周到。老师傅原想等安守已念完初中，就把这门手艺传授给儿子，一辈子吃穿有靠。谁想，有一回跟吴先生闲聊天儿，他透露了自己的这个心意，吴先生却甚不以为然，说："我还想把我那门学问传授给令郎哩！"安守已的老爹，把吴先生的每一句话，都当作《论语》里的子曰。吴先生要收他的儿子做门生，是他们安家祖上有德，他的儿子三生有幸，他就是砸锅卖铁，骨头里熬油，也得要这个脸面。于是，安守已十九岁高中毕业，便又考入中国大学。二十三岁大学毕业，应聘到通州县立师范当史地教员。背阴胡同、太仆寺街、绒线胡同、大木仓胡同，他围着西单牌楼转了二十三年，才走出北京城圈儿。当时，通州正是大汉奸殷汝耕成立的那个国中之国的首府，有五所中学，二十几所小学，他跟十九岁的县立师范附小的女教员杨曼玓相爱，结婚后便住在岳父家里。他的岳父是通州的一位风流名医，一妻四妾，仍然神完气足，红光满面。殷汝耕当伪冀东防共自治政府行政长官，骄奢淫逸，暴虐无道，却对这位风流名医礼贤下士，请他传授采补之术。这位风流名医虽然行为荒唐，却是个嫉恶如仇的脾气，怎肯摧眉折腰，丧尽人格，充当认贼作父的儿皇帝的御医？他为殷汝耕配制壮阳补肾的灵丹妙药，寻欢作乐十分见效，殷汝耕对他深信不疑。谁知，多疑的日本保健医官一直暗中盯着他，经过化验，发现他的这些灵丹妙药含有多种毒素，是想叫殷汝耕慢性中毒而死。殷汝耕并不揭破，在官邸摆下酒筵，请他吃螃蟹赏菊。风流名医好酒贪杯，最馋珍馐美味，半斤莲花白宫酒和八只团脐大螃蟹入了肚，回家当夜就一命呜呼。一妻四妾生下众多儿女，分家析产，安守己的妻子杨曼筠也分到一笔钱。安守己的为人，跟他的岳父颇有异曲同工之妙，富有正义感而又放浪形骸，他对李卓吾佩服得五体投地，吴承仕先生也很赞成他研究李卓吾。不久，北平沦陷，吴先生遇害，安守己买下马厂村这座四合院，日夜守护李卓吾墓，也有表示不忘师教之意。

安守己的妻子杨曼筠，是那位风流名医的二姨太太所生，通州女子师范毕业，一直在县立师范附小教书。她是个环肥型的美女，可惜脖子上得过鼠疮，动过手术，留下疤痕，所以单、夹、皮、棉的衣裳都是高领子，掩饰白璧之瑕。她自幼娇生惯养，小姐脾气，可是在狭天窄地的小城市长大，也就见识短浅。安守己那外露的才学，大学毕业的身份，她只见一面便为之倾倒，奉若神明，她原来跟一位钱庄老板的少爷从小订婚，而且选定了佳期，竟不顾人言可畏，撕毁婚约，嫁给了安守己。婚后，才知道安守己中看不中用，一介狂生而已。她虽然并不后悔，可是心中常常郁闷，以致经血失调，长久不孕。她二十四岁，安守己二十八岁那年，抱养了柳哥儿。

他一家三口，雇一个老妈子，住不了这座大四合院。安守己喜欢结交三教九流的朋友，便拨出三间西厢房和四间倒座南房，充当江湖知己下榻的驿馆。梁菊鸣到天乐茶园搭班唱戏，安守己听了一出《法门寺》，又听了一出《四进士》，便对这个来自乡野贫贱之家的青年演员非常赏识，将西厢房免费交给梁菊鸣和梁二嘀咕居住。梁二嘀咕于心不忍，每天安太太杨曼筠到县立师范附小教课，都是他的人力车接送，也是免费。

26

安守己给自己的这座四合院命名藏庐，这座四合院也真是隐藏在红花绿叶丛中。他这个人屁股坐不住，脑瓜子也不能全神贯注，对于李卓吾的研究已经十多年，不但尚无成果，而且不见眉目，可是，对于花草树木的栽培，却取得了有目共睹的成就。这个院落没有院墙，东、西、南、北房的后山，自成四框，从墙根到屋顶，挂满绵延浓密的爬山虎藤萝。他偏爱丁香树，一棵棵白丁香和紫丁香，团团包围住这座四合院。

芝罘儿紧跟着安守己和柳哥儿，从马厂村西口穿街而行，眼看就要走到安家门口，忽然从门前的丁香树下霍地站起一个人。这个人蓬头垢面，大热的天下身穿一条油渍麻花的棉裤，上身却光着膀子，胳肢窝夹一件开花棉袄，两只脚只有一只破鞋，怎么看都像下三烂的大烟鬼。

“安老师，可把您盼回来了！”这个人点头哈腰，却又吊儿郎当，“见着您，我就算一头栽到羊皮袄上，得赖在您家一阵子。”

“你是……”安守己一时想不起他是何许人也。

“刘师傅！”又是芝罘儿独具慧眼，一眼就认出他是走村串乡的说书艺人刘双福。

“过目不忘的芝罘儿！”刘双福眼里噙着泪花，扑上前把芝罘儿抱起来，“亏得你还认得我这个孤魂野鬼，给我打个见证，不然只怕我从安先生府上讨不到残茶剩饭了。”

安守己恍然大悟，原来此人也是他的风尘老友，忙问道：“双福，你怎么落得这一副惨相？”

刘双福有时也到通州万寿宫大街撂地摊说书，安守己听过他说《七侠五义》里的两个段子，夸他颇有清末著名说书艺人石玉昆的风采，曾经留他在藏庐住过几天。他恰巧赶上安守己抱养柳哥儿，过继文书上得有个中人做证，代笔人就随机应变，写上了他的名字，还叫他按了个手印。这个纪念日已经一晃过去六年，安守己也就难免一时眼生。

“流年不利犯小人！”刘双福唉声叹气，“今年正月初六，前任县太爷到京津公路视察防务，把我叫到炮楼里，给这位县太爷说书取乐儿。不想，嗑瓜子却嗑出了臭虫。我说了一段《智取生辰纲》，那位县太爷硬说我有弦外之音，是宣传共产党的一支武工队，打伏击劫走一卡车枪支弹药。他一声令下，把我抓起来，整整关押了半年。”

“欲加之罪，何患无辞！”安守己愤愤然皱起眉头，“他们怎么又把你放了呢？”

“新任县太爷又要另抓一批他自己的犯人，监狱里挤得像孵豆芽儿。为了腾房子，他亲自清理旧案，看我是个榨不出油水的荞麦皮，金口玉言说了一个字：‘滚！’我就被无罪释放了。”

“那就在我家住几天，补一补身子。”

“您先借我俩钱吧！”刘双福嘻嘻哈哈，手背朝下，“我得剃个头，洗个澡，到估衣摊买一身衣裳一双鞋；光头净脸儿，打扮齐整，再进门拜见您家太太，免得她见我这副模样儿，吓得像白日见鬼。”

安守己掏出钱夹子，抽出一张关金票，塞到刘双福手里，说：“快去快回，我等你喝酒。”

刘双福接过钱来，又把芝罘儿放在地上，说：“贤侄，一会儿见。”

安守已笑着赞叹道："徐芝罘小朋友真是无所不知，原来跟你也是熟人。"

"我在运河滩说书，他和他爹场场必到，爷儿俩都是我的知音人。"刘双福手舞足蹈，使了个说书艺人的夸张身段，"安老师，我虽然一不通六爻八卦，二不懂麻衣神相，可会三岁看大，五岁看老，我敢凿定，这个孩子如果能有名家栽培，长大必是奇才，您要挑选东床佳婿，我保这个媒。"

安守已忍不住放声大笑，说："刚才梁菊鸣就夸过我家柳哥儿是苏小妹，这个孩子是秦少游。"

"梁菊鸣乳臭未干，黄口小儿，有眼无珠！"刘双福把柳哥儿和芝罘儿拉过来，并肩而立，"安老师您上眼，令爱是一朵花，人人看得见，这个芝罘儿，虽然一不出众，二不惊人，仔细看来却是一棵灵芝草。"

"呸！"柳哥儿恼了，"您看不起我，甭到我家吃饭。"

"那就改吃面吧！"刘双福唱唱咧咧扬长而去。

芝罘儿跟着安家父女走进门去，迎面的影壁下是一片五光十色的花畦。拐到南房窗前，一溜石榴树，隔一道花墙，进月亮门，内院两溜夹竹桃，一架藤萝。藤萝架下，石凳上坐着一位三十上下的女子，大高个儿，体态丰腴，身穿高领豆青洒花旗袍，光脚穿一双海棠木屐，手里捏着一柄苏绣的团扇，眼神流露着幽怨，脸上笼罩着愁云。

"曼筠，我给咱们选定了一位乘龙快婿！"安守已喜气洋洋，吵吵嚷嚷，"你还记得那个颇有石玉昆风采的说书艺人刘双福吗？他蹲了六个月的大牢刚放出来，我要留他住几天，给他编个话本《卓吾夫子外传》。”

“你就一辈子疯疯癫癫吧！”杨曼筠苦着脸儿瞪他一眼，“爸爸留下的遗产，已经被你挥霍一空，现在又砸了饭碗，今后的日子你打算怎么过呀？”

安守己脱下长衫，搭在夹竹桃上，笑问道：“县立师范把我解聘了？”

“看看吧！”杨曼筠站起身，从书房里拿来县立师范的公函，“你教历史课，就像李卓吾阴魂附体，都是左道旁门观点，人家怎么能给你发聘书？”

“我就是要言必李卓吾！”安守己愤怒地喊道，“宁愿冻馁而死，绝不奴颜婢膝。”

“只要我不失业，三口人的粗茶淡饭还不成问题。”杨曼筠怨中含怒，“可是，你受过高等教育，已过而立之年，转眼年将不惑，竟然无所作为，难道不该自省吗？”

“我要创办卓吾小学！”安守己又昂奋起来，“从小学一年级起，就教育儿童以李卓吾先生为师表。”

“你以为办个学校，就像摆个馄饨摊儿那么轻而易举吗？”杨曼筠冷冷地讥笑道，“校舍从何而来，经费如何筹措？”

“万事齐备，只欠东风！”安守己兴奋到极点，一变而为狂热了，“武圣庙那位半路出家的老道长，中青年时代原是武林名手。他想崇仰国术，又怕当局怀疑他图谋不轨，前些日子我们结为好友，他求我想个两全之计，我劝他办学，实行文武全才教育。他有百亩庙产，不愁经费，左右配殿，东西禅房，略加改建，足够六个班的教室。”

杨曼筠听他言之凿凿，也不禁为之心动，问道："你这个人一贯粗心大意，招兵买马，人事安排，有没有周密考虑？"

"我当校长，你兼主任，珠联璧合，老道长教体育，梁二嘀咕当工友，不必拉着车跑断腿子。"安守己胸有成竹，侃侃而谈，头头是道。

芝罘儿又不甘寂寞了，插嘴说："还要请刘师傅给大伙儿说书。"

"对！"安守己大为赞赏，"我们要设立故事课，请刘双福师傅执教。"

"疯话！"杨曼筠大失所望，"大学毕业生，师范毕业生，杂毛老道，说书艺人，人力车夫，怎么能混合一体？你这是办学校，还是拴一个杂耍班子？"

"如此才表现出平民化。"

"谁家肯把自己的子弟，送到你这个不伦不类的学校？"

"以身作则，咱们的柳哥儿是头一名。"

"不行！"杨曼筠从安守己的身边把女儿扯过来，"我的女儿不能给你当广告，我也不想跟你蹚浑水。"说着，抱起女儿进了屋，"砰"的一声关了门。

安守己如雷殛顶，四肢僵硬，面无血色，远看就像李卓吾墓前那座碑。

"安……老师……"芝罘儿怯生生扯动了一下安守己的衣襟儿，"我愿……上您办的……学堂……"

安守己淌下了哗哗的热泪，慨叹一声，说："徐芝罘小朋友，有你信得过我，我就不算茕茕孑立，孤家寡人，卓吾小学一定要开办起来。"

杨曼筠这几年心情忧郁，脾气变得古怪，平日沉默寡言，喜怒哀乐都不挂在脸上，最喜欢冷冷清清地一个人静坐，看窗外的一棵树，天上的一片云。但是，惹她发起脾气，大哭大闹起来，也能哭得天塌地陷。哭干了眼泪，闹得人困马乏，便几天水米不进，十天半个月一言不发，两三个月不见笑脸儿。所以，安守己一看她怒形于色，便赶忙退避三舍，不捅这个马蜂窝了。

他掏出手帕，擦干满脸泪水，把芝罘儿叉腰抱在胳臂上，想到河边吹一吹风，散一散心。刚走出月亮门，刘双福风风火火地回来了。

一眨眼的工夫，刘双福好像摇身一变，判若两人了。他洗净了脸上的污垢，剃光了满腮的胡髭，留了个小平头，换上了从估衣摊上买到的半旧长衫和打掌的布鞋，眉眼十分喜兴，很像要娶二茬子填房的新郎官儿。

"安老师，芝罘儿，我请客！"刘双福大喊大叫，"安太太和柳哥儿小姐呢？咱们有福同享，到石坝码头的酒楼上吃烧鲇鱼。"

安守己惊疑地问道："双福，你怎么挥手之间就好像发了大财呀？"

"人要走背字儿，喝凉水塞牙，放屁砸脚后跟。"刘双福摇头晃脑卖关子，"时来运转，天上掉馅饼，地上捡元宝，大河里淘米捞上的是颗颗珍珠。"

"你还是删繁就简，书归正传说！"安守己不耐烦地催道。

"话说我在剃头棚里剃了头刮了脸，大河里洗了澡净了身，又到估衣摊买齐了一身的穿戴，到李圣人坟后的树棵子里换下那条破棉裤，无意之中四下一看，哎呀！忽然看见……"刘双福那一张说书人的嘴，能将平淡无奇说得引人入胜，随心所欲故弄玄虚拴扣子，“芝罘儿，劳你大驾，到正房给我讨一杯茶，我要润一润嗓子。”

芝罘儿一听便书瘾发作，不大愿意跑腿儿，说：“我去讨茶，您要是亮了底，我就把茶杯砸了。”

“芝罘儿，这怎么能够呢？”刘双福一拍胸脯，晃动肩膀，拔了拔身子，“宝剑赠与壮士，红粉送给佳人，没有芝罘儿听我说书，我宁可沤烂在肚里，好比俞伯牙摔琴谢知音。”

等芝罘儿被哄得欢欢喜喜到正房讨茶，刘双福悄悄一牵安守已的袖子，两人来到影壁后面。

“双福，你忽然看见了什么？”安守已小声问道。

刘双福咬着安守已的耳朵，说：“看见了柳哥儿的生身之父，那个山东侉子。”

“嗬！”安守已喜出望外，“他在哪儿？”

“他是这个。”刘双福从袖口里伸出一只手，扠开拇指和食指，比画了个八字，“前二年我转悠到盘山一带说书，碰见过他一回，那时候他就是副连长了。”

“他来通州干什么呢？”安守已有点发慌了，“是不是想把柳哥儿接走？”

“我看他没有这个意思。”刘双福慢悠悠地摇了摇头，“他跟我说，这几年他有好几回过大河到通州城根下活动，都上过您家的房，把女儿看个够；刚才还看见您带着柳哥儿小姐，到李圣人坟前讲古，并没有打扰您。”

“那么他究竟所为何来呢？”安守已沉吟着自言自语，“令人百思不得其解。”

“他必有军机大事，咱们也猜不出子午卯酉。”刘双福从腰间掏出两张票子，“他劝我投奔他们的十四分区文工团，这是给我的盘缠。”

“你打定主意了？”

“此处不养爷，自有养爷处；处处不养爷，爷去投八路。”

“我应该给你摆酒饯行。”

“还是我借花献佛吧！”

芝罘儿端着一杯香茶，一溜小跑而来，一边跑一边问道：“刘师傅，快说您忽然看见了什么呀？憋闷死我了。”

刘双福将一杯香茶一饮而尽，润过了嗓子，指手画脚，连拔几个高腔，说：“只看见明晃晃日到中天，又听得咕噜噜饥肠辘辘；借问酒家何处有？一醉方休石坝上。”

杨曼筠头疼不肯起驾，孝女柳哥儿不肯离开娘的身边，刘双福只得又风风火火到石坝码头，去叫一桌酒席。

27

刘双福还没有走到石坝码头，半路上听见城内突然一声枪响。沉寂了一会儿，枪声就像炒豆子响成一片。响着响着又像炸了锅，戛然而止，前后不过十分钟，一袋烟的工夫。刘双福见过世面，慌忙躲进一片水柳蒲苇丛中，掩蔽身子，趴在一道鲤鱼背的沙埂上，防的是流弹飞子儿，一双眼睛四下寻觅，找的是进退出路，竖起了两只耳朵，听的是水柳蒲苇丛外的动静。

他这个人，一会儿也不能沉闷，嘴上一闲，眼皮发黏，不由自主就睡着了。

一睡就睡到太阳平西，水柳蒲苇丛外的大路上又有了行人走动，他伸个懒腰爬起来，头一个念头还是到石坝码头的酒楼买烧鲇鱼，又从水柳蒲苇丛中原路钻出去。

石坝码头一片冷冷清清，酒楼饭馆都关了门，河上不见一条船，三两只水鸟也飞得慌慌张张。他白跑一趟，只得瘪着肚皮，两手空空，返回马厂村安守已的藏庐。

马厂村一条街，寂静得令人心慌。

安守已的藏庐虽不是孟尝君子店，千里客来投，大白天可一向是门户开放，小城的鸿儒和市井的白丁都出出进进，不知怎么也关起了大门。

拍打门环响连声，好半天才听见藏庐院内有人走出来。走出来的人在影壁下停住了脚，颤声问道："谁……呀？"

听得出是杨曼筠。

"安太太，是我！"刘双福答道。

"你是……谁呀？"

"说评书的刘双福。"

"我家先生出去了，只怕不能很快回来，改天再见吧！"

"安先生到哪儿去啦？"

"来了两个警察，把他喊走了。"

"啊呀！"刘双福失声叫出来。

他这一声"啊呀"，完全是评书风味。就好像说到一行客商，山重水复走远路，突然从眼前的黑松林中，跳出几个箭上弦刀出鞘的响马，不禁失声惊叫："啊呀！"又好像说到一位进京赶考的举子，投宿荒郊破庙，夜半灯下吟哦诗书，忽然一股阴风吹开窗扉，画着鬼脸的强人破门而入，惊骇得呼叫一声："啊呀！"

刘双福这富有艺术夸张的一嗓子，吓得杨曼筠从影壁下连连倒退，撞到金鱼缸上才收住脚步。

心里一急，刘双福的空肚儿不但不觉得饿了，两条腿也陡地跨出神行太保的脚步，一阵风向通州北门跑去。那气势就像评书中的薛礼救驾，燕青救主，瓦岗寨的好汉攻州破府劫法场。

一阵子心火顶不了多大一会儿，他跑到李卓吾墓，便感到气虚腿软眼发黑，双手搂住墓碑才没有瘫在地上，冷汗涔涔大口喘气。

却在这时，一辆人力车从北门方向飞奔而来，拉车的是梁二嘀咕，坐车的是安守己。

"刘师傅，你怎么在这儿？"安守己远远地在车上喊道。

梁二嘀咕放慢脚步拢住车把，安守己从车上跳下来。

"安先生，您吉人天相，虎口脱险……"刘双福扑奔过来，淌着热泪，"刚才我听安太太的口气，好像您凶多吉少，急得我五内俱焚。"

梁二嘀咕忙说："我赶快给安太太飞马报平安吧！"说着，一个人拉一辆空车，跑进村口。

"一场虚惊。"安守己点起一支香烟，打了个手势，刘双福连忙走进墓地，在石供桌上坐下，"我是被警察局叫去给梁家父子作保，在具保文书上签个字也就回来了。"

刘双福眨着眼睛问道："梁家父子是一对安善良民，招谁惹谁啦？"

“他们吃的是徐老莲的挂落儿。”

“徐老莲是我的书场老听主儿，更是一位打着灯笼难找的好人。”

“乱子偏就出在他的身上。”

徐老莲替梁二嘀咕拉车，送梁菊鸣到县政府唱堂会戏，梁二嘀咕跟在车后跑步相随。国民党通州县政府坐落在西海子公园的北岸，明、清两代的老文庙内，戏台就搭在大门里过去祭孔的空场上。听戏的都是本城有头有脸的人物，有的坐人力车，有的坐三轮车，还有的坐轿车和官轿。人力车、三轮车、轿车和官轿都停放在西海子公园北岸的柳荫下，脸对脸跟县政府的大门口只隔一条马路。车夫们坐在车斗子上，敞开汗褟儿吹风，抽烟喝茶聊闲天。大门里戏台上的锣鼓点儿一响，他们就一个个都闭上眼睛，手拍着膝盖听起戏来，有人还随着胡琴哼几句。徐老莲一边看守荷塘，一边跟坐在车斗子上的梁二嘀咕商量，如何从天乐茶园老板手里赎出灯草婶子，直等听到梁菊鸣上场，他们才不说话，从大门外给自家子弟帮个心力。

梁菊鸣打定主意，今天这出堂会戏，好比文进考场，武登擂台，必得一鸣惊人，今后才能在通州站得住脚，有朝一日到北京的大戏院露脸。

“诸葛亮上坛台，观看……”

马派韵味十足，一句一个好，县政府里像开了锅；几条街巷的人都闻声赶来，站满了西海子公园北岸，伸长脖子，手拢着耳朵听蹭儿，有的点头赞道：“够味儿。”有的咂着嘴儿连叫：“过瘾，过瘾。”

谁想梁菊鸣的唱刚一落音，吧！满堂喝彩中一声枪响，开了锅的县政府又乱了营。子弹满天飞，打得西海子公园北岸的绿柳垂杨，落叶纷纷，成千上百听蹭戏的人东奔西逃，搅成了一锅粥。县政府里听戏的头面人物，也鸟兽四散，从县政府的大门里屁滚尿流跑出来。混乱中徐老莲看见，浓妆艳抹的灯草婶子搀架着一个风烛残年的糟老头子，站在县政府门口喊叫连声："轿子，轿子！"徐老莲像一头饿虎扑食，扑上去把糟老头子一拳打倒，蹲下身背起灯草婶子就跑。

"抓八路呀！"县政府的守备队乱枪齐放，追赶着拉开了包围圈。

徐老莲打死了天乐茶园老板，梁家父子嫌疑最大，被警察局扣押起来。爷儿俩都提出安守己可以给他们担保，警察局这才打发两名跑腿的外勤警察，拿着传票把安守己带走。

"到底是谁打的头一枪呀？"刘双福问道。

"山东侉子。"安守己神秘地一笑，"他化装进城侦察敌情，在一条死胡同里跟一个叛徒不期而遇，冤家路窄，短兵相接，他手疾眼快先发制人，一枪把那个叛徒打死了，这才惹得满城风雨。"

"您怎么知道？"

"他冲出城门，到我家躲避了一会儿。"

"快带我见他，我跟他一同上路。"

"他吃了几块点心，喝了两大碗水，已经走了。"

"我扰您一顿饭，也马上动身。"刘双福想了想，"怎么不见梁菊鸣？"

"他走红运了。"安守己的脸上却是一副忧心忡忡的神色，"今天听戏的达官贵人里，有一位新任县长的老朋友，在北京开着几处跳舞厅和西餐馆，偏是个马迷，最爱听马连良的戏。马连良以附逆罪被捕入狱，这位马迷熬煎得食不甘味；今天一听梁菊鸣的唱儿，夸他有三句酷似真马，足能以假乱真，收他当了干儿子，带他到北京挑班。”

“嘻！这个小梁儿眼看要身价百倍，红起来了。”

“福兮祸所伏，祸兮福所倚。”

“此话怎讲？”

“哪一天当局放出马连良，梁菊鸣就会被弃之如敝屣了。”

“好歹跳过一回龙门，风光一阵子也就不算白来一世。”

“落得个上不上，下不下，高不成低不就，一辈子烦恼，倒不如跑野台子，自有逍遥游的乐趣。”

刘双福又想起了徐老莲和灯草婶子，问道：“我那位老听主儿，抢走梁菊鸣的老姑，是突围而出，还是被双双拿获？”

“听说是跳进了西海子荷花塘里，县政府的守备队打了一通乱枪，搜来搜去踪影皆无。”

“徐老莲的水性，气死翻江鼠蒋平，想必是从水下溜之大吉。”

“那个小脚女子，难道也精通水性吗？”

“但愿天遂人愿，他们能死里逃生。”

两人说着话，回到藏庐，进门就见芝罘儿缠着梁二嘀咕要他的爹。梁二嘀咕哭丧着脸，蹲在葡萄架下，低着头一声不吭，一滴又一滴浑浊的眼泪砸在脚面上。

“老梁，对小孩子要有问必答。”杨曼筠怀抱着柳哥儿，坐在石榴树下的藤椅上，一副标准的小学教员口吻，教训那个烟不出、火不进的窝囊汉子，“你看见的，我和安先生平日对待柳哥儿，一不说谎欺骗，二不装聋作哑，隐瞒真情是违背儿童教育原理的。”

依偎在母亲怀里的柳哥儿，插嘴问道：“那个进门又吃又喝的山东侉子，是个什么人？”

杨曼筠眼也不眨，答道：“讨饭的叫花子。”

“我爸爸怎跟他那么随随便便？”

“你爸爸是平民作风，不拘小节。”

“您怎么跟那人也客客气气？”

“妈妈是大家闺秀出身，最讲礼貌。”

杨曼筠的确有问必答，但是否说谎欺骗，隐瞒真情和违背儿童教育原理，唬得住别人，却瞒不了安守己。

安守已心中暗笑，说：“老梁，安太太给你做出了样子，你也照此办理，回答徐芝罘儿小朋友的问题。”

梁二嘀咕甩了一把鼻涕，说：“芝罘儿，你爹带着你灯草婶子跑了。”

“扔下我不管呀！”芝罘儿一阵委屈，哇的一声大哭。

“他们把你托给我了。”安守已也不能不自欺欺人，“你暂时在我家住下，跟柳哥儿玩耍一些日子，他们有了着落，就会把你接走，一家三口大团圆。”

芝罘儿信以为真，也就不闹了。

就在他们说话的时候，日落西山，夜色笼罩了天地，徐老莲和灯草婶子正沿河而下，仰面还乡，魂归故土。

老虎跳代管徐老莲的大船，夜晚也就守在小龙门渡口，一个人孤零零坐在大船上喝闷酒。闷酒最能醉人，他喝得五脏六腑燥热，难受得烧膛，便一头栽下大河扎猛子。顺水三里多，顶水也有百丈远，老虎跳蹿出水面换一口气，正被从上游漂下来的一对浮尸撞了个满怀。月影幢幢，水声幽咽，胆大如斗的老虎跳也吓得满脑瓜子头发一根根奓立，五脏六腑的燥热一下子结了霜，脊梁骨一缕一缕冒凉气。

他慌忙一个闪身，浮尸又顺流直下，蒙眬醉眼连眨几眨，恍恍惚惚看出那趴着身子的浮尸好像是徐老莲。他甩起双臂浮水追上去，拦腰抱住那个浮尸，浮尸翻了个身，徐老莲身下的灯草婶子翻上来。大河里淹死人，男的脸朝下，女的面朝天，这一对情人紧紧地搂抱在一起，灯草婶子的两只手死死地抠进徐老莲的肉里。他们跳下西海子公园的碧水荷塘，被乱枪打死，却两身一体不分离，沉入水中，冲到城墙下的水眼，进入通惠河，拐进北运河，回到小龙门渡口。

老虎跳拼出全身力气，把他们托举到大船上，哆嗦成一团儿，颤抖的手抱起酒葫芦，咕咚咚喝了个精光，身上才有了三分热气，跺着脚号啕大哭起来。

天崩地裂的哭声惊醒了柳湾村的家家户户，男女老少来到渡口，没有一人不落泪。

大热的天不能停尸，老虎跳找来木匠师傅，拆开大船，给徐老莲和灯草婶子每人打一口棺材。可是，老虎跳力气虽大，却不能把灯草婶子从徐老莲身上掰开。

木匠师傅递过一把斧子，说："剁断那娘儿们的手腕子。"

"我×你姥姥！"老虎跳发狂地破口大骂，"你给我打个大个的，把我兄弟跟我弟妹装殓在一口棺材里。"

木匠师傅不敢离经叛道，坏了祖师爷留下的规矩尺寸。老虎跳一个巴掌扇过去，木匠师傅的脸肿得像猪头，打掉的两颗槽牙咽进肚子里，抱头逃窜，连家伙箱子也不要了。

老虎跳把大船扯上岸，将徐老莲和灯草婶子装进船舱里，铺上截断的跳板，刨了个长方几丈的大坑埋葬。只因没有孝子芝罘儿在场，按照乡俗，只算暂厝，不算出殡，等到芝罘儿回来，补行葬礼。

芝罘儿在哪里，难道被人贩子拐卖了吗？惊吓、悲伤、愤怒、劳累、着凉……老虎跳倒下了。

28

老虎跳一直病到出伏，都是唐大姐儿在身边服侍他。昏昏沉沉中他只念叨三个字："芝罘儿……芝罘儿……"一声一声唤个不停。唐大姐儿比芝罘儿大六岁，正是"豆蔻梢头二月初，娉娉袅袅十三余"，心随人长，人随心大。她已经被老虎跳亲口加封，名正言顺是芝罘儿没过门的媳妇，一想到芝罘儿下落不明，就想起《王二姐思夫》这支唱曲；老虎跳一声又一声地唤芝罘儿，她便泪流如雨。

有一天老虎跳睡得比每日安定，她忽然想到，芝罘儿跟着他爹到县城看望灯草婶子，难免遇见梁二嘀咕和梁菊鸣。留在乡下的蕙儿，不能不跟她爹和哥哥通气，她的亲姑灯草婶子之死，也不能不惊动她进城报丧，或许从她爹和哥哥那里耳闻芝罘儿的下落。于是，唐大姐儿悄悄出门，过小河汊子，到鸡笼店找蕙儿问个究竟。

爬上沙丘，却看见蕙儿被捆住手脚，一团破布堵住嘴，横搭在驴背上。李云岫骂骂咧咧赶着驴，急急如丧家之犬，不知逃向何处。

蕙儿虽然被李云岫的花言巧语蒙哄了一阵子，可是没能进城唱戏，一想起来便心里不痛快，跑野台子也就没有兴致。上场心不在焉，唱起来不是荒腔走板，就是跑调忘词儿，玩笑旦的戏却带着三分哭相，演得半死不活鬼样子。李云岫见甜言蜜语拢不住她的心思，便凶相毕露，拳脚交加打得她告饶，含泪在台上搔首弄姿，淫声浪气。前几天，在二十里外的香河县野台子唱《黑驴告状》，蕙儿忽然发现她那念过高小的未婚夫站在台下，接连给她递眼色，眉目传情。她心领神会，半夜散戏收场，李云岫找包戏的事主算戏份儿，蕙儿便趁机溜到村外的桑间陌上，跟未婚夫幽会。原来，他这位未婚夫加入了十四分区文工团，给评书演员刘双福当徒弟；师徒二人串村说评书，同时宣传民主政府的各项政策。这位未婚夫说民主政府就要禁止野台子班唱坏戏，劝蕙儿加入十四分区文工团当革命演员，唱革命新戏《白毛女》。蕙儿对李云岫正一天比一天寒冷，也就转而跟未婚夫打得火热，满口答应下来。两人亲热热有一顿饭的工夫才分手，蕙儿回到他们这个戏班借宿的破庙，只听刘双福在大殿里正给戏班的男女演员和文武场开会。李云岫却坐在庙门口，一张脸铁青，像恶狗把门拦住了她，又把她推搡到庙后的一座坟圈子里藏起来。大殿里一阵阵欢声笑语。快到天亮的时候，刘双福把这个戏班子带走了。蕙儿也想跟他们走，李云岫一脚踢在她的肚子上，下身淌下一摊血，已经两个月的胎儿小产了。李云岫雇一辆驴车，把蕙儿拉回鸡笼店，蕙儿在炕上躺了三天，前思后想，终日以泪洗面，越来越看出李云岫狗肚子鸡肠，狡猾多疑，心黑手狠，好吹牛皮，志大才疏。这时，李云岫又逼她到京津公路以西，走村串店撂地摊儿，她便反抗起来，却被李云岫打得昏死过去，捆绑手脚扔上驴背，仓皇出逃。

蕙儿被李云岫绑架之后，又过了几天，梁二嘀咕不知从哪儿钻出来，到小龙门渡口的徐老莲和灯草婶子坟前，焚香烧纸哭妹子。

老虎跳已经起炕，满身只剩下四梁八柱的大骨头架子，连鬓胡子像一丛荒草掩住半张脸，活像打鬼的钟馗下界。他手扶着唐大姐儿的肩膀，踉踉跄跄来到渡口上，找梁二嘀咕打听芝罘儿的消息。

梁二嘀咕哭得倒地打滚儿，满头满脸的鼻涕眼泪，三分是活人，七分像死尸。

“二嘀咕，我……我的……芝罘儿呢？”老虎跳提心吊胆地问道。

“徐老莲人死了还有儿子，我人活着可没有了儿子呀！”梁二嘀咕又磕头碰脑，哭得更为伤心。

唐大姐儿牵肠挂肚的是芝罘儿，顾不得别人是死是活，心急地大声问道：“芝罘儿眼下流落到哪儿？快说！”

“他有善人搭救，吃得又白又胖，还要上学念书，识文断字。”

“善人家住哪里，姓甚名谁？”

“通州北门外，马厂村藏庐，安守已先生。”

老虎跳那跳到嗓子眼儿的一颗心“扑通”一声落下，这才想起关心梁二嘀咕，问道：“你家菊鸣难道有什么三长两短？”

“他给狼叼走啦！”

“通州城里哪儿来的狼呀？”

“披着人皮的豺狼……”

“是哪个恶贼抢男霸女？我给你把菊鸣救出来。”

“叼到南京去，追不回来啦！”

“南京？那个恶贼把菊鸣抢到南京干什么呀？”

梁二嘀咕张了张嘴，忽然又慌忙咬定牙关，舌头子出血却死气不吭了。

"梁二大伯，您开口呀！"唐大姐儿知道芝罘儿的下落放了心，热心肠子又替别人着起急来，"南京离咱们柳湾村有多远，三天三夜能不能赶到？"

梁二嘀咕身子扑到坟上，一头扎进沙子里，呻吟连声不说话。

可怜之人必有可气可恨之处，老虎跳最见不得稀泥软面捏的缩头男子。他怒从心头起，一脚踢在梁二嘀咕的屁股上，大喝一声问道："我拎起你的双腿，浸到河里灌坛子，看你说不说？"

"我说，我说……"梁二嘀咕抬起头，哆嗦着嘴唇，"我……我怕……"

"背后都敢骂皇上，你回到柳湾村还怕那个恶贼？"

"民主政府知道了，我……我就犯了死罪。"

"你一不是国民党的文臣，二不是蒋介石的武将，民主政府怎么会拿你问罪呢？"

"菊鸣他……他……"

"说呀！"

"我还是不敢……"

老虎跳真急了，握紧拳头瞪起眼，喝道："我捣碎你的脑瓜子，看能不能砸开闷葫芦？"

"好兄弟，别下毒手……"梁二嘀咕哀叫一声，哼哼唧唧开了口，"我拼出一死，实话实说吧！"

梁菊鸣被他那个开着几家跳舞厅和西餐馆的干爹带到北京，马连良正被地方法院判了二年徒刑。马连良的扶风社底包，十有七八搭不上别的班，有的改行蹬三轮车，有的摆摊做小本生意，有的白天打小鼓收买破烂儿，有的黑夜串街叫卖："牛蹄筋儿哟羊头肉！"这位开着几家跳舞厅和西餐馆的老板，便不失良机，压低包银，减少戏份儿，雇佣马连良的底包充当梁菊鸣的班底，接连在开明、华乐、中和、三庆、庆乐、吉祥、国民、长安、哈尔飞和建国东堂十大戏院，演出马派十大名剧：《借东风》《淮河营》《四进士》《一捧雪》《九更天》《串龙珠》《十老安刘》《胭脂宝褶》《苏武牧羊》《大法门寺》，场场客满，九城惊动。这位开着几家跳舞厅和西餐馆的老板，更感到梁菊鸣奇货可居，他手眼通天，买动《世界日报》《华北日报》《北平日报》《平明日报》《新民报》《新生报》《民强报》《纪事报》等十几家跑影剧新闻的记者当吹鼓手，把梁菊鸣吹到云里雾里。从假马酷似真马，到真假马难分真假，又到假马出于马而胜于马，一天比一天涨行市。忽然有一天，各报影剧栏刊登新闻，广告栏大登广告，梁菊鸣被重金礼聘，乘坐陈纳德航空公司的美式飞机前往南京，参加全国梨园界恭祝国民政府蒋主席六十大寿的名角联合演出。原来，梨园公会的大亨请蒋介石点戏，蒋介石只钦点一出《龙凤呈祥》，其他戏码由梨园公会自已安排。龙者，蒋之自谓也；凤者，夫人宋美龄也；呈祥者，剿共戡乱必胜也。而且，也暗含着美化十年前的"双十二"事变之意。但是，马连良坐了牢，没人演得了乔玄，唱不了"劝千岁杀字休出口"，梁菊鸣的干爹便贿赂北京的梨园公会主事人，保举梁菊鸣顶缺，假马卖了个真马的价儿。然而，梁菊鸣起飞南京之日，也正是手枪顶住他爹梁二嘀咕的后脑勺，在一纸文书上按手印，被迫跟他断绝父子关系之时。

老虎跳一听梁菊鸣坐飞机到蒋介石的皇宫金銮殿上唱戏，便自知拔刀相助也无能为力了，拍着大腿悲叹道："菊鸣被狼叼走了又送入虎口，只怕有去无回了。”

他本来打算第二天起早上路，到通州接回芝罘儿，不想当天半夜时分，梁二嘀咕在自家的房柁上，拴一条麻绳套子上了吊。远亲不如近邻，老虎跳又出面料理梁二嘀咕的丧事。三天散尽了晦气，查皇历挑了个好日子，剃头刮脸，换上出门的干净衣裳。

哪里想到一心扑火来到通州北门外马厂村藏庐，却只见安守己家的大门被打叉子贴上封条，他到左邻右舍打听安家三口人和芝罘儿的去向，不是摇头摆手不知道，就是劝他赶快离开这个是非之地，免得招来杀身之祸。

老虎跳乘兴而来，败兴而归。

他怎会知道，安守己正是因为不愿摧眉折腰事权贵，锦上添花给蒋介石祝寿，惹恼了县党部和县政府，给他妄加罪名，在通州难以容身，三天前携妇将雏逃到京东解放区去了。

安守己兴致勃勃筹办卓吾小学，已见眉目，武圣庙的老住持忽然变了卦。这个杂毛老道，原想拨一间配殿，招一班学生，那可以赚个慈善为怀的好名声，沽名钓誉。他见安守己如此大张旗鼓，想来想去不合算，便自食其言。安守己是个书呆子，不肯功亏一篑，便拿他的藏庐当抵押品，租赁武圣庙的空房六年，双方空口无凭，立约为证。眼看一切安排停当，他便写出呈文，报请县政府照准。呈文递上去不过四十八小时，教育科长、县长和县党部书记长都非常礼贤下士，不但召见，而且宴请，但是，三张嘴开出一个条件，那就是校名不能叫卓吾小学，而要改叫介寿小学、万寿小学或庆寿小学，作为敬献蒋主席六十华诞的一份寿礼。安守己办学，为的是将李卓吾学说知行合一，岂能趋炎附势，改变初衷？然而，在人屋檐下，不敢不低头，他不同意改变校名，但是愿在开学典礼那一天，全校师生遥望南京，山呼万岁，为蒋主席祝寿。教育科长勃然变色，县长拉长了脸，县党部书记长更是面目狰狞，酒宴不欢而散。安守已被冷水浇头，也就知难而退，打消了办学的念头，闭门读书写字。福无双至，祸不单行，他躲进藏庐避世，官僚党棍却不依不饶。教育部长朱家骅有令，凡属在沦陷区任教三年以上者，均以逆嫌接受甄审。县法院通知安守已，从即日起不得离开通州，听候传讯。于是，有人从中斡旋，劝他要识时务，不可以卵击石。安守已本是吴承仕的学生，吴门弟子最讲风骨，士为知己者死，可杀而不可辱，他对调停人只冷冷地说了一句话："我只能对簿公堂了。"法院忙得很，没有工夫为他开庭；县立师范附小却又收回了杨曼筠的聘书，同时也得到一份逆嫌候审的通知。

"这真是要把咱们逼上梁山呀！"杨曼筠气得咬碎了银牙，"那么咱们也去当八路！"

这位风流名医的掌上明珠，自幼被娇惯得十分任性，受不了一点委屈，更不能忍辱含垢，只是为了跟国民党当局赌一口气，她便甘愿铤而走险。

安守已妇唱夫随，却是三思而行。

他想到，自己被加以莫须有的罪名被捕入狱，难免重蹈三百四十多年前的李卓吾的覆辙，而且国民党的特务要比明朝的东厂锦衣卫凶恶得多。身受皮肉之苦，饱尝铁窗风味，最后自寻短见，倒不如逃出山穷水尽的困境，另找柳暗花明又一村的出路。吴承仕的弟子投奔共产党，正是力行师教，理所应当。

黑夜，夫妻二人带着两个孩子，雇一只小渔船过河，上岸又雇两头脚驴子，安守已怀里搂着芝罘儿，杨曼筠怀里搂着柳哥儿，直奔十四分区地委和专员公署的所在地盘山。

身上带着山东侉子给他们留下的路条，好像带的是逢山开路遇水搭桥的护身符，百里长途，通行无阻。

29

到一九四七年，国民党军就像流水落花春去也，眼瞧着一天天走下坡路。于是，从全面进攻改为重点进攻，又从重点进攻变成了重点防守，龟缩在通州城里。城圈以外，只能控制京津公路以西的几个村镇。通州城里的几家客店，挂满了全县二十几个流亡乡政府的牌子。花狗儿的大姐夫逃到通州当还乡团团长，他沾大姐夫的光，也当了个不大不小的中队附。老虎跳想过河看望花藕娘和香翠儿，民主政府实行土改，他被推选当上贫农团的委员，当委员的要拳头上立得人，胳臂上跑得马，每走一步都不能有一丝一毫不够尺寸，他反倒自己绊住了自己的腿。

根半腿更是官星高照，当上那个村的贫农团副团长。他出马头一仗，就是将半腰上已经下了蛆，只剩下胸窝一口气的于二甲子，乱棒打死，暴尸三天。又下令将花藕娘扒个精光，大热天扔进猪圈，跟一只老母猪和一窝小猪崽儿同吃同住。然后，便在雷鸣电闪的风雨之夜，独自一人提审香翠儿。香翠儿那几年在北京城里饱受摧残，心早碎了，更吓破了胆。根半腿先给她扣上一顶地主家狗腿子的帽子，吓唬她要开斗争会，斗争之后也扔进猪圈里。香翠儿当时就被吓得昏死过去，根半腿便趁机强奸了她。又将她捆住手脚，关在于二甲子的正房，跑到工作队队长面前，大哭大闹，硬说香翠儿原是他的未婚妻，被于二甲子霸占，又被土财主的帮凶老虎跳奸污，害得他们鸳鸯遭棒打，夫妻两离分。而今千年冰河开了冻，他要人归原主，破镜重圆。这个村的土改工作队长是杨曼筠，在她眼里，根半腿敢扑敢咬，敢打敢斗，真是好得很的革命痞子。当下被根半腿的痛哭流涕感动得鼻子发酸眼圈儿红，马上决定为根半腿这个有功之臣大办喜事。杀猪宰羊，搭棚设筵，八抬大轿，三班鼓乐，吹吹打打热闹了一整天，失魂落魄的香翠儿也只有任人摆布了。

杨曼筠也真会锦上添花，又送给根半腿一个响当当的大号，名叫马当先。根半腿马当先的官儿不大，架子却不小，出来进去都有老龙套子扛一杆鸟枪，给他当护兵。他占有了于二甲子的正房，香翠儿也算是金屋藏娇，老龙套子在内宅门口站岗。只有哑巴金不换的觉悟低下，虽然也是贫农团的团员，每天仍旧仨饱一倒，只知道干活、吃饭、睡觉。他不明天下大势，只当是在这块方寸之地改朝换代，死了于二甲子，根半腿篡了位；在他的心目中不过是旧瓶装新酒，换汤不换药，然而又不大服气根半腿的吆三喝四，暗骂他是草头蛇混充真龙天子。

人吃三顿饭，猪吃三遍食，哑巴金不换每天提一只大木筲，拿一把铁勺子，早晨、晌午、晚上喂猪。

花藕娘被家里人折磨了几年，早已不成人样儿，又被根半腿扔进猪圈几天，更是人不人，鬼不鬼；大人看见她的模样儿毛骨悚然，小孩看见她的模样儿能吓出惊疯症。有一回，根半腿吃完肥鸡和红烧鲤鱼，酒足饭饱之后想找点余兴，便把鸡头鱼刺装进一只破瓢里，打算扔进猪圈，看花藕娘跟老母猪和小猪崽儿争食取乐儿。花藕娘这几年被囚禁在西厢房北屋。头发月长一寸，年长尺二，几年之间半丈长。她没有一条布丝挂在身上，赤身露体丢自己的脸，丢爹娘的脸，也丢老虎跳的脸。她从猪圈的里墙上抠下一片瓦碴，割下头上那几尺长的青丝，缠绕在乳房上，裹住了下身。根半腿来到猪圈外，隔墙一看，只见花藕娘头上像乱草垛，污黑的脸上两只眼睛亮得像鬼火。他醉眼蒙眬，淫邪的目光投向花藕娘的胸脯和下身，却恍惚看见的是遍体黑毛，活像个夜叉，吓得他一声鬼叫，扔下破瓢就跑，进屋蒙上三床棉被，还觉得寒气刺骨，哆嗦成一团儿。

根半腿有令，哑巴金不换喂猪，花藕娘也要从猪圈门里爬出来，跟老母猪和小猪崽儿一个槽子吃食。哑巴金不换虽然耳不能听，口不能言，心里却不是一盆糊涂糨子。他亲眼看见花藕娘如何被骗到于二甲子家，又亲眼看见花藕娘落到今天这个下场。二十年光景，花藕娘的为人行事，他在心里记下了一笔账。这个地主婆儿，本是受苦人的孤女，令人可怜；却又百般欺压跟自己命运相同的香翠儿，令人憎恨。她是内掌柜，主子奶奶，对待长工们并不宽厚，不应该同情；却又能不顾身份，一塌刮子扑在长工老虎跳身上，很值得爱惜。她跟老虎跳的情义，时冷时热，冷得像冰窖里卧，热得像火盆上坐，真中有假，假中有真。哑巴金不换加减了一下，花藕娘有好有坏，将功折罪，也就不好不坏，不好不坏便不该受到如此虐待。所以，哑巴金不换每回喂猪，都另给花藕娘带来几块剩饽饽，得便还要扔给花藕娘一块咸菜，两条黄瓜。

他自以为这是公平待人，理所当然，却不知犯下了根半腿的天条王法。

“哑巴畜生，我×你娘！”有一回被根半腿撞见，根半腿的脚尖在地面上画了个圆圈，啐一口唾沫，跺一下脚，“你心疼地主婆儿，就是贫雇农的叛徒，我开大会斗争你。”

哑巴金不换哇哇怪叫，握紧拳头，大拇指从中指和食指缝里钻出来，那是反骂根半腿的娘。然后，又噼噼啪啪连拍了几下胸脯，又抓挠着胸口，比画了几个手势，意思是：“打了不罚，罚了不打，你这个王八蛋的良心给狗吃了，跟日本鬼子和国民党是一个娘养的。”

根半腿勃然大怒，喝令老龙套子给哑巴金不换一枪。老龙套子虽不像哑巴金不换那么死心眼儿，但是跟哑巴金不换同命相怜，不但拒不遵命，而且把鸟枪摔在地上，扬长而去，从此不给根半腿当护兵了。根半腿弯腰要捡那杆鸟枪，哑巴金不换猛虎一般扑上来，根半腿慌忙后退，一屁股坐在了地上，哑巴金不换抢过鸟枪对准他的脑壳。

“老金……大哥，别……别动手。”根半腿连连作揖，挤眉弄眼又龇牙努嘴儿，“我知道你也想找个娘儿们睡觉，开一开荤，那就把花藕娘赏给你吧！”

哑巴金不换点了点头，呵呵笑了。

这是个月明星稀的夜晚，花藕娘蹲在猪圈角落，抓几把烂草围住身子，挡一挡夜晚的寒气。忽然，一卷子破烂衣裤扔进来，她也顾不得多想，急急忙忙穿上。就在这时，哑巴金不换跳进猪圈，把她夹在胳肢窝里，跳出圈墙就走。她只当哑巴金不换要找个背静角落糟蹋她，想大声呼救，却被夹得死紧，喊不出来，踢蹬双腿想挣脱出身子，哑巴金不换又多加上一把力，她便昏死过去了。

等她醒来，睁眼一看，却躺在青纱帐中的一座瓜楼上，身上盖着一床薄被，浑身骨节儿寸寸疼痛，可又散发着清香的花草气味。月光中，老虎跳在她的身边，闭目凝神像老和尚打坐。

“活啦？”老虎跳听见她的身子蠕动，睁开双眼，冷冷地问道。

“哥！……”花藕娘哽咽着叫了一声，泪水堵住了嗓子眼儿，咳嗽起来。

老虎跳的大手，轻轻给她捶背，却仍然硬邦邦地问道：“饿了吧？我给你摘个一篓蜜的西瓜吃。”

花藕娘双手急忙抓住他的腰带，大口大口捯着气儿，疑疑惑惑地问道：“哥哥，我是在阴间，还是在梦里？”

“你还活在人世间，刚才是昏迷不是死。”

“那么……是你从哑巴手里把我救出来？”

“闭嘴！哑巴从根半腿的手里救出了你，一路飞跑送到我这里。”

“大慈大悲的哑巴呀！他一定是佛祖下界，搭救世上受苦受难的人。”

“那……”老虎跳躲闪着花藕娘那泪光晶莹的眼睛，也躲闪那照见他的阴沉脸色的月光，“你就嫁给他吧……”

“哥！……”花藕娘打了个哆嗦，“我这不过是感恩，难道你猜疑我是对他有情？”

老虎跳低下头，说：“我没有疑心。”

“是不是……”花藕娘张大了眼睛，“他把我腌臜了一遍，才送给你。”

“你又冤枉好人了！”老虎跳喝道。

花藕娘含泪扑哧一笑，说：“几年不见，怕我变心，你是投石问路哩！”

老虎跳抬头望月，一声长叹，说："是我的心变了。"

"你不想娶我啦？"花藕娘的耳朵嗡嗡响，脑瓜子也蒙了。

老虎跳点了一下头："不想娶你了。"

"园房里生离死别，咱们发过誓，赌过咒呀！"

"我不能娶你！"

"你想从根半腿手里把香翠儿夺过来？"

"根半腿强娶香翠儿，我是咽不下这口气，可是……我和根半腿是阶级兄弟，又是工作队长当大媒，生米已经做成熟饭，还是忍让了吧！"

"那就响鼓一槌，你痛痛快快给我一句明白话！"花藕娘顾不得浑身疼痛，扑到老虎跳身上，这才发现自己的身子干干净净，"哥，是你给我洗下满身的腥臭，还给我清清白白的人样儿？"

"我只当你活不过来了，才把你洗得清香白净，刨坑下葬。"

原来，哑巴把花藕娘送到老虎跳这里，花藕娘的心窝儿跳一下，停一会儿，半晌才出一口气，吸一口气，奄奄一息，九死一生了。老虎跳咬破嘴唇，忍住眼泪，从土井里打上两大筲水，倒进瓜楼旁边的冷灶铁锅里，又采了一大抱野花香蒿，浸入水中。搡进灶膛两把干柴，熬出一锅香汤，给花藕娘头上脚下洗了个遍，蒙盖上自己的薄被。只等她的气息一断，就把她包裹起来，箍上几道麻绳，到河滩上刨一个深坑，铺上厚厚的几层红花、绿草、青枝，把她的尸首平放下去，再盖上瓜楼的一张蒲席，填土一埋，不起坟头。谁想，花藕娘命不该死，温水一洗，花草香气一熏，又还阳了。

"你还是把我活埋了吧！"花藕娘的十指掐住老虎跳的胳臂，指甲嵌进肉里，“我宁肯叫你活埋，也不受你的冷落。”

“你死了这颗心吧！”老虎跳暴怒起来，“咱俩不是一家人。”

“你在我家三年学艺，咱俩二十年相好，怎么不是一家人呢？”

“你姓富，我姓穷……”

“谁姓富？你怎么姓穷？”

“你是地主婆儿，姓富；我是个长工，姓穷。”

“老虎跳，你手扪着胸窝问一问自个儿的良心，我到底是地主婆儿，还是你的妻？”

“你跟老地主是明媒正娶，你跟我是背地里偷情。”

“睁着眼睛说瞎话呀！你明明知道，我被那老王八诓进门，一没有媒人，二没有婚书，三没有坐轿，只不过是他不花钱包下的上炕小老妈儿。”

“你的苦情只有我知道，你是地主婆儿却人人共知，我一张嘴说不服千张口。”

“那你想把我怎么打发吧？”

“等你的身子骨壮实一点儿，我把你送交贫农团。”

“天呀！你也像根半腿，还要把我扔进猪圈里。”

“我们这边的土改，是个叫安守己的干部领导，贫农团讲理，不是恶霸地主，只动口不动手。”

“你还是刨坑把我活埋了吧！”

“没有工作团的指示，贫农团的决定，我不会碰你一根汗毛。”

“那你管我的饭吗？”

“我还欠师父一百一十一石一斗一升一合的报恩债，这一百一十一石一斗一升一合够你吃多少顿饭？”

“那是我拈酸吃醋，跟你胡搅蛮缠，原来你在心里结下了死扣呀？”

“我跟你一不赊二不欠，只因没给师父尽孝，才要救你一命，也算报答他老人家。”

“多谢了！”

花藕娘又躺下来，背朝着老虎跳，一动不动。老虎跳吧嗒吧嗒抽了一阵子烟，感到困乏，躺在瓜楼的另一角，也背朝着花藕娘，无声无息。

熬过了三更叹五更，鸡叫三遍要天明；花藕娘见老虎跳还是不来找她，便忍不住爬了过去。

“我不能沾你的身子！”老虎跳抬起一条胳臂，像横起一道栅栏，“你睡那边，我睡在这边，咱们之间有一条阶级界线。”

花藕娘一头碰在了南墙上，爬回去扯起薄被蒙住了头，吸溜吸溜啼哭起来。这本是她的拿手好戏，是最能降伏老虎跳的手段。老虎跳脸硬心软，过去他们吵架拌嘴多少回，只要她哭得滴滴答答像房檐子雨，老虎跳便英雄气短，把她搂在怀里，哄得她破涕而笑。可是，这一回的老虎跳却像冷冰冰的石头焐不热了，断了线的泪珠儿一文不值。

老虎跳睡不着也不想睡了，跳下瓜楼，熬得了粥，烧得了水，端到花藕娘枕边，仍然是一副整脸子。

“我不吃，情愿饿死。”花藕娘不是撒娇儿，只是赌气。

“你敢不吃，我捏住鼻子灌你！”老虎跳怒声喝道，“吃过了饭，我给你剃头……”

“娘呀！”花藕娘吓得双手抱住脑瓜子。

“你的脑瓜子像草鸡窝，满是虱子、虮子，不剃光了扫茬，就会烂得像地蛆咬过的癞瓜。”

“你是想一推六二五，把我送进尼姑庵吧？”

“尼姑们都还了俗，欢欢喜喜嫁人了。”

“是不是要拿地主婆儿顶她们的缺？”

“我给你剃光了头，你戴上一顶草帽儿，穿上我的大褂子，有人看见就装哑巴，才能迷糊住生人冷眼，躲藏得长久。”

花藕娘一听有理，苦中作乐地笑道：“好吧！我就在你这座和尚庙里出家了，咱们看谁先还俗。”

老虎跳给花藕娘剃完了头，又摘满一挑子瓜，从瓜楼的炕席下抽出一支七九步枪，背在肩上，叮咛花藕娘道：“你躲在瓜楼里别走动，有人偷瓜也不要多管闲事。”

“你……怎么还有枪呀？”

“我是贫农团的副团长，还是锄奸委员。”

“怪不得你不沾我的身子，原来你专管捉拿奸夫淫妇呀！”

“你胡说八道，我剁下你的舌头。”

30

老虎跳中午卖瓜回来，给花藕娘买了几包子药，有治血亏的，有催生头发的；花藕娘只当老虎跳是想给她补养身子，早日生出满头青丝云鬓，重修旧好，心中暗暗高兴。老虎跳下午出去开会，半夜才能回来，花藕娘便做得了饭菜等他；吃过饭各睡一边，互不相扰。花藕娘放长线钓大鱼，也就不想急于求成，因小失大。

有一天，老虎跳不到半夜就回来了，肩上没有了枪。

“哥，你的枪呢？”花藕娘问道。

老虎跳蹲在冷灶旁，有气无力地答道：“工作团把枪收回去了。”

“不当锄奸委员啦？”

“不当了。”

“阿弥陀佛！你不办花案，自个儿也就不必吃斋了。”

“放屁！连我的副团长都撤了。”

“你……犯了什么法？”

“根半腿从河那边给工作团捎来检举信，说我在你家领青打头儿，帮虎吃食欺压长工，当老地主的替身儿，给你家传宗接代，是地主家的狗腿子。工作团不光撤了我的职，还把我从贫农团里开除了。”

“你们工作团那姓安的干部，不是最讲理吗？”

“他也给罢了官。”

“根半腿竟能告倒了大干部？”

“贼咬一口，入骨三分。安守己最信得过我，也就吃了我的挂落儿。”

“怎么你们自家人也要吵窝子？”

“这叫搬石头。”

“大河两岸一马平川，哪儿来的石头呀？”

“谁不心狠手黑，谁就是土改的绊脚石，那就搬到一边别挡道。”

“看来，你们这边……也要流血斗争？”花藕娘不寒而栗，脸上顿时没有了血色。

老虎跳的心里也是七上八下，忐忑不安，说："瞧这个风向，河东也得像河西，刮腥风下血雨。"

"我没有活路了。"

"那就躲在我这座瓜楼里，活一天赚一天。"

"你替我背黑锅，我对不起你，你还是把我交出去，换回你的乌纱帽。"

"我宁可杀死你，也不能把你交出去活受罪。"

"哥！我死在你手里，不算是冤魂怨鬼。"

花藕娘扑到老虎跳身上，手搭着肩膀，老虎跳没有推开她，也没有给她一点温存。

半夜时分，忽听青纱帐里哗啦啦响，有人哇啦哇啦叫，老虎跳一跃而起，把花藕娘扛在肩上，正想跳下瓜楼逃走，只见月色中出现的是哑巴金不换，哑巴金不换满身血污，捶胸跺脚，发了狂似的又叫又跳，手指着河西岸啐不住口。

老虎跳一看一听，不必猜想，就全明白了。

河那边也在搬石头，老龙套子不给根半腿当护兵，还处处跟他作对，贫农团开会揭他的底。最叫他恼恨的是老龙套子背后捅刀子，想把香翠儿拐走，给老虎跳送上门去。多亏他汗毛梢上都长着心眼儿，滴溜溜的眼珠子能转到后脑勺儿，老龙套子呆头愣脑，横冲直撞，被他设下埋伏，严密防守，才没有得逞。搬石头正是公报私仇的天赐良机，根半腿杀鸡给猴看，头一个就搬的是老龙套子。他下令把老龙套子吊在大树杈子上，皮鞭子蘸凉水，打得老龙套子遍身没有一块肉不开花冒血。根半腿抽一鞭子，老龙套子骂十句，根半腿要掰开他的嘴堵住棉花团子，又被老龙套子咬下一根手指。哑巴金不换被根半腿打发到村外耪地，直到有人给他报信，他才知道老龙套子正被流血斗争，咆哮如雷跑回村里，一头火牛似的冲入重围，从大树杈子上救下老龙套子，连夜投奔老虎跳来了。

老龙套子伤势沉重，寸步难行，被哑巴金不换藏在青纱帐的豆垄里。

老虎跳吩咐花藕娘赶快做饭，亲自到青纱帐的豆垄里背老龙套子。

老龙套子一见老虎跳，咧嘴大哭道："老虎跳大哥，打倒了地主老恶霸，又出来根半腿这个新恶霸，你带领我和哑巴，过河革他狗娘养的命！"

老虎跳给他擦鼻涕抹泪，劝道："兄弟，恶善到头终有报，你先忍一忍委屈，有水落石出那一天。"

"我和哑巴，跟你生死不离了。"

"根半腿不会善罢甘休，天亮之后一定会踩着你们的脚印追来，你们在我这儿藏不住。"

匆匆吃过饭，老虎跳先把花藕娘送进青纱帐。青纱帐里有座假坟，是他挖得的地窖，急难之时可以藏身。他叮嘱花藕娘躲在假坟里等他回来，不可探头探脑，也不许有一点响动。然后，哑巴金不换背起老龙套子，他在头前探路，悄悄送他们到唐大姐儿那里，暂避一时风雨。

叮嘱唐大姐儿小心门户，老虎跳又急忙返回瓜园。

这时已经天光大亮，远远的他就看见根半腿带领一伙拿刀持杖的家伙，挤在他的瓜楼上，大清早空着肚子就吃瓜。

“呔！哪儿来的成帮搭伙的偷瓜贼，敢到我老虎跳的瓜园踢场子？”他明知故问，大骂着奔上前去。

根半腿人多势众，并不胆怯，但是他当了不少日子的干部，驴槽改钱柜，今非昔比，懂得先礼后兵，才能在政策上占理。他跳下瓜楼，金鸡独立，当胸一抱拳，皮笑肉不笑地说：“老虎跳，咱们哥俩多年不见，早就想过河看望你，不过，兄弟今天登门，却是奉命而来，为了一桩公事。”

“吃瓜给瓜钱，你先了结了这桩私事，再书归正传。”老虎跳又到瓜垄里转了个圈儿，“你们扯断了我七八棵秧子，一棵秧子两个瓜，算一算得给多少钱吧！”

“老虎跳，你真没白给地主家领青打头儿呀！”一个秃耳朵的汉子，怪声怪气喊叫，“是老地主口传心授，还是地主婆儿被窝里教会了你，吃几个瓜也要放驴打滚儿的阎王债？”此人正是杜小犬子，投奔到他的舅舅门下，官封锄奸委员。

“一边趴着，没眼的狗瞎汪汪！”根半腿一副主子嘴脸，骂他的外甥，“咱们出的是官差，吃瓜有贫农团出钱，你为什么放着河水不洗船？”

老虎跳把瓜钱接到手里，反问根半腿道：“你办公事怎么不找村里的贫农团，到我的瓜园来，只怕是拜错了庙门吧？”

“老虎跳，你是个天塌了两个肩膀都扛得住的汉子，咱们还是直出直入不必兜圈子，绕弯子。”根半腿奸笑着，“请问，夜晚不在瓜楼里看瓜，你到哪儿去啦？从哪儿回来？”

“两条腿长在我身上，到去处去，从来处来。”

"我看是到花藕娘那儿去了。"

"你的眼睛长在脚掌子上，半瞎的狗乱汪汪。"

"那就是从窝藏老龙套子和哑巴金不换的住处回来！"

"你们要抓老龙套子和哑巴金不换？"

"正是。"

"他俩是一辈子给地主当牛做马的贫雇农，你们只怕是打着贫农团旗号的还乡团吧？"

"贫农团早把这两个地主狗腿子开除了。"

"谁给这两个受苦人的头上扣屎盆子，我×他亲娘祖奶奶！"老虎跳蹦起脚破口大骂。

"老虎跳你胆敢骂起贫农团，就是反革命！"根半腿翻了脸，眼珠子出血，"我只问你一句，交人不交人？"

"我没人可交，老虎跳也不会卖友求荣。"

"你敬酒不吃吃罚酒，可就怪不得我们手下无情，斗争斗争你。"

"想动手打架吗？"老虎跳扒下身上的汗褟儿，露出虎背熊腰光膀子，"这几天我受了夜寒，肉皮子发紧，正想练几套拳脚，松一松筋骨。"

说着，他大吼一声，把老爹和短打武生当年传授给他的防身之技，抖落包袱底儿，都施展出来。一拳能打死牛，一脚能踢倒墙，旱地拔葱七八尺高，像不像三分样，令人想起老虎跳那所向无敌的风貌，双腿跺地两个大坑。

根半腿的那伙喽啰，都是村里狗仗人势、欺软怕硬的痞子；一见老虎跳拿出了真功夫，个个吓得面如灰土，溜之乎也；只剩下杜小犬子，跑出几步又觉得不是滋味儿，转回身站在根半腿背后，进退方便。

老虎跳收住拳脚，脚站丁字步，双手叉腰，只等这伙喽啰动手，却已经目中无人了。

根半腿不愧是个帅才，真能临危不惧，拍了拍腰间的独子手枪，嘿嘿冷笑道："老虎跳，你这两下子唬不了人，我一扳枪机就撂倒你。"

小人得势，穷凶极恶。老虎跳突然一个鹰抓兔儿扑上去，揪住根半腿的脖领子，气得声音哆嗦着骂道："杀人不过头点地，你这个狗娘养的，骑在别人脖子上拉屎，还要逼着人家吃下去，我杀了你为民除害！"

"老虎跳，撒……手！"根半腿的脸憋得猪肝色，眼珠子涨得要夺眶而出，"君子……动口，小人……动手，听我几句……良言相劝。"

老虎跳放开了他，把手一挥，喝道："我不想听你满嘴喷粪，脏我的耳朵，滚！"

根半腿的脖子虽没有被老虎跳扭断，却已经挺不住脑壳，杜小犬子赶忙从背后给他捧住后脑勺子。

"老虎跳，我本想劝你交出人犯，立功受奖，你……你……"根半腿较了较劲，把蔫头耷脑的脖子梗起来，"你，不吃没味儿的不上膘，我也就官法如炉，公事公办啦！"

他有杜小犬子伴随，还不算孤家寡人，一瘸一拐地到村里找贫农团去了。

不一会儿，村里的打更老头，奉命传唤老虎跳到贫农团去。

31

花藕娘在那座假坟里，听见瓜园里吵吵嚷嚷，吓得心跳到嗓子眼儿，紧闭着嘴才没有蹦出来。她迷迷糊糊的也不知是白天还是黑夜，昏昏沉沉地睡着了做噩梦，噩梦惊醒出冷汗，这才是死不死活不活，人不人鬼不鬼。不知过了多久，掩蔽着假坟出口的柳丛外，有个沙哑的嗓子唤道："花……藕娘，花藕……娘！"这是谁的声音？她听不出来，窝缩成一团儿，尿湿了裤子。

柳丛一阵簌簌响，有个带着血腥气味的黑影爬进来，她叫了一声："妖怪！"便失去了知觉。

哗哗的河水声唤醒了她，阵阵凉风吹得她神清气爽，这才发觉自己躺在盘膝大坐的老虎跳的双腿上。老虎跳呆坐在大河陡岸，脚下是一个翻花的大旋涡。

"花藕娘，你跟我……都走到绝路上了。"云遮月洒下幽暗的光，照见老虎跳两眼乌青，嘴唇破裂，满脸淌血，遍体鞭痕，声音沙哑得好像变成了另一个人。

"哥，你这是……"花藕娘颤抖着双手，想抚摸老虎跳的伤处。

"我挨了一整天的斗争。"老虎跳的伤口被花藕娘的手摸一下，便疼得一阵哆嗦，"寒鸭浮水吊在房柁上，皮鞭子抽飞了八九杆，死去活来六七回。"

"他们为什么斗争你？"

"我是官封的地主狗腿子了。"

“是我连累了你遭灾受难。”

“也因为我不供出老龙套子和哑巴金不换的下落。”

“他们怎么又把你放出来？”

“我在砖墙上磨断捆绑手脚的麻绳，跳出窗口，回来跟你见一面。”

“下一步难道就无路可走？”

“一个是你死，我活……”

“只要你能活下来，我死也甘心。”

“落到这步田地，我更不能把你交出去。”

“可又怎么能两全其美呢？”

“钻进假坟，堵住出口，咱俩死在一块儿。”

“我愿跟你并骨。”

“不清不白我又死不瞑目。”

“天没头，地没边，那就找个求生之路吧！”

他们正打算绝处求生，从村里跑出几队灯笼火把，人声呐喊沿着青纱帐的大道小路，三面张网搜捕老虎跳，紧缩包围圈，逼近了河岸。

“哥，逃吧！”花藕娘催道。

“你一个人过河，我还要跟他们讲理。”

“我不会浮水，下河就淹死呀！”

“你先走一步，我随后就到，咱们到黄泉之下做夫妻。”

花藕娘向岸下一看，翻花的旋涡像妖魔鬼怪张开血盆大口，惊叫一声闭上眼，说：“哥，你把我扔下去吧！”

老虎跳站起身，正要把花藕娘扔下大河，搜捕他的几十人已经来到面前。

虽然是两个村的贫农团锄奸队员，挂帅的还是根半腿，杀气腾腾的也还是秃耳朵杜小犬子。

“老虎跳，花藕娘在你怀里搂搂抱抱，你难道还不是窝主吗？”根半腿吹胡子瞪眼，冷嘲热讽，“给你定个地主狗腿子的身份，不算冤枉吧？”

“我正要把她扔下河里淹死。”老虎跳口里说扔，手上却把花藕娘搂紧，“你们不是要斩草除根吗？淹死了她，我也到民主政府领个死罪。”

“斩了草可没有除根，不能便宜了她，也不能轻饶了你！”根半腿咬得牙齿咯咯响，“借你的孽种，这个地主婆儿下出的花狗儿，从还乡团里放出风声，要把我碎尸万段，我还得给你们罪加一等。”

“死罪到了头，死上加死也不过是个死。”

“把你们这两个奸夫淫妇脖子上挂破鞋，敲锣打鼓串村游街，千人啐万人骂。”

杜小犬子连忙献计，说：“找一把劁猪刀子，阉了奸夫，淫妇骑木驴，奶头儿挂上两只大秤砣。”

“根半腿！”老虎跳恼羞而又悲愤，“我跟你本是阶级兄弟，一笔写不出两个穷字，你逼得我求死都难得，我可要临死拉你当垫背了。”

杜小犬子哗啦一拉枪栓，叫道：“老虎跳，你敢在我们马团长面前张牙舞爪，我一颗子弹打你八成死二成活，留一口气开斗争会。”

老虎跳气得七窍生烟炸了肺，他把花藕娘抛下陡岸，想要泰山压顶扑到根半腿身上，却想不到脚下的陡岸坍裂一角，他也扑通跌入了翻花的大旋涡。

老虎跳的水性比鱼还大，反绑手脚，捆成粽子，扔下大旋涡也淹不死他。他不但从大旋涡中逃脱了自己，还像捞起一根稻草，把花藕娘救上了岸。

他们上岸之处，便是三省四县搭边的蝈笼子荒野。

这片方圆十几里的地面，血雨腥风中人迹罕至，野草都长疯了，又粗又高又密。两个人躲进去，就像一大口开水锅里扔下两颗盐粒儿，又像茫茫大河中落下两根针；不长一双千里眼，看不见茂草丛中逃亡的人。

不知是昏迷，还是疲乏无力，老虎跳上岸只走出十几步便倒下来，四脚拉叉，仰面朝天地沉睡了。

毒热的阳光烤疼了他们的皮肉，两人同时睁开了眼。

“花藕娘，你还活着！”老虎跳想不起他从大旋涡里捞起花藕娘，看见她枕在自己胸脯上，喜出望外。

“哥，你也……活着？”花藕娘半信半疑，咬一咬自己的胳臂，又摸一摸老虎跳的胸口，才知道真是活在人间，没有落入阴曹地府。

看看日影，已经晌午大歪，他们距离河边很近，搜捕的人很容易发现，老虎跳忙又抱起花藕娘，向茂草深处走去。

花藕娘穿的是肥大空荡的男人衣裳，大旋涡里打个滚儿，又给扒了个光。荒野上的野麻叶子蒲扇大，摘下几张前遮后挡，也就包裹了身子。

他们在一道沙丘的柳棵子里停下来，东望是大水满槽的北运河，西望是迂回曲折的京津公路，四外的村庄看不见炊烟人影。

“咱们这里是阳间的望乡台。”老虎跳忽然开怀大笑起来，“根半腿呀根半腿，我老虎跳人穷命大，天塌了给我漏个大窟窿，地陷了也给我留下一块落足之地。”

“哥，我饿……”花藕娘的身子一阵阵抽搐，像杨花柳絮被大风搓成一团，眼看着缩小。

“野瓜野果遍地有，我给你打野食去！”老虎跳兴冲冲笑道。

“带着我……”

“你还是等着饭来张口吧！”

“我怕你扔下我……”

“想扔下你，我就不会落到这个下场了。”

“我只剩下一颗光葫芦头，一张皱皱巴巴的蔫皮寡肉，一把不够填满灶膛的骨柴，哪一疙瘩哪一块还值得你心爱呀？”

“老娘儿们的贼心眼子真多！”老虎跳骂了一声，只得把花藕娘背在后背上，走下沙丘，钻到连天接地的乱草蓬蒿中去。

老虎跳小时候，这片荒野还没有这么广大，他来放羊、割草、打鸟儿，常常在无意之间，碰见一簇簇野瓜秧子，摘下野瓜吃得分外香甜；也碰得见东一片西一片的野果子，地梨能哄饱肚皮，凉茄能够解渴，他都吃不够。荒野上结出野瓜，有的是大风吹起村里瓜园的瓜子，飘到这里落了地，有的是偷瓜人躲到草丛里吃完了瓜瓤儿，瓜子儿就撒在地上；雨水调和，又没有被野鸟啄食，便生根、发芽、长叶、开花、结果。童年的奇遇，长大成人之后便在印象中夸张起来。所以，老虎跳还觉得躲藏在这片荒野上，一天三顿伸手就有吃喝。他没有仔细想一想，兵荒马乱十来年，日伪军和国民党军抢掠百姓，见鸡抓鸡，见狗杀狗，猪羊更是不能放过，哪里有人还敢大片种瓜，挣不着钱却叫兵匪大享口福？瓜园荒废，野瓜又从何而来？这片荒野，地处京津公路和北运河之间，敌我双方虽不是天天开火，却免不了黑枪冷炮，谁还敢来割草放牲口？于是，荆棘丛生，欺压得野果子也日渐稀少了。

转来转去直到太阳落山，老虎跳两手空空，花藕娘饥肠辘辘，只得又返回那座沙丘上的柳棵子地里。

“咱俩得眼巴巴地饿死了。”花藕娘有气无力，呻吟不止，“先把我饿死吧！你吃我的肉还能多活几天。”

“我心里架着一团火，你他妈的就别给我念头疼咒啦！”老虎跳歇了歇腿，站起身又朝柳棵子地外走。

“你……扔下我……到哪儿去？”花藕娘手脚爬行，紧追慢赶。

“我到河边捞两条鱼，捞不着回来吃你！”老虎跳不顾花藕娘呼叫，头也不回。

太阳下山了，四野笼罩在暮色苍茫中，大河上更弥漫一层水雾。老虎跳自幼在河边长大，捕鱼捞虾手疾眼快，大草鱼溜边儿，他就像探囊取物不费吹灰之力，只用一袋烟的工夫，就抓住两条一斤来重的大草鱼，开膛破肚洗干净，转身往回走，半路上又惊飞公母两只鹌鹑，扒开草丛捡到几颗鹌鹑蛋。

花藕娘爬到沙丘半腰，便用尽了气力，不能动窝了。老虎跳把一颗颗鹌鹑蛋塞到她的嘴，她也不管生熟香臭，连鹌鹑蛋壳都嚼碎咽进肚里。

老虎跳强忍恶心，吃下一条半生鱼，又把半条递给花藕娘。

花藕娘接过来扔到地上，哭道：“日久天长，光吃臭鱼烂虾，活着也没个人样儿了。”

“车到山前必有路，船到桥头自然直。”老虎跳忽然灵机一动笑起来，“找我兄弟去！”

“小田先生？”

“找他手背朝下，不算丢脸。”

“我也跟你去。”

“你那个花狗儿骂过他的娘，他看见你，连我也会关在大门外了。”

“你不在我身边，我害怕。”一阵夜风吹来，揭走了花藕娘身上的野麻子，哆嗦得上牙磕下牙，“冷……冷呀！搂着我。”

“你他妈的要不改一改地主婆儿的娇气，我活埋了你！”老虎跳被惹得烦躁，满头冒火大骂，“不是想念师父、师娘的恩情，我才不想跟你蹚浑水，受你的连累。”

“哥……亲人，我改，我改。”

“把大半截身子埋在热沙子里，就像盖上了一床新棉被。”老虎跳又把她抱上沙丘，扒出个沙坑，只把热沙子掩埋到她的胸口，又拔来一大抱青草，覆盖住她的胸脯，直到脖子。

“哥，万事都难不倒你。”

“这是穷出来的本领。”

“快去快回。”

老虎跳折断一棵擀面杖粗细的小柳树，拿在手里防身，星光月影上了路。

32

老田先生教了一辈子书，只留下一座青堂瓦舍大宅院，并没有买二亩田三分地。这倒不是老先生深通刘伯温的推背图，预见到几十年后会实行土改，而是他阅历人生，眼看一个个财主家的膏粱子弟，只因家有田产，从小便乘肥马，衣轻裘，穿绸裹缎，食不素餐，没有一人用功读书，长大也都没有出息，反倒是寒门出将相，草莽出英雄，蒲柳人家出英才。所以，老先生只给后辈儿孙留有栖身之所，却要他们自力谋生，后来便把这座大宅院改为新学堂，造就本乡本土的农家子弟。小田先生子继父业，三年不改其父之道便是儒家的至孝，小田先生却孝之极矣，将近三十年墨守老爹的成规。小学虽是私立，但收费很低，小田先生的束脩，供一家人吃饭，便剩不下几个钱。年复一年，房屋老旧，夏天漏雨，冬天透风，教室里的桌椅，经过一茬又一茬学生的磨损，塌了架瘸了腿，小田先生不得不在学费之外，另收房屋修缮费和桌椅租赁费。不过，学生如果不愿租赁桌椅，也可以自备，开学带来，放假带走，这就形成了一条特殊的校规，并没有人说不合理。民主政府成立，各村的村长碰了个头，为了减轻贫寒子弟的负担，小学的校舍修葺和桌椅的更新，分别由各村摊款，交给小田先生自行处理，也没有人说不恰当。土改刚一开始，小学停了课，小田先生被抽调到一个远离本村的土改工作队当文书，别的队员是供给制，他每月挣一百二十斤小米。在土改工作队里，他还是教书先生的老习惯，奉命唯谨，办事勤恳，不该说的不说，不该问的不问，大家也拿他当一个雇佣人员看待，不可重用，只供使用。谁想，忽然一道雷厉风行的命令下来，土改运动要清查坏人，搬石头。小田先生的学校是私立，学生要交学费，各村还要拨款，都装进了他的腰包，这就是剥削。剥削就是地主，地主混入土改工作队，那怎么得了？于是，不问青红皂白，小田先生也有口难分，就被五花大绑捆走，押送一百多里外山沟子里的劳改队，不但要服苦役，国民党军发动进攻，转移不便，就会被仓促处决。眼前的小田先生无儿无女，只有一位老伴，老伴的娘家是个小地主，这一来小田师母不但要受丈夫的株连，而且还受已经嫁出二十三年的娘家的连累，小田师母走投无路，多亏不忍加害师母的小田先生的弟子相助，逃到了国民党军占领下的通州城里。小田先生教过的学生，也有一些人在国民党的衙门当差，或在通州城里教书、做生意。几个有孝心的人起头，大家便凑了一笔钱，养活这位落难的师母。小田师母躲过了这一劫，哪里想到这更给丈夫加了罪，小田先生虽然没有被正式判处死刑，他的名字却写在了紧急时刻立即枪毙的名单上。

盟弟身遭冤案，老虎跳一点也不知道。他跨过小河汊子，刚一上岸便遇见了一个暗哨。这个暗哨过去是和尚庙里的小沙弥，他在和尚庙扛长工，两人相好。眼下这个小沙弥也已经四十挂零儿，还俗之后佛心不变，没有娶妻，只认了个比他大五岁的寡妇当干娘。村村搬石头，为了防止坏人互相串通，一入夜各村都戒严，村口有明岗，村外放暗哨，严禁出入。所以，这个村的人不大了解那个村的事，也无处打听。这位当年的小沙弥，是贫农团里一个最循规蹈矩的团员，奉命放哨，恪尽职守，身上叮满大花脚蚊子，也不离岗位，一丝不苟。他虽然不许老虎跳进村，但是并不知道老虎跳也是石头，便把小田先生两口子的遭遇，一五一十给老虎跳说个仔细。

老虎跳的心上像被剜了一刀，跌跌撞撞返回蝈笼子荒野。

胸口以下埋在热沙子里的花藕娘，一见老虎跳回来，扒开沙子直起腰，问道："借来钱了吗？快买点熟吃去吧！"

"白磨了一趟鞋底子！"老虎跳懊恼得像一堵墙倒在花藕娘身边，"我兄弟也给搬了石头，生死下落不明，弟妹逃到通州城里去了。"

"看来，逃到通州城里，是一条活路。"

"你那个花狗儿当上还乡团的中队副，咱俩逃到通州城里是自投罗网。"

"隐姓埋名，真人不露相。"

"大丈夫行不更名，坐不改姓。"

"你卖力气挣钱，我在家里给你做饭。"

"大半辈子为奴，共产党叫我翻了身，我再也不给有钱人家当牛做马了。"

"难道你为赌这口气，宁愿坐着等死吗？"

"人活一口气，树活一层皮。"

"那也得宁可撑死，不当饿鬼。"

"好吧！"老虎跳一个鲤鱼打挺站起来，"看我找来酒肉，撑死你。"

"你到哪儿去？"

"上天有路，入地有门。"

花藕娘不敢拦他，也拦不住他，只得眼看着他大步而去，又蜷缩在沙窝里。

又冷又饿，又困又乏，花藕娘打个盹儿又醒一会儿，到底还是陷入噩梦中。噩梦中饱受惊吓，大半截身子埋在沙窝里，挣扎不动，喊不出声。忽然，只觉得五脏六腑一阵火烧火燎，难受得拼出全身气力，从沙窝里滚出来，睁眼却见老虎跳怀抱个酒葫芦，直眉瞪眼看着她呵呵傻笑。

“哥，是你灌了我一口酒？”她连揉了几下眼睛，“刚才我梦见，老王八那黑乎乎毛煞煞的鬼魂，扑到我身上，又抓又咬……”

“吃肉……喝酒……撑死吧！”老虎跳撕下一条烧鸡大腿，啃了几大口，又抱起酒葫芦咕咚咚一阵牛饮，便把酒葫芦一扔，放倒了全身像个大字，响天雷似的打着呼噜酣睡。

花藕娘一看，老虎跳不知从哪里带回了两只烧鸡，一大葫芦酒，几张白面烙饼，还有两床被子，一只鼓鼓囊囊的麻袋。解开麻袋嘴上的扎绳儿，掏出来一大笔钱，几身男人的衣裳和女人的红裤子绿袄儿。

她顾不得吃喝，先把红裤子绿袄儿穿在身上，这才撕一块饼，吃一块肉。她的肚子就像一只大漏斗，一张烙饼和半只烧鸡吞进去，还觉得腹内空空，不知道饱。嘴馋还想吃，忽然打了个寒噤，做个撑死的鬼，不如当个饿肚子的人，便强压下食欲，把剩下的吃食收藏在柳棵子地的阴凉下，悄悄走下沙丘，在蒲苇丛中找到一片浅水洼子，洗净了头脸，又回到老虎跳身边。

老虎跳一口气睡到傍晚，花藕娘忍耐不住，掐一根茅草捅他的鼻孔，他才打个嚏喷翻个身，看见身边守着一个穿红挂绿，花帕子包头的女人，愣怔了半晌，才醒过梦来。

“人配衣裳马配鞍，你还认得出我是谁吗？”花藕娘装得像十七八岁的丫头片子，娇声嫩气，忸怩作态。

“绿匪婆儿！”

“这又是哪家子的恶名儿呀？”

“国民党管共产党叫共匪，共产党管国民党叫蒋匪，我给逼入绿林，就是绿匪，叫你绿匪婆儿，正是夫荣妻贵。”

“你怎么又变成绿林好汉啦？”

“这些酒、肉、衣裳是从哪儿来的？”

“哪儿来的？”

“抢来的！”

“哪儿抢来的？”

“汽车道西边的村子里。”

乡下人管公路叫汽车道，京津公路以西就叫汽车道西边。国民党虽然龟缩到通州城里，却舍不得扔掉京津公路。京津公路是连接京津二市的交通要道，好比人身上的一条大动脉；国民党军每天出动一个机械化团和一个骑兵营，往返巡逻在京津公路上。我军的县支队夜晚将公路拦腰斩断，国民党军的工兵白天马上修复。所以，京津公路以西的地面，国民党军仍有很大影响；民主政府的区公所还处于隐蔽状态，村里主事的人，名义上也仍算是国民党的保长，阴阳两张脸，哪边风硬倒向哪一边。这种形势，当然不能实行土改。不过，地主多少收敛了凶恶，长工多挣了一些工钱，佃户少交了一些租子，民主政府也就大得人心。然而，国民党的势力并没有清除干净，共产党又不能公开活动，偷鸡摸狗的鼠辈，拦路抢劫的歹徒，大开赌场的地痞，贩卖毒品的恶棍，便得其所哉，自由泛滥起来。老虎跳夜入一个村庄，村头一家半夜还亮着灯火，他扒墙头下院子，蹲身走到窗根下，舔破窗纸，睁一只眼闭一只眼向屋里偷看，只见流亡到京津公路以西的李云岫和蕙儿，一边吃肉喝酒，一边打情骂俏，便破门而入，喝令李云岫将蕙儿捆绑了手脚堵住嘴，然后亲自动手，照方抓药，把李云岫也如此收拾一番。最后，将桌上的吃食和炕上的衣裳被褥，挑挑拣拣，能带走的都席卷而去。

“原来你是拿命换来的吃喝呀！”花藕娘吓得脸儿煞白。

“我在你家扛长工，吃喝也是拿命换来的。”

“你赤手空拳，遇上拿刀动杖的对手，可就要吃大亏。”

“我早晚要抢到一支枪。”

“那就先把根半腿打死，给你报仇，替我雪恨。”

“我有枪只打还乡团，才能把根半腿扣在我头上的屎盆子，洗涮干净。”

老虎跳隔一天出一趟马，不但抢来吃喝，还从一个拦路抢劫的歹徒手里夺得一口鬼头刀。用这口鬼头刀在荒野的茂草丛中砍出一片空地，他搭起了一座窝棚；窝棚前有一片浅水洼子，浅水洼子里有鱼虾游动，也有水草闲花，晴天掉下一块白云，像绕在水草闲花上的一匹轻纱，夜晚浅水洼子里的月亮，像给花藕娘梳妆打扮的一面镜子。冬天草木枯黄败落，风沙漫天，大雪盖地，老虎跳又带着花藕娘迁到荒野深处，挖一座寒窑，铺上一尺厚的蒲苇，抢来狗皮褥子、二毛剪茬的皮袄，毡鞋毡帽，数九严寒也不冷。他来无踪去无影，神出鬼没，专抢地主、恶棍、歹徒和毛贼；听说哪个村有踹寡妇门，扒绝户坟，欺压百姓的坏蛋，还要手起刀落，除暴安良，于是，声名大振，传说很多，得了个外号叫大刀恶人怕。隐蔽的民主政府区公所，断定他不是敌特和还乡团，并不追究；国民党军也不值得为一个绿林强人大动干戈，随他的便。

冬去春来又入夏，他就在几个月前逃过河来的那道沙丘上的柳棵子地里，夺到一支三八枪和五十发子弹。

巧不巧，这支三八枪和五十发子弹，竟是从花狗儿手里夺来的。

33

土改搬石头，贫雇农里棍打一片，地主富农要斩草除根，也就吓跑了不少左顾右盼的中农，从北运河东岸逃到京津公路以西，通州城里的还乡团便有了招兵买马的市场。当时北运河的地主还乡团，大小不等，至少也有几十支人马。还乡团里当官儿的十有七八是地主富农，当兵的却十有八九是中农和贫雇农。贫雇农被抓到国民党军扛枪，是敌人的强迫，而到还乡团里当团丁，却是我们的政策为渊驱鱼，为丛驱雀。

花狗儿大姐夫的这支民团，只有五六十人，却划分四个中队，官比兵多，枪比人多，没有多大战斗力。这支还乡团的头领，都是小地主出身的伪军官和伪警官，财力不足，也没有靠山；国民党的县政府不许他们进城驻防，只得把城郊野外的一座破庙荒寺当营盘。不过，团丁大多数都是从东岸逃过来的人，对于东岸各村贫农团的情况了如指掌，明沟暗道路路通，还在一些村庄的贫农团里隐藏着卧底的奸细。消息灵通，轻车熟路，他们常常像黄鼠狼拉鸡，瞅个空子，冷不防像一阵阴风扑进村庄，奸淫烧杀，洗劫一空，每一趟都满载而归，得胜还朝。花狗儿当中队附的那个中队，刚建番号，只有官长，并无兵员。一个中队长，一个副中队长，两个中队附；三个小队长，三个副小队长，六个小队附。

所谓中队附和小队附，也就是中队长和小队长的助理，徒有虚名，毫无实权。设立这个爵位，一是为了安插地富家的财主秧子，二是为了卖个空头官衔，赚几个钱。花狗儿属于前一类，这是他那位大姐夫的格外恩典。

他家丧失了土地、房屋和粮食，刚逃到通州城里的时候，腰里还有一大把现款，吃喝玩乐了一阵，便分文不名了。这几年，他的九姐和九姐夫当家主事，大笔的钱财都攥在他们手里，逃到通州便盘下一家杂货店，又做起买卖。花狗儿自以为是这座杂货店的东家，大摇大摆到柜上支钱，这两口子就翻了脸，一毛不拔。花狗儿的少爷脾气大发作，砸碎了门面上的玻璃，掀倒了货架子上的油、盐、酱、醋、茶。九姐跑到党政军警联合纠察队告状，他被抓进这座杀人像踬个臭虫的魔窟，四十军棍打得他的屁股肿得像个肉蒲团，两条大腿的皮肉离了骨，又扛枷站笼示众三天，不给饭吃。九姐每到一处都能招蜂引蝶，地痞流氓街混子都甘愿供她驱使，每人沏一碗盐水，一个挨一个地到囚笼前把花狗儿臭骂一顿，临走又一碗接一碗地把盐水泼到花狗儿身上。花狗儿疼得像针刺锥子扎，却又肚子无食，喊不出来，只有淌着鼻涕眼泪，呼爹叫爷地哀告手下留情。三天之后，大姐夫把花狗儿领回还乡团，安慰了几句，给他指点一条招财进宝的门路，那便是过河到东岸抢掠翻身户和偷盗贫农团的仓库。花狗儿想了又想，也只有这条路可走，便贪财不要命；还乡团每回行动，他比谁的兴致都高，有时单枪匹马过河，更是穷凶极恶。

躲藏在蝈笼子荒野上的老虎跳，夜出昼伏，两耳不闻天下事，并不知道花狗儿作恶多端。

大地回春便又草木葱茏，老虎跳带着花藕娘搬出寒窑，返回原来那一片空地。他不想再住窝棚，睡地铺，打算堆垒两间泥棚茅舍，砌一铺炕。这就不管粗细，也要有四梁八柱。他想起那道沙丘上的柳棵子地里，有几棵比碗口还粗的伞柳，下半截当檩条，上半截当椽子，枝枝杈杈压屋顶，便手持他那口鬼头刀，直奔沙丘柳棵子地。

走上沙丘的中腰，忽然听见柳棵子地里传出一阵男不男女不女的呻吟声，呻吟中又喃喃自语地祷告："观音大士……王母娘娘，保佑我……这条狗命，死里逃生，我……一定改邪归正，给您们……重塑金身。"

老虎跳扒开柳棵子，探头一看，大吃一惊。原来是花狗儿倒卧在柳棵子地的阴凉里，身边扔着一支三八枪和一条子弹带，抱着一条受伤的腿，疼得打滚儿，沙丘上一片血渍。

"花狗儿！"老虎跳一个箭步跳过去。

"啊呀，老虎跳！"花狗儿急忙抓枪，三八枪已被老虎跳踩在脚下，他忙又摇尾乞怜，"大舅，您老人家高抬贵手，把我放生吧！"

"你这是从哪儿逃回来，怎么挂的花？"老虎跳把枪支子弹背在肩上，厉声喝道。

"交枪不杀，优待俘虏，您就别刨根问底了。"

"你不说出真情实话，我就对准你的胸口窝开一枪。"

"大舅，饶命！我……"

"说！"

"我想替我爹娘报仇，杀光根半腿一家子。"

"你杀了根半腿一家？"

"我只不过打断了他能跑能跳的那条腿，还没来得及勒死他的老婆香翠儿，掐死他那刚落生的儿子，八路军县支队包围上来，我跑出村口，腿上挨了一枪……”

“贼子！”老虎跳骂道，“你想杀害贫雇农，这一枪应当打在你的脑瓜瓢儿上。”

“大舅，根半腿给您栽赃，害得您好苦，我这也是给您老人家出气。”

“你怎么知道？”

“谁人不知，哪个不晓？”

“我跟他这桩官司，早晚有民主政府一碗水端平，用不着你这个还乡团的贼子插一脚！”

“今后我不狗拿耗子就是了，您快把我放了吧！”

“放你回去，你还当还乡团？”

“我丢了枪支子弹，不敢回通州了。”

“到哪儿去？”

“躲进北京城里，做个小本生意。”

老虎跳点了点头，蹲下身子看他的伤口，子弹只不过穿透了他的大腿肉，并没有伤筋动骨。老虎跳想扒下他的小褂儿，撕成布条子，把他的伤口绑扎起来，花狗儿却搂紧肚子滚来滚去。

哗啷啷！几块大洋从他的手指缝里漏下来。

“你从哪儿抢来这么多钱？”老虎跳又虎起脸追问道。

“这是……我家的存货，我回家挖了出来。”

花狗儿的这个回答，半真半假。这一百块银圆，真是于二甲子的存货，埋在内宅的葡萄架下，瞒过了花藕娘和花狗儿，也没给九个女儿透过口风，只是在根半腿把他打死之前，他说出“葡萄……”二字，便一命呜呼了。他的本意，是向根半腿供出葡萄架下埋有银圆一百块，买下他这条命。根半腿把于二甲子的死尸扔到村外喂狗，奸占了香翠儿，住进内宅，夜晚风吹葡萄架沙沙响，他却像听见银圆叮当的响声。恍然大悟，下炕出门，拿起铁锹，挖地三尺，挖出了沉甸甸满满当当的银圆坛子。一块一块过了数目，又装进坛子里，仍然埋回原处，只等土改过后，挖出来买地，发财致富。花狗儿打断了他的腿，拉枪栓正要赏他一颗子弹，他在生死之间还是舍财保命，供出葡萄架下的银圆坛子。花狗儿刚把银圆坛子挖出来，包围村庄的县支队枪响了，他带着钱落荒而逃，根半腿一家才免遭杀害。

“滚吧！”老虎跳把手一挥，很像关云长华容道放曹的姿势。

花狗儿点头哈腰说了声：“大舅，后会有期！”一瘸一拐而去。

“回来！”老虎跳又叫住他，“你怎么不打听你娘的下落？”

“我娘不是叫根半腿逼得投河自尽了吗？”花狗儿回头奸笑一声，“您老人家替我问大舅妈好吧！”

老虎跳被花狗儿噎得打着嗝儿，眼瞧着这个贼子走下沙丘，满身的银圆响叮当；杀他不忍心，放走是个祸害，心中恼怒却又拿不定主意。

“站住！”老虎跳追上前去。

“大舅，您还有什么吩咐？”花狗儿嬉皮笑脸地问道。

老虎跳咽下一口唾沫，却改口问道：“你可看见了香翠儿，还有她的孩子？”

“那丫头一下崽儿，就像熟透的蜜桃鲜又艳。”花狗儿一副色眯眯的嘴脸，“母大儿肥，那个崽子又白又胖，只可惜是个歪脖儿。”

“怎么会是歪脖儿呢？”

“听说是香翠儿不想给根半腿生儿养女，怀胎之后，麻绳勒肚子，蹦高又跳墙，没有打下胎，却留下了残疾。”

“滚你的吧！”老虎跳心乱如麻，“你娘当年也不该生下你。”

花狗儿怕老虎跳变卦，一枪撂倒了他，惶惶如丧家之犬，忍住大腿的阵阵剧痛，一口气跑上京津公路。这才扭过头，扯着脖子叫骂道：“老虎跳！量小非君子，无毒不丈夫，不叫你人头落地我找不回脸面。”

老虎跳听不见花狗儿的叫骂，一边砍树一边暗自后悔。他当过贫农团的副团长和锄奸委员，得过土改工作团大干部的传授，革命道理给他开了窍。窝藏地主婆儿花藕娘，已经亏理，但是花藕娘出身寒苦，当上地主婆儿也是受罪多，享福少，土改前三年更被地主家打入冷宫，饱受欺凌，根半腿的贫农团不该对她如此虐待，那么把她窝藏起来还算情有可原。然而，花狗儿是还乡团的中队附，货真价实的反革命，放走了反革命不占一丝一毫的情理。猫老吃子，人老惜子，自己也不过是个肉眼凡胎，娘儿们心肠，不够尺寸的男子汉。

他感到心中有愧，从这天起，便亮出真名实姓，背着枪孤身一人打游击；最喜欢埋伏在京津公路边，打国民党军骑兵营的冷枪。十天半个月，老虎跳的名字在三百里京津公路上，一声雷天下响。国民党军沿途张贴告示，悬赏严拿土八路老虎跳。

这一天，他打死了国民党军的两匹马和一名骑兵，整个骑兵营拉开了天罗地网，不能把他活捉，也要把他打死。他南奔北走，东躲西藏，弯来拐去跑了有二百里，才跳出敌人的包围圈。夜晚回到蝈笼子荒野上的家，腰酸腿疼散了架，灌了几口酒，倒头便睡。

花藕娘不敢合眼，她得给老虎跳打更，有个风吹草动，赶快脱身。她给睡梦中的老虎跳轻轻捶腿，鼻孔里哼着一支哄孩子睡觉的儿歌小曲。荒野上起了风，草木响得像下起急雨，又像从远方呼啸而来的马蹄声，她听惯了，一点也不害怕。

“老虎跳！”

“哇呀哇啦！”

突然，夜风送来荒野外的呼喊声，窗纸一阵哗哗响。

“醒一醒，有人抓你来啦！”花藕娘拧了老虎跳的大腿一把，“怎么还像是有个外国鬼子。”

老虎跳一骨碌爬起来，懵懵怔怔地说：“国民党军里，有美国鬼子当顾问。”他一边给三八枪压上子弹，一边侧耳静听。

“老虎跳大哥！”

“好像是老龙套子？”

“哇呀哇啦！”

“哑巴金不换！”

老虎跳喜出望外，大笑道：“我这两个兄弟逃出牢笼来入伙，土八路老虎跳的游击队就人多势众了。”说着，便急不可耐地要跟他们相会。

“慢！”花藕娘横拦竖挡，“你多长个心眼儿，别把他们带到家来。”

“难道你猜疑他俩是国民党的骑兵？可笑！”

“我怕的是有人安排鱼饵钓金鳌。”

女人家心细，老虎跳觉得花藕娘的多疑有理，便不敢大意，背着枪走出门，四下张望。夜色黑沉沉的，伸手不见五指，听不见动静，更看不见人影。忽然，他发现二三里外，有一盏忽明忽暗的风灯，在那道沙丘上的柳棵子地里摇来晃去。

跑一阵走一阵，挨近沙丘，看见那盏风灯挂在柳枝上，灯影下的老龙套子和哑巴金不换光头净脸，穿戴得齐齐整整，一副喜相。二人大呼小叫喊空了肚子，各自从腰里掏出一张薄饼两棵葱，搓成一卷吃起来。

老虎跳环绕沙丘转个圈儿，不见另有埋伏，便悄悄爬上沙丘，走到老龙套子和哑巴金不换身后。

两人大吃大嚼，突然薄饼卷大葱噎住了喉咙，咽不下吐不出，挣扎着转过身，才知道是被老虎跳的大手掐住脖颈。

“老虎跳大哥！”老龙套子哈哈大笑，把他的烙饼卷大葱捅进老虎跳的嘴里。

哑巴金不换却把薄饼卷大葱一扔，扑到老虎跳身上，咧开大嘴哭起来。

“你们是从哪儿逃过来？”老虎跳喊嚷着打手势。

老龙套子擂得胸脯咚咚响，摇头晃脑地说：“我是农会主任！”

所答非所问，老虎跳莫名其妙，扳过哑巴金不换的肩膀，抹下他的满脸泪水，指了指老龙套子，脸上扮出疑惑的神色。这叫宁跟哑巴说话，不跟聋子打岔。

哑巴金不换笑嘻嘻拍了拍老龙套子的脑瓜顶儿，比画了一个乌纱帽，高挑大拇指，然后，点了点自己的鼻头，伸出小拇指。

“他是委员！”老龙套子神气活现，开言吐字沾点官腔，抬手投足端点官架子，“根半腿不吃香了，好说歹说才给他个小组长。”

老虎跳越听越摸不着头脑，糊里糊涂不知天下发生了什么颠倒乾坤的变化，心中暗想：“根半腿下台是好事，可是叫老龙套子当农会主任，哑巴金不换当委员，也能把土改搅成一锅粥。”

“你快回村吧！”老龙套子拍着老虎跳的肩膀，“这顶农会主任的乌纱帽送给你，我当个委员就知足了。”

老虎跳不明其中底细，半信半疑，便跟他们约定，天亮之后打发个明白人前来，仍然在这道沙丘上的柳棵子地里见面。

吃过早饭，老虎跳抢先赶到沙丘上，远瞧近看，只见从村里走来的是他的盟弟小田先生，他又惊又喜，奔跑着迎上前去。

34

小田先生虽然身子瘦弱，面容憔悴，但是二目有神，没有一点穷愁潦倒的神气。他刚从盘山的山沟子里被放回来，过些日子小学恢复上课，民主政府将委任他当校长，还要分配杨曼筠来当教员，另外再配备一名工友。芝罘儿和柳哥儿都要从盘山转回来上学，唐大姐儿虽然已经十三岁，也想从一年级念起。

他在盘山的山沟子里，跟安守己关押在一处，不久又押来个刘双福。刘双福在文工团里当评书演员，也曾到一个村庄当土改工作队长，所以也就成了非搬不可的石头。多亏刘双福给他消愁解闷儿，他才没有跳崖寻死。目前，安守己调到民主政府当教育科长，武工队长山东侉子领导蝈笼子一带的土改工作团，刘双福是工作团的一名干部。这个村的农会，老龙套子当主任只不过是挂名儿，刘双福才是农会的主心骨。贯彻党中央的土改新政策，纠正过去的种种偏向。农会划成分，分土地，想到老虎跳本是扛了半辈子长工的雇农，三十年前他为发丧老爹而花掉的五亩瓜园，正是卖给本村的一家地主，地归原主却不能出村，老虎跳就得留下来。花藕娘在土改前三年已经不过剥削生活，农会给她定的是富裕中农，还把于二甲子的菜园和园房分给她。

哥俩正说东道西，评长论短，忽听一声鞭花半空响，老龙套子和哑巴金不换赶着一辆花轱辘车，接老虎跳和花藕娘回村。

老虎跳回村，全村的人都欢迎他。根半腿架着双拐，蹦蹦跶跶追前赶后，一句一个老虎跳大哥，叫得人浑身起鸡皮疙瘩；还口口声声管花藕娘叫老虎嫂子，更叫人肉麻。只有香翠儿虽然早已出满月，却大门不出，二门不迈，没有露面。

花轱辘车停在于二甲子家门口，老虎跳和花藕娘没有多少家当，哑巴金不换一个人就卸了车，搬进菜园的园房。

只有那支三八枪和子弹袋，老虎跳不许别人摸一摸，碰一碰，人和枪形影不离。

“大哥，你这支枪……”根半腿的眼睛，贼亮贼亮的滴溜溜乱转，“咱们的县支队，一个班也摊不上一两支三八大盖儿。你是从哪儿买来的，多少钱买的？”

“没花一分一文，从国民党的人手里抢来的！”老虎跳大笑道，“晚几个月回村，我还要抢一挺机关枪，夺一门小钢炮。”

根半腿点了点头，嘴里叨咕了一声：“眼熟……”便从人群中缩回了脖子，转身不见了。

天黑，老龙套子和哑巴金不换吆喝老虎跳到农会开会，大伙要选他当主任。老虎跳背着枪走了，花藕娘一个人在园房里，守着一盏孤灯。风吹灯火跳一跳，她便一阵阵心惊，连自己在墙上的黑影，摇动一下都害怕，便硬着头皮，到内宅串门，找香翠儿说闲话。

根半腿虽被罢了官，他在任时侵吞的浮财现款并没有退赔。花藕娘一进她住过二十几年的正房东屋，花梨木梳妆台的大玻璃镜子就照花了她的眼。墙柜、条案、春凳、八仙桌、太师椅和樟木箱子，都是一色的上等硬木，不是于二甲子家原来的那些破烂货。紫檀的八仙桌上放一盏头号大玻璃罩的煤油灯，白白胖胖的香翠儿怀里搂着歪脖儿子吃奶，比花藕娘当年生下花狗儿时候的模样儿，不但水灵，而且富态。

"香翠儿妹子……"花藕娘一见这位服侍她多年的使唤丫头，心里怯三分，嘴上也就低声下气了，"咱们姐妹俩有一年来的不见了，我真想你……听说你生了个大胖小子，我给你道喜。"

香翠儿的眼角，早看见走进来的是花藕娘，却眼皮不抬，也不让坐，假笑一声道："哟！内掌柜的过来看望我这个使唤丫头，折我的寿。"

"妹子……"花藕娘怯生生地向香翠儿身边挨过去，"冤家宜解不宜结，姐姐过去对不住妹妹的地方，妹妹大仁大义，都忘了吧！咱们姐妹俩都是苦命的孤女，往后要亲得像一母所生，有福同享，有难同当。"

"我还不知道内掌柜的有哪些地方对不住我呀？"

"姐姐过去骂过你。"

"骂人的话像臭雾，风吹云散留不住，我都暗中还给你了。"

“姐姐还打过你。”

“肉皮子疼一阵子，不疼一辈子，这些年你挨过多少打，别人的手替我出了气，咱们这笔债两清了。”

“姐姐不给你吃饱穿暖……”

“吃不饱也没有饿死，穿不暖也没有冻死，我能活到今天就不算短命鬼。分了你家的房，分了你家的地，民主政府替我讨回了你家欠我的血汗钱。”

“妹妹这一番话，又有心胸又有情义；你宽恕了姐姐，姐姐恨不得把心掏给你。”

“我没有宽恕你，你也不肯把心掏给我。”

“妹妹怎么还不肯宽恕姐姐呀？”

香翠儿霍地从太师椅上站起来，喊叫道：“你拆散了我跟老虎跳哥今生的姻缘！”

花藕娘一见香翠儿铁青了脸，吓得倒退，说：“是老王八把你打发到九丫头家，我也给蒙在鼓里。”

香翠儿却又逼上一步，一双怒目两道寒光，骂道：“你像狗皮膏药粘在老虎跳的身上，拖累了他大半辈子；他刚要翻身做主人，你又像一块磨盘吊住他的脖子，害得他在贫雇农里直不起腰，抬不起头，我怎么能宽恕你这个无底洞里的蜘蛛精？”

“妹妹，你骂吧！我对不起师哥，你替他打我，我也不怨恨你。”

“那你就别死缠着他不放啦！”

“离开他，我靠谁呢？”

“贫农团不是把你许配给哑巴金不换了吗？”

“那是根半腿的一句戏言，我怎么能嫁给一个哑巴呢？”

“金不换大哥浓眉大眼，虎背熊腰，菩萨心肠儿，铁罗汉童子身，怎么配不上你？”

“他正是菩萨心肠儿，慈悲为本，才把我送到师哥的瓜楼。”

“金不换大哥分了房子有了地，可就是孤孤单单一个人，没有个娘儿们做伴，只算翻了半个身，难道你就不替他想一想？”

“我想不出主意，帮不了忙。”

“你搬到他屋里去呀！”

“扔下师哥一个人，不也是孤孤单单吗？”

“你放心吧，我给老虎跳大哥找个做伴的，比你年轻，也比你壮实。”

“香翠儿！”花藕娘本来想打不还手，骂不还口，可是香翠儿欺人太甚，烧红了的醋缸也能起火，“原来你说一千，道一万，只不过是想占我的窝儿呀？”

香翠儿却微微一笑，心平气和地说：“咱俩谁都不许沾染老虎跳大哥，我另给他找个清白女儿身的大姑娘。”

“他是个四十八的老头子了，你还是别作孽吧！”

“尼姑庵有个俊眉俏眼清水脸儿的二师父，今年三十六，打算还俗嫁人，又不想当前窝后继的填房，跟老虎跳大哥正是天生一对儿。”

“她就是仙女下凡，也别想从我手里把老虎跳抢走。”

香翠儿又翻了脸，叮问道：“你是咬定老虎跳大哥不撒嘴啦？”

“生死不分离！”

“好！你不是说咱俩有福同享吗？”

“这理当是咱们姐妹的情分。”

“不改口？”

“吐唾沫落地是钉儿。”

“那就把老虎跳大哥分给我一半。”

“呸！你是有主儿的人，亏你说得出口。”

“仿你的影儿，学你的样儿。”

“我是被那个死鬼老王八强奸霸占，才不守妇道。”

“根半腿也是仿你那个老王八的影儿，学你那个老王八的样儿。”香翠儿的满肚子委屈，翻了缸似的泼出来，“我在你家受了二十年剥削，刚盼到出头之日，想不到根半腿仗势欺人，把我先奸后娶；不受剥削又受压迫，我今年才三十一，不跟老虎跳大哥亲亲爱爱几年，活着窝心一辈子呀！”

“香翠儿，你……你疯啦！”花藕娘吓得转身就跑，被门槛子绊了个一溜滚儿，连滚带爬逃出了正房。

香翠儿把歪脖儿儿子扔在炕上，追到院里，拦住花藕娘，拧着眉毛瞪着眼，说：“内掌柜，你就提防着我吧！也叫老虎跳大哥提防着根半腿。我的明枪你容易躲，根半腿的暗箭老虎跳大哥最难防。”

花藕娘丧魂落魄回到园房，趴在炕上哭起来，她觉得回到村里，还不如住蝈笼子荒野上的窝棚；就想等老虎跳回来，劝老虎跳搬家，虽不是搬回荒野上，也要远离香翠儿和根半腿，于是她便擦干眼泪转心眼儿。这么多年，她早学会了摸老虎跳的脉，也就最会对症下药。她一连想出几套招数，只听窗外脚步声响，老虎跳散会回来了。

她忙点着了灯，头一眼就看见老虎跳空着肩膀，三八枪不见了。

“枪呢？”她又在老虎跳的腰上看了一眼，也不见了子弹袋。

“交给了土改工作团。”老虎跳两眼失神地坐在炕沿上，没有多说一句的兴致。

花藕娘想起刚才香翠儿说过，老虎跳要提防根半腿的暗箭，便压低声音问道：“是不是……根半腿又到工作团给你进谗言？”

“你怎么知道？”老虎跳这一反问，口气漏了底。

花藕娘怎能说出这是来自香翠儿的关心，便把未卜先知揽在自个儿身上，说：“我看他跟你亲热得像黄鼠狼给鸡拜年，就猜出他是当面烧香，背后拆庙。”

“我有眼无珠，看出了他的虚情假意，却没有识破他的贼心不死。”老虎跳苍凉地慨叹一声，“他到工作团告我勾通还乡团，给还乡团通风报信，借还乡团之手，打断了他的腿，还乡团才赏给我一条枪。”

“这又是疯狗咬人！”

“工作团不像过去那么听风就是雨，并没有给我定罪，只叫我交出枪支子弹就算了结。”

“还选你当农会主任吗？”

“补了个委员。”

“我正怕你树大招风哩！”

“睡觉吧！打个盹儿爬起来，老龙套子跟哑巴金不换还要帮咱们扒这座园房，搬到瓜田上安窝儿。”

虽然已经徐娘半老，花藕娘却改不了年少贪欢的习性，吹熄了灯还得跟老虎跳厮缠一会儿，环境恶劣也兴致不减。她扒着老虎跳的肩膀，枕边上吹风，咕嘟着薄嘴唇儿，撒着娇说：“你一回又一回吃根半腿的亏，难道光是打掉牙咽进肚子里？就不能有个招架之功，还手之力？”

“武松打虎不打狗，我一拳捣碎了他又算得哪一路的英雄好汉？”

“我不是叫你动手行凶。”

“站在房顶上骂三天，我不学你们娘儿们家的这出拿手戏。”

“那就唱你们爷儿们家的拿手戏呀！”

“直出直入，别跟我缠裹脚条子。”

“这还用我教你吗？”

“你想……”

“香翠儿开着两扇门等你，这块天鹅肉本是你的盘中菜，你怎么就眼瞧着喂了癞蛤蟆根半腿？”

“啪！”一个大巴掌打在花藕娘的脸上，又一脚把她踹得滚到炕脚，老虎跳怒骂道：“我搬到村外住，明里是躲根半腿，真正是为了避开香翠儿，免得招来闲言碎语，乡亲们骂我是老浪荡梆子。”

这一巴掌下手很重，花藕娘虽然皮肉受了苦，心里却像化开了一个蜜疙瘩，手捂着疼得火烧火燎的脸腮，却嘴角挂笑睡着了。

鸡叫扒房，天亮就搬到了村外。

老虎跳那认祖归宗的五亩瓜园，都种的是高粱、玉米、大豆。战乱之年匆匆下种，耕作粗糙，缺苗断垄，秧子也不茁壮，秋收没有多少油水，笃定是个歉年。

“我套种一茬晚瓜！”老虎跳年将半百才有自己的几亩地，心气很高，一年来没有摸锄把子，手更发痒，“这茬晚瓜收下来，好比满地捡元宝。”

“一不占天时，二不占地利，你还是别财迷心窍花了眼吧！”老龙套子兜头泼他一箭凉水，“遭殃军跟还乡团在城里饿急了，馋疯了，一窝蜂过河抢粮抓丁，你的瓜正好给这群狗娘养的润嗓子。”

“聋子，我今天开市大吉，你怎么堵住门给我哭丧呀！”老虎跳笑骂道，“你敢不敢打赌，我的瓜熟蒂落，遭殃军跟还乡团也就叫咱们解放军打败了。”

“诸葛亮给你捎信啦？刘伯温给你托梦啦？”

“敢不敢打赌吧？”

“怎么赌？”

“你画道儿，我走。”

“我赢了，娶你弟妹过门，八抬大轿，三班鼓乐，十桌席面，你掏钱。”

“行！你要是输了呢？”

“我娶媳妇不光不要你花费一分一文，还把她的上半身归你，下半截留着我用。”

“混账东西！”

原来，老龙套子分了房子有了地，便到一个个说媒拉纤的老手家拜门，帮他找个称心如意的婆娘。发动了群众，又找哑巴金不换帮他掌秤过尺，经过一番挑肥拣瘦，最后选中了一个带着四个儿女过门的三十多岁的寡妇。这个寡妇的陪嫁是十六七亩地，老龙套子觉得这真是娶了个财神奶奶。

“老虎跳，赌不赌吧？”老龙套子又叫起阵来。

“朋友妻，不可欺，我怎么敢占弟妹的便宜？”老虎跳一阵黯然神伤，“你跟弟妹多生几个男孩儿，送我一个虎头虎脑的当儿子。”

“你那个弟妹跟老虎嫂子同岁。”老龙套子只想多子多福，哪里肯把儿子白送外人，“你给老虎嫂子的灶膛里多填几把柴火，她还能给你蒸出几锅。”

花藕娘被土财主的九个女儿扎烂下身，落下残疾，已经不能生育；老虎跳虽然并不嫌弃她，可是想到他家竟从自己身上绝了后，却也是一块心病。

他种瓜，比起他爹相差十万八千里。不过，毕竟门里出身，比起外行还是高明得多。他抓住了节气、种子、水肥，没过多少日子，五亩地的空白处便爬满了瓜秧的青藤绿蔓儿，开满了一朵朵金黄的小花。

村里开会叫他去，开完会他马上回来，不愿在村里停留一会儿。香翠儿虽然一直没有跟他打过照面，他每回进村出村，都好像看见香翠儿隐藏在草丛里和树影下，一双幽怨的眼睛噙满了泪水，他不是低头而过，便是急忙拐弯。

35

风调雨顺天帮忙，老虎跳又精心用力，一棵秧儿两个瓜，一天三变，眼瞧着长个儿。谁想，瓜儿长到拳头大，老龙套子不幸言中，国民党军和地主还乡团真像马蜂捅了窝，又到乡下烧杀抢掠，比过去更疯狂十倍。

国民党军接连打败仗，解放军拿下了京东一座座县城，从这一座座县城里漏网的国民党军和地主还乡团的残兵败将，都逃到了通州。僧多粥少，通州城里供不起这么多张嘴的吃喝，国民党当局便下令自筹粮饷。京东各县和本乡各路的地主还乡团，国民党当局更是颗粒不给，分文不发，全靠他们抢一顿吃一顿，抢一文花一文。这些匪徒都红了眼，过河来闯入各家各户，没有现成的饭菜，肚子饿得等不及，竟抢吃猪食马料，压一压饥。这时的解放军大部队，正堵住山海关和长城各口，包围秦皇岛和唐山两座孤城，顾不上为消灭地主还乡团分散兵力；县支队，区小队和各村的民兵队，人少武器差，只能集中兵力歼灭大股的敌人，不能叉开十指抓跳蚤。于是京津公路以东便像火烧七十二连营，鸡飞狗走人四散，天昏地暗一团混乱了。

老虎跳又带着花藕娘逃回蝈笼子荒野上的旧居，生命安全了，却不能一心无挂。他眼看着敌人到处横行，自己却赤手空拳，又牵挂五亩地上的高粱、玉米、大豆和西瓜、甜瓜、香瓜，心里的火烧得嘴唇起了泡。

没有一支枪，只有一口鬼头刀，不能上阵厮杀。他想当民兵，基干民兵只收十八岁以上、三十五岁以下的小伙子，普通民兵最大也不能超过四十五岁，他的岁数都过了头。而且，民兵队长就是那个秃耳朵杜小犬子，他跟这个家伙生来犯相，心里结下了死扣，是个难解难分的冤家对头。

只有亲手跟敌人抢来枪支子弹，但愿不要再遇见花狗儿。

枪炮一响，敌人过河，他把花藕娘送到蝈笼子荒野，然后手提鬼头刀，蹲在五亩瓜园里，猫在大河边，有点像守株待兔，又有点像姜太公钓鱼，等候鸟兽四散落弹的敌人进贡。

这一天，他隐藏在河边的水柳丛中，只见村里几处起火，盟弟小田先生的学堂冒起黑烟，枪响得像炒豆子炸锅。阵阵喊杀声中逃来两个人，下河浮上了岸，这两个家伙不知为何扭打起来。相距一里开外，他看不出这两个家伙是谁，便想悄悄从水柳丛中挨过去。刚走出几步，一个家伙被打倒在地，占了上风的家伙抡起枪托子，猛砸被打倒在地的那个家伙的脑壳，又摘下那个家伙的枪，爬上堤坡，眨眼之间不见了。老虎跳还想走过去看个究竟，忽然堤坡那边火光一闪，他心中一动，是不是有人烧他的房子？便扭头跑上堤坡，正是他的泥棚茅舍火冒三丈。这两间泥棚茅舍不过是一堆草木泥坯，屋里的锅、碗、瓢、盆、衣裳、被褥早搬了家，老虎跳并不心疼，反倒找个孤坟野树背后蹲下身子，眼睛搜寻放火的人。

女人家心眼儿小，躲藏在蝈笼子荒野上的花藕娘，一见五亩瓜园上的安乐窝起了火，不顾生死跑出来，一边跑一边喊叫："快救火来呀！"她的小脚放了足，也还是跑不快，她的脚踝骨陷进沙子，跑几步便栽个跟头。

老虎跳仍然一动不动。

突然，从高粱地中窜出一只恶狼，抓住花藕娘的脖子，老虎跳这才飞奔过去，挥着刀大喝道："放手！"

那只恶狼把花藕娘搡倒在地上，正要摘肩上的枪，花藕娘却又反扑上去，哭叫道："花狗儿，你杀自个儿的亲爹，车沟里的水淹死你！"拼出全身的气力扯住那支枪不放。

一听花狗儿的名字，老虎跳的脑瓜子都炸了，吼叫道："花藕娘，你闪开身子，我飞刀削这个贼子的脑壳！"

花狗儿闻声丧胆，一脚踢倒他娘，肩上的枪也溜了肩膀，紧蹬两条兔子腿，钻进青纱帐逃之夭夭。

老虎跳跑过去拾起枪来，还要追赶，花藕娘又扑到他身上，扯住那支枪不放手，哀哭道："你是他亲爹，饶过亲生儿子这一回吧！我成了个骒骡子下不了驹儿，咱俩只有这条根了。"

"我早饶过了这个贼子一回，他是狗改不了吃屎。"老虎跳拉开枪膛，只有一粒子弹，"让他多活几天吧！这颗子弹我给他留着。"

瓜田上的泥棚茅舍已经烧成了一堆灰烬，老虎跳又把花藕娘送回蝈笼子荒野，藏起了花狗儿那支枪，叮嘱花藕娘不能走动一步，便手提鬼头刀，到河边去找那个被打倒的家伙。

那个家伙血肉模糊，却还没有死，像一只受伤的乌龟，蠕动着奔向堤坡的柳荫，一大群绿豆蝇嗡嗡叫着追他。他看见老虎跳手上刀光闪闪，大步走来，一堆烂肉哆嗦了一下，又装死不动了。

老虎跳把这个家伙搬到柳荫下，只见他被砸破了半个脑壳，砸塌了半边脸，看了又看才认出是秃耳朵杜小犬子。老虎跳掰开他的眼皮，两只浑浊的黄眼珠子转了转，还能活一会儿。

"……老虎跳，你给我……一刀，别叫我……受罪了。"

"我把你背回村去。"

"我……死不回头。"

"是谁打伤了你？"

"花……狗……儿。"

"唉！我悔不该没有追赶这个贼子，当着你面砍下他的狗头。"

正在这时，青纱帐的大道上传来呐喊声和奔跑声；老龙套子端一支老套筒，哑巴金不换抡一口大铡刀，带着几个民兵跑来。杜小犬子那一堆烂肉哆嗦成一团，像一条毒蛇吃下了烟油子。“老……虎跳，你……还是砍我吧！”他翻了个身，甘当刀下鬼。

老龙套子一见老虎跳，喊道：“喂！你抓住了杜小犬子，还是抓住了花狗儿？”

“杜小犬子……在这儿。”

“哇呀呀！”哑巴金不换头一个冲过河来。

“这是……怎么回事儿？”老虎跳昏头涨脑地问道。

“杜小犬子是还乡团的奸细！”一个民兵答道，“他勾通花狗儿，杀害了小学的杨曼筠老师。”

老虎跳的头上像响了个雷，身子摇晃了几下，站住了脚，却又像一根木桩子直立不动，头脑空空，麻木不仁。

杜小犬子被老虎跳割掉一只耳朵，花狗儿的寡妇六姐也就不肯嫁给他了。他便挑着一副货郎担做小买卖，暗中给花狗儿的大姐夫充当耳目。花狗儿的大姐夫逃往通州，临走留下他当钉子，只许他跟花狗儿单线联系。他扔下货郎担，打起短工，投靠他的舅舅根半腿，斗地主敢打敢骂，搬石头敢抓破了脸下毒手，讨得杨曼筠的欢心，混入贫农团和民兵队。前两天，土改工作团的大干部山东侉子来到这个村，正巧教育科长安守己也因公路过此地，他偷听了两个人一段谈话。原来安守己的女儿柳哥儿却是山东侉子的骨血，两个爹都是共产党里不小的官儿。于是，他赶忙给花狗儿通风报信，抓走柳哥儿请赏。谁想，这一天小田先生带领学生们到野外割草打柴，以备过冬之用，学校里只有女教师杨曼筠在批改作业，那个工友在伙房做饭。花狗儿手黑，杀死了杨老师；杜小犬子暴露了身份，放了把火，两人一同逃过河来。花狗儿在仓皇逃命中丢了枪，不敢回城向他大姐夫报账，便趁杜小犬子慌慌张张，冷不防打躺了他，又把他捣得稀烂，夺枪而去。

老虎跳从痴呆中大吼一声，挥起鬼头刀就砍这个恶贼。

“老……虎跳，放走了……花狗儿。”杜小犬子断气之前喊出这一句，临死还反咬了老虎跳一口。

老龙套子扑过来，左右开弓狠抽老虎跳的嘴巴。

“不是我抓住的杜小犬子……”老虎跳的嘴角淌着血，“我也没有放走花狗儿……”

哑巴金不换更像一头竖起尾巴红了眼的牛，在老虎跳身上撞头。

老虎跳被暴打一顿，不躲闪也不还手。老龙套子和哑巴金不换一人照他脸上啐一口唾沫，一人又扯起杜小犬子一条腿，拖着死尸，带着几个民兵回村去了。

被打得伤痕累累的老虎跳，一动不动站到太阳落山，才移动两条灌了铅似的双腿。他回到瓜田便昏迷不醒，一病不起。老龙套子和哑巴金不换跟他画地绝交，根半腿满村下臭雾，全村没有一个人不咒他，一人一口唾沫能把他淹死。

满地的瓜像没娘的孩儿，疯长的秧子欺负得瓜不长个儿，节气不等人，瓜熟了没分量，也不口甜。花藕娘没有了主心骨，乱了分寸慌了神儿，只会守在老虎跳身边啼哭。

哭不醒老虎跳，也拦不住瓜秧疯长和杂草丛生。世上无绝路，只要不一条道走到黑，山重水复都有个柳暗花明。花藕娘哭着哭着，头上的圆盘大月亮钻出了云围，像一张丰满的女人笑脸儿。花藕娘见景生情，从这张满月脸儿想起了香翠儿。冤有头债有主，花藕娘遭难，她袖手旁观，老虎跳身染重病，却不会见死不救。

花藕娘咬了咬牙，厚起一张脸皮，顶着雷也要进村找香翠儿，三跪九叩求她帮忙。

这两个女人水火不相容，两心却相通。花藕娘上堤坡，香翠儿下堤坡，一来一去都是急匆匆，只差一步就撞了头。

香翠儿一只胳臂上挎着个沉甸甸的柳条篮子，冷不防在堤坡上跟花藕娘相遇，心慌意乱收不住脚，鼻孔里哼一声，扭头转身子，沿着堤坡一直走，不到瓜田去。

“妹子，等一等！”花藕娘拧着一双小中见大的脚儿，紧赶香翠儿的后影，“你……到哪儿去？”

“你不是我的内掌柜啦！”香翠儿回头瞪她一眼，“我到哪儿你管不着。”

“都怪姐姐多嘴，妹子别生气。”

“你不想问，我倒要告诉你。”

“到哪儿去？”

“给野汉子送鸡蛋。”

“妹子你瞒不过姐姐的眼睛，这一篮子鸡蛋是送给你老虎跳大哥。”

“嘻！我倒进大河里，也不想给他吃。”

“姐姐在妹子身上有罪过，他可没有伤过你。”

“有你没我，有我没你，他死活扔不下你这个累赘娘儿们，却把我忘得一干二净，我怎能不恼恨他？”

“姐姐把他分给妹子一半，叫他脚踩两只船儿。”

"我要整个儿的！"这里，河堤甩了个弯，堤上的杨柳茂密得枝连枝杈连杈，堤下哗哗响的河水冒冷气。香翠儿放下篮子站住脚，斑驳的月光好像给她抹了个大花脸，两眼闪闪放光像个女判官，"花藕娘，我把你带到死路上来了。"

"妹子，你……"花藕娘连连倒退。

"我把你扔下大河去！"香翠儿跳上去抓住花藕娘一只胳臂，"河里有个坛子坑，坛子坑里有个千年王八万年龟。张开了嘴，跟这个坛子口一般大小；我'扑通'一声把你扔下河，你一直钻进千年王八万年龟的肚子里。"

"妹子，饶姐姐一命吧！"花藕娘半蹲半跪，打着千斤坠儿。

"你不想死？"

"我还没活够哩！"

"那就答应我一件事，我不但不淹死你，还跟你拜干姐妹。"

"除了把我师哥整个儿给你，我都答应。"

"你霸占了他前半辈子，还不肯把他的后半辈子给我吗？"

"我跟他同生共死。"

"他死在你前头呢？"

"出殡那天我抹脖子上吊，跟他并骨。"

"他死在你后头呢？"

"把老虎跳三个字刻在一块青砖上，扔在我的棺材里就够了。"

"我还是抢早把你打发走吧！"香翠儿抱起花藕娘，又举过了头。

花藕娘不挣扎也不反抗，咬定牙关，说："香翠儿，你把我剁成肉酱，也别想从我嘴里说出把我师哥给你。"

“骚货，你尿裤子啦！”香翠儿尖叫一声，慌忙把花藕娘放在地上，“尿泡都吓破了，你还嘴硬。”

“香翠儿……”花藕娘揉着胸口，“我要没这点骨气，你老虎跳大哥能甘心一辈子受我的连累吗？”

“起驾吧！”香翠儿咯咯笑道，“我就是给老虎跳哥送鸡蛋的，可不许你这个娘儿们吃一口。”

花藕娘站了几站，腿软站不起来，涎着脸儿说：“好妹子，搀一搀我。”

“你还想叫我背你吧？”

“那就更多谢了，好妹子。”

“水鬼来啦！”香翠儿惊惊乍乍一声鬼叫，提起篮子撒腿就跑。

花藕娘连打了三个滚儿，又像被二踢脚爆竹崩起来，跑得一点不比香翠儿慢。

36

跑到瓜田，香翠儿看见老虎跳躺在一棵伞柳下，月光照得老虎跳的脸色惨白，摸一摸胸口，心跳得一阵比一阵微弱。

“一直没醒过吗？”香翠儿问花藕娘道。

“连个身也不翻。”花藕娘愁眉苦脸。

“不吃也不喝？”

“三天水米没打牙。”

“掰开他的嘴！”

“喂他什么呀？”

香翠儿解开身上的衫子，从红兜肚里掏出大白葫芦奶子，塞进老虎跳的嘴里。

昏沉沉的老虎跳含着奶头，紧闭着嘴唇，却不吮吸；香翠儿一只手捏住他的鼻子，一只手响脆地拍了他的脸两巴掌，老虎跳的嘴唇动起来，大口大口地嘲着奶水，吸干了一只又换一只。

“好妹子，姐姐一辈子也报答不了你的大恩大德呀！”花藕娘四起八拜给香翠儿叩头。

香翠儿喂完了奶，整了整衣裳，月光下在瓜田里转了转，一见满地都放了荒，又骂花藕娘道：“你当惯了内掌柜，吃馋了，呆懒了，怎么就不知道拔一拔草呢？”

“你老虎跳大哥不许我动手。”

“我才不这么娇惯你！天亮我来拔草，你也不能闲着。”

“根半腿还能叫你来吗？”

“杜小犬子现了原形，根半腿随他穿一条裤子，老龙套子天天开会斗争根半腿，吓得这个孬货把脑袋钻进裤裆里，在我面前也低三下四。”

从第二天起，香翠儿抽得出身就到瓜田，吆喝着花藕娘把满地的荒草都拔光了，只是不懂种瓜的诀窍，不敢碰一碰瓜秧。花藕娘在她面前，低眉顺眼，俯首帖耳，心甘情愿矮一头。

这一天，老虎跳吃着奶忽然睁开眼，发现香翠儿侧卧在他的身边，一边给他喂奶一边打瞌睡，花藕娘在香翠儿身后，哗啦哗啦扇着破芭蕉叶扇子。

“哎呀！”老虎跳吐出奶头坐起来，愣愣怔怔，“香翠儿，你……你这是……”

花藕娘一见他活过来，又哭又笑，说：“没有香翠儿妹子的奶水喂你，你早饿瘪了。”

老虎跳泪流满面，说：“香翠儿，我一辈子都欠你的情，对不起你，只要我还有一口气，能报答多少就报答多少。”

香翠儿大哭，说：“这辈子咱俩没有缘分儿了，下辈子你可别忘了我。”

花藕娘也抹着眼泪，说：“下辈子你俩做夫妻，我变一头牛给你们效力；你们吃得饱穿得暖，也不缺少我的草料，过个快快活活的日子。”

光明正大，不怕闲言碎语，香翠儿又帮老虎跳搭起两间棚子，老虎跳也给她家耪几遍地。根半腿臭不可闻，谁家也不许他进门，他架着双拐，在家里哄孩子做饭，闷得发慌又无处消遣，有时便死皮赖脸到瓜田找老虎跳喝酒，一喝就喝个烂醉。

国民党军和地主还乡团抽了一阵子疯，伤亡积少成多，不敢到京津公路以东捣乱了。花狗儿的大姐夫过河遭到伏击，被县支队打死，他那支民团树倒猢狲散，四分五裂；有的回乡自首，有的另投主子，只有花狗儿一人贼胆包天，独往独来，流窜作案。

晚茬的西瓜七成熟了，老虎跳剃头刮脸，满心欢喜，只等黄道吉日开园。

虽说是立了秋把扇丢，秋老虎的天气到中午仍然热得烫肉皮子，傍晚便路断行人。老虎跳最怕还乡团闻着味儿赶来，没闹天灾却躲不过人祸，喜中有忧，坐立不安。还乡团黑夜不敢出动，最喜欢歇晌时分贼头贼脑钻出来。老虎跳吃过晌午饭，磨光了鬼头刀，背上那支只有一颗子弹的步枪，爬上伞柳遮住身子，眼观六路，耳听八方。

田野上一片沉寂，青纱帐里蒸发出的热气像笼罩在田野上的一层雾。没有一丝风，伞柳叶子纹丝不动。

老虎跳刚要打盹儿，突然被一阵马蹄声惊醒，东张西望，只见河堤上有一匹狂奔的马，缰绳上拖着一个人，后面还有个人追马，越追马跑得越快。救人要紧，老虎跳跳下伞柳，迎着奔马跑过去。那个追马的人，一见老虎跳的影子，掉头就跑，那匹奔马也想钻进堤下树丛中。老虎跳顾不得许多，端起枪瞄准马头，一颗子弹穿了个贯耳，奔马惨叫一声倒地。他跑上河堤，死马脖子上挂着一支枪，一条子弹袋；马缰绳拴着一个女人的腿腕子，那个女人的前胸后背磨烂了皮，下身的裤子也碎成一片片的。

“香翠儿！”老虎跳一声惊叫，挥刀砍断缰绳，把香翠儿抱在怀里，“香翠儿，醒一醒！”

连声呼唤，香翠儿抬了抬眼皮，淌下两颗眼泪，说了一声：“花狗儿……”便又昏死过去。

他把香翠儿抱到树荫下，一手刀一手枪四下搜寻，看河边不见人影，听青纱帐没有动静，急得团团转。猛然，他想起自己在堤上转来转去，怎能抓得着贼人？不如先把香翠儿送到瓜田，然后找遍东西南北，方圆左右。于是，他摘下马脖子上的枪支子弹，背起昏死的香翠儿，一步一洼汗水，回瓜田去。

离瓜田还隔一片玉米地，忽听瓜棚里花藕娘的声音凄厉地喊叫：

“救人！”老虎跳脚下更急，三步并作两步跑进瓜田里，眼前看见的竟是花狗儿在花藕娘的脖子上拴一根绳子，吊在那棵伞柳上。

“畜生，你死到临头啦！”老虎跳扔下香翠儿，咆哮着扑奔过去。

花狗儿一见大势不好，扔下绳子就跑，慌恐之中两脚拌蒜，摔了个嘴啃地。老虎跳飞身一跃，正像一头老虎跳，大脚踏在花狗儿后背上“咯吧”一声响，脊梁骨折断了，花狗儿嘴里吐出一口污血。

老虎跳急忙从伞柳上解下花藕娘，花藕娘已经手脚冰凉，气绝身亡了。

花狗儿像一只断了脊梁骨的癞狗，爬不起来，也翻不过身，只能脑瓜子碰池，哀叫着：“爹，爹！您再饶我这一回，我比那二十四孝还要孝顺您老人家。”

香翠儿醒转过来，跌跌撞撞走到老虎跳身边，手扒着老虎跳的肩膀，头扎到他怀里，哭道：“这个贼子，枉披一张人皮，没有一点人味儿。我把他从小背大，他……他竟要糟蹋……”她一阵气虚，也难以出口。

她吃完晌午饭，把孩子扔给根半腿，又到瓜田来帮工。谁想，走出村外，刚上河堤，却碰见了流窜作案的花狗儿。花狗儿牵一匹马，躲在一块牛腿高粱地里，打算等村里人歇晌睡着了，闯进村打家劫舍。却在这时，香翠儿出现在河堤上，一道河堤只有她一人孤身走路。花狗儿的贼心烂肺里燃起淫恶的邪念，跳出牛腿高粱地，拦住香翠儿，嘴里不干不净，动手动脚；香翠儿破口大骂，他几马鞭子把香翠儿打昏，扯进牛腿高粱地里，打算奸而后杀。他怕那匹马逃跑，牛腿高粱地里又没有能够拴马的野树，便把马缰绳系在了香翠儿的腿腕子上。他扒下香翠儿的衣裳，红兜肚惊吓了马眼，那匹马便狂奔起来。

“香翠妹子，我把刀给你！”老虎跳递过鬼头刀，“你杀了他，解一解心头之恨。”

“我……割下他一片肉……喂狗。”香翠儿哆里哆嗦接过刀来。

花狗儿忍住剧痛，扭曲了一下身子，想爬到香翠儿脚下，哭喊道：“香翠姑，刀下留命吧！”

香翠儿把刀一扔，捂住了脸，说：“我下不了手……”

“还是我来掌刀吧！”老虎跳一个勾脚把花狗儿翻了个仰面朝天。

“爹！亲爹……”花狗儿挓挲着两手，鼻涕眼泪抹了一脸，“您杀了我，就不怕绝后吗？”

“我宁愿断子绝孙，也不能留你这个祸根！”老虎跳下死力踩住花狗儿的脖子，花狗儿叫不出来，也哼不出声。

“等一等！我怕看……”香翠儿跑进屋去。

鬼头刀对准逆子的胸窝，一刀到底，开膛破肚，然后拖着死尸到蝈笼子荒野，挖个坑掩埋了，远远的臭一块地。

香翠儿匆匆忙忙穿上老虎跳的一身破烂裤褂，拄一根柳木棒子，回村给老龙套子和哑巴金不换报信。

老龙套子和哑巴金不换赶来，老虎跳已经掩埋了花狗儿，正在伞柳下给花藕娘梳头洗脸，插花戴朵，穿装殓衣裳。他收拾得不慌不忙，不紧不慢，脸上看不出悲哀，眼里更没落下一滴泪。

“老虎跳大哥！”老龙套子跑上前来，扯起老虎跳的一只大手连打自己的嘴巴，“我耳聋心瞎，冤屈了你！”哑巴金不换搂住老虎跳的脖子，跺着脚咧嘴大哭。

“你们俩到我家祖坟上打坑！”老虎跳左手一推老龙套子，右掌一搡哑巴金不换，“大热的天得赶快给她下葬。”

脚步迟慢的香翠儿也到了，急得嚷道：“她也算跟你夫妻一场，你难道不该给她打一口棺材！”

“我把她装进缸里，盘膝打坐下葬。”老虎跳怪模怪样一笑，“别忘了我是潭柘寺的和尚出身，讲是的佛门规矩。”

老龙套子和哑巴金不换刚走，小田先生一手牵着芝罘儿，一手扯着唐大姐儿，前来吊孝。

芝罘儿和唐大姐儿挣脱了小田先生，奔跑到老虎跳面前，双双跪倒膝下，哭叫道：“大伯，别难过，保重身子；我们长大了，一定孝敬您老人家。”

老虎跳弯下腰，一手搂着芝罘儿，一手拢住唐大姐儿，老泪纵横，从满嘴的黑胡子上滴滴答答淌下来，洒在芝罘儿和唐大姐儿的头脸上。

他哭了一阵，收住眼泪，推开两个孩子！从屋里搬出大缸，将花藕娘入殓，说：“大姐儿，给你婆婆磕个孝头。”

“是！公爹。”唐大姐儿答应一声，便飘身下拜，像常见的村妇乡女那样歌哭起来。

芝罘儿也要下跪，老虎跳一把将他揪住，说：“你是个文曲星，大命人，她不配受你的礼。”

老虎跳也不许小田先生给花藕娘作个揖，怕给那命贱福薄的女人加罪，来世不能投生。

“大哥，唐大姐儿怎么管你家嫂子叫婆婆？”小田先生迷惑地问道。

“她是我早就订下的儿媳妇。”老虎跳抹了一把脸，脸上出现了喜气，“等开园那天，我给她和芝罘儿成亲，看我后半辈子洪福齐天吧！”

“大哥，你……”小田先生大出意外，吃了一惊，“芝罘儿才七岁，大姐儿刚十三呀！”

“我正是盼他们早生贵子，给我传宗接代呀！”老虎跳高声大笑，笑声却十分苍凉，“我还要找安科长和山东侉子同志，给芝罘儿跟柳哥儿定亲。”

“大哥，你……醒一醒！”小田先生只当是老虎跳悲伤过度，神经错乱了，“安科长和山东侉子同志，怎么肯把他们的女儿给芝罘儿做妾？”

“柳哥儿跟唐大姐儿平起平坐，不分大小。”老虎跳自认为蛮有道理，“她跟芝罘儿生儿育女，顶立徐家门户。”

小田先生最了解老虎跳的脾气，老虎跳正钻牛角尖，不能跟他抬杠；等他哪一天脑瓜子清亮了，再跟他讲理。给花藕娘送葬以后，便从坟地上把芝罘儿和唐大姐儿带回学校了。

老龙套子和哑巴金不换，又陪伴老虎跳回到瓜园，宽慰了他几句，也各自回家。

只有香翠儿不知去向。

老虎跳疲乏得全身像剔净了筋骨，仰面朝天露宿在瓜田月下。一觉睡到后半夜，忽然感觉有个女人紧紧箍住自己的身子，睁开酸涩的眼睛一看，原来是香翠儿缠着他。

“你这是何苦呢？”老虎跳沉重而又伤感地叹了口气。

“我要给你生个儿子……”香翠儿哭着说，“借别人家孩子的光，乱了自己的血脉，祖宗要怪罪你。”

老虎跳慌忙把香翠儿从身上撕开，跳了起来，说：“我命里主凶，偷结了花狗儿这个野瓜，遭了现世报，再也不能留下孽种了。”

“我扔了根半腿，嫁给你。”

“咱们还是等下辈子，做一对干干净净、清清白白的原配夫妻吧！”

开园前一天，小田先生把芝罘儿和唐大姐儿转移到外村，然后陪同山东侉子到瓜园，给老虎跳打通思想。

大干部光临驾到，老虎跳脸上放光，又请来老龙套子和哑巴金不换作陪，香翠儿炒菜，大家在瓜园喝喜酒。

山东侉子也酒后话多，悄悄在老虎跳的耳边小声说：“今天晚上，解放军大部队要把京津公路腰断十八截，过不了三四个月，就要包围攻打天津、通州、北京了。”

“鸡叫就开园！”老虎跳一仰脖儿，又咕咚咚喝下一大碗酒，“这满地的瓜，都慰劳大部队，我分文不取。”

山东侉子忙说：“还是民主政府花钱收购，不能叫你吃亏。”

老虎跳摔碎了大碗，粗脖子红脸吵道：“这是不赏我的脸！”

“你还要过日子呀！”

“打下了天津、通州、北京，解放全中国，天下太平，五谷丰登，好日子长着哩！”

老虎跳话一出口，就不能收回；他吩咐香翠儿买红纸，剪喜字，又请盟弟小田先生裁纸条儿，每张纸条写一句暖心话，都贴在晚茬西瓜上。

这天夜晚，解放军几个团，从天津北郊到通州城外，斩断了京津公路全身，只留下北京一头和天津一尾；拂晓之前，这几个团分散到北运河沿岸的村庄宿营。

第二天大早，香翠儿把芝罘儿打扮得像野台子戏里的小喜神，鞭炮声中开园。老龙套子、哑巴金不换和小田先生都来帮忙，摘下瓜装筐，搭到花轱辘车上。老虎跳亲自赶车，把一车车贴着红喜字和暖心话的晚茬西瓜，送到解放军大部队的宿营地。

老虎跳是个直性子人，一心不二用，忙乱着慰劳大军，就把给芝罘儿和唐大姐儿成亲扔到脖子后头了。事后，他又听从了山东侉子和小田先生的良言相劝，等推倒了三座大山，过上长治久安的太平日子，孩子们念书成才，再大办喜事，那够多么风光。

是呀！人人都想的是前程似锦，谁也不曾预见今后的命运还会有崎岖坎坷。

37

一省二市四县的这片搭界之地，原来有个中心叫蝈笼子镇。元、明、清三代到民国初年，这里曾是一座四通八达的千户大镇，眼下八九十岁的老人，还能依稀记得昔日那车如流水马如龙的风光，老虎跳便是最有权威的见证人之一。蝈笼子镇是作为兵家必争之地毁于战乱的。

当年，义和团跟八国联军在蝈笼子大战三天三夜，只因清军的阵地被突破，八国联军烧毁蝈笼子镇的主街，杀出一条血路，这才长驱直入，占领通州，攻进北京。又过了二十多年，直奉战争在北运河上打得天昏地暗，蝈笼子镇又被你争我夺，双方都三进三出，半个蝈笼子镇被夷为平地。直奉战争之后十年，日本鬼子打进山海关，侵占了京东，又把蝈笼子镇烧了一遍，所剩无几。到一九四六年，国民党军和美国海军陆战队要打通京津公路，已经满目疮痍的蝈笼子镇，仍然是一大障碍；于是，几百发炮弹，几十辆坦克，将所剩无几的蝈笼子镇破坏得片瓦不存，寸寸焦土。此后，风沙和大水，年年侵蚀和袭击这片废墟，便荒无人烟了。多亏每年的杨花柳絮，被春风从四面八方吹来，落满这片废墟上，才生长出花草树木，没有成为不毛之地。

解放以后，我家乡的八任县长，九届县委书记，都想复兴蝈笼子镇；两度不惜工本，大发高烧，想要改天换地。一回是一九五八年大跃进，全县三万男女劳力，被赶到蝈笼子，翻地三尺三，每亩播种二百斤。从白露节苦战到小雪封地，男男女女风餐露宿，有几个女人把孩子生在了裤裆里。转年收割时节，不是种一葫芦收一瓢，而是几十万斤的麦种只收回几车麦秸，盐碱地的麦秸又苦又涩，牲口都不吃。过了十二年又学大寨，三万劳力每人一把锹、一把镐、一面语录牌；蝈笼子栽满电线杆子，白天广播喇叭振聋发聩，夜晚灯火通明亮如白昼，冬三月闹得人仰马翻，大年初一吃冰冻饺子。来年一看，平整的土地又被大风吹得坑坑洼洼，难得的几棵秧苗，稀稀落落的像花毛秃子，虽不是颗粒无收，却也是赔本赚吆喝。大寨三战狼窝掌，学大寨便四战蝈笼子。一而再，再而三，三而四，劳民伤财，怨声载道，只得下马。

下马八年，直到一九八一年了，才有人想起蝈笼子，打算办个奶牛场；不仅县里一听就呕，市里一听蝈笼子这个地名，也像被蝎子蜇了一钩子。在蝈笼子上投资，就像大河里撒纸钱，连个响儿也听不见。县里不愿出力，市里更不想拨款，这个空中楼阁的奶牛场，也就像浮光掠影一阵风儿，舌头尖子上打个转，谁也不再演奏这支幻想曲了。这方圆七八里，又分属相邻的五六个村子。于是实行联产承包，张榜招贤。人人都想一口吃成胖子，一年栽出一棵摇钱树，却没有人敢到蝈笼子冒险，只怕受尽皮肉之苦，最后竹篮子打水一场空。而且，打草卖钱不过是蝇头小利，盛夏时节到蝈笼子打草的人也一年比一年少。于是，草长得更高更密，柳棵子地更延长，更铺张，鸟儿、蚂蚱、蜻蜓更多起来，连多年不见的野兔和獾子也出现了。

然而，老虎跳却认定蝈笼子是一块风水宝地，双手能端一省二市四个县的饭碗子。他原来是大队五保户，实行承包以后本可以到公社敬老院吃安乐茶饭，直到寿终正寝；他却偏不愿享受这个晚年清福，红了眼想当万元户，在老蝈笼子镇的废墟上开了一座鸡毛小店，代卖茶水。果然，京津公路上的过路财神，就像肥猪拱门，每天都给他送上十几二十块。住一夜店八毛，喝一碗茶二分，来往行人如过江之鲫，薄利多销，积少成多；头一年扣除成本，留够来年的资金，净剩两千多块钱。给徐芝罘一千，送香翠儿八百，掏不空他的荷包，他的手头上一点儿不紧。

从徐芝罘上小学到念完大学，老虎跳都出过不少力，花过不少钱。徐芝罘念完大学有了工作，想把他的生养死葬包下来。他不愿累赘这个感恩图报的孩子，这才入了五保户。不过，徐芝罘仍然每月都有孝敬。抽个烟，喝个酒，不算犯难，他心里可老觉得对不起这个孩子。所以，政策一放宽，他虽已年过八十，却还要老将出马，为徐芝罘效驽钝之劳。

徐芝罘虽是个饱学之士，却一直怀才不遇，个人生活上更是步步走背字儿。这个农家子弟，进城念书，本性不改，打定主意等念完大学之后跟唐大姐儿结婚，可是青梅竹马之交而又同窗十几年的柳哥儿，偏要近水楼台先得月。于是，唐大姐儿为了成全这天作之合的一对，自己找主嫁人，柴火妞儿配泥腿子，倒也是地造的一双。一九六三年徐芝罘下乡四清，心慈面软丧失立场，被开除出党，留职察看；十年动乱中又把他遣返回村。柳哥儿看待一切，都是政治标准第一，当然立即跟他一刀两断。这位富有时代特色的女性，处理问题一向如此，也不单是对待徐芝罘一人无情无义。她的生身之父山东侉子，一九五五年当县委农村工作部部长，被打成合作化运动中的小脚女人，撤职罢官受处分，一口气窝在心里得了癌症。临死想见亲生女儿一面，任凭安守己声泪俱下，死说活劝，她也不为所动。是的，她一直姓安，没有更名改姓。但是，一九五九年安守己被定为右倾，降职劳改，只因没有开除党籍，柳哥儿才没有正式脱离父女关系，却一直不肯回家，父女关系徒有虚名。安守己恢复工作，分配到文史馆当资料室主任，闲来无事，静极思动，光是练一练狂草还不过瘾，就给已成为著名演员的梁菊鸣编写了那出他酝酿了十八年之久的新戏《李卓吾之死》，上演了一场，只叫二成座，也就拔锅拆灶了。然而，在跟梁菊鸣的来来往往中，结识了也已成为县评剧团主演的蕙儿，不知在哪一点上同病相怜，这一对旷夫怨妇竟出人意外地结合一起。蕙儿在解放以后便摆脱了李云岫。李云岫被划为反动地主，后又查出历史反革命罪行而坐牢，死在劳改农场。蕙儿依附哥哥，搭评剧班，艺名小杨翠喜，唱《九尾狐》出了名，想嫁个很有身份而又颇有地位的丈夫，却因为她那段不大清白的历史，可望而不可即，可求而不可得。对于安守己和蕙儿的结合，柳哥儿感到震惊、耻辱、愤怒，对养父慷慨陈词，晓以利害，无奈安守己只图眼前快乐，不听劝导，执迷不悟，于是父女反目。人无远虑，必有近忧，快乐了不到三年，十年动乱来了。县评剧团的造反小将公布档案，兜出蕙儿的丑史秽闻，剃阴阳头跪街，欢迎革命的战友们啐这个烂货的脸。更可怕的是他们刨开李云岫的坟，扒出李云岫的头颅骨，挂在蕙儿的脖子上，站在三层楼的阳台上示众，而且押来安守己陪斗。蕙儿曾是个品行轻佻的跑江湖的野台戏子，可是自从她解放后成了名，尤其是嫁给安守己之后，她最要的是脸面。想不到改邪归正仍然要被打翻在地，踏在革命的铁蹄之下；心眼一窄，眼前一黑，一头栽下三楼阳台，当场粉身碎骨而亡。蕙儿是坠楼横死的，梁菊鸣是吓丢了魂儿愁死的。造反团宣布梁菊鸣的罪行，一个是给蒋介石演祝寿戏，而且唱的是《十老安刘》，骂吕后，杀吕党，反动透顶，是何居心？另一个是主演黑戏《李卓吾之死》，借古讽今，指桑骂槐，跟马连良主演《海瑞罢官》同等论罪。梁菊鸣自入梨园界便胆小怕事，成了名更不敢得罪人，怕人家揭他那野台子戏出身的老底儿。唯一跟过去不同的是吃馋了嘴。当上名演员，自己挑班赚得多，加入国家剧团也挣得不少，大把的票子全花在了吃喝上。打成黑帮，一个月只发十二块钱生活费，每日三餐只能啃窝头，咬咸菜，喝白开水。已经吓丢了魂儿，又馋得他枯肠寡肚，看不见前景，望不见出路，整日愁眉苦脸，长吁短叹；肝炎、肾炎、胰腺炎、胃痉挛，一条身子四大恶症，两三个月就丧了命。梁家兄妹做了屈死的鬼，安守己反倒死里逃生，他只被打断了一条右胳臂，便被发配到柳湾村插队落户。老虎跳是一棵擎天的大树，给徐芝罘也给他遮蔽腥风血雨。柳湾村这个弹丸之地的小村，也有几个歪瓜裂枣的小字辈儿想造一造反，打头的正是根半腿和香翠儿的儿子马窝脖儿。这支造反团出马头一仗，就给老虎跳贴了一张大字报，勒令他彻底交代给地主于二甲子当狗腿子，勾搭地主婆儿花藕娘的罪行。老虎跳三声大笑，一声咆哮，铁钳大手掐住马窝脖儿的咽喉，骂道："小兔崽子，你还少写了一桩罪行，那就是我×你妈三十年！"当时的老虎跳已经年将七十，这支造反团捆成一堆，也不够他打一顿的。他的手上只用六七分气力，竟把马窝脖儿的歪脖儿拧正了位。撒了手又搡一掌，马窝脖儿像被一口气吹得贴在墙上，满肚子的窝头挤成了面粥。老虎跳还不罢休，放出风去要娶香翠儿过门；找瓦匠刷墙，请棚匠糊房，雇两个木匠打一张合欢床，还要大办十桌酒席。念过中学又口口声声"破四旧"的马窝脖儿，却长的是一颗封建透顶的脑壳。他来到老虎跳屋里，双膝下跪，哭天抹泪，哀告老虎跳给他留脸。他答应解散造反团，老虎跳也答应不娶他的妈，公平交易，皆大欢喜。安守己躲在这个血雨腥风吹洒不到的世外桃源里，左胳臂下功夫练字，竟练出了出神入化的左撇子草书，眼下年逾古稀，却声名噪起，成为海内外闻名的书法家，一幅字能卖出柳哥儿三个月工资的价钱。父女俩都向前看，和好如初了。徐芝罘在坎坷岁月中钻研地方志，恢复党籍重新工作以后，又埋头著作，直到一九八三年春，才跟一位离过婚的三十七岁的女同志结为夫妇。这位离婚的女同志原来是刘双福的小女儿，也可算是天生的缘分儿。说书艺人刘双福，解放以后当了八年县剧团的团长，他那张说书艺人的嘴，一九五七年给他招了灾惹了祸。他被划了右派，一不低头，二不服软，扬长而去，浪迹天涯。一九七九年改正错划问题，到处查找他的下落，仍然生不见人，死不见尸。传闻五台山有个老和尚好像是他，他的小女儿找到五台山，那个老和尚又云游四方去了。后来，又有人传说他在洞庭湖当了天吊户，给那些来自四面八方的没有户口的流民说书为生，他的小女儿又花钱在湖南的大报小报上刊登寻人启事，千呼万唤仍旧没有回音。徐芝罘每月工资不到八十元，刘双福的小女儿每月工资只有五六十块，还带着个和前夫所生的儿子，三口人的日子过得很窄。老虎跳开鸡毛小店，要当万元户，完全为的是叫徐芝罘过上好日子，一心无挂做学问。徐芝罘那部百万字地方志，印刷了二十册打字稿，花的就是老虎跳开鸡毛小店头一年送给他的那一千元。地方志不是紧俏商品，没有一家出版社愿意收购。最近听说上海有一家新开张的出版社可以自费出书，印行五千册要花十万元；老虎跳就更起早贪黑，省吃俭用，舍不得枉花一分钱，打算到他进火葬场之前，给徐芝罘凑够这个整数儿。不过，自从他带了个头，一省二市四个县那些有眼力的农民，也看出老蝈笼子镇废墟是口聚宝盆，一窝蜂跑来占地盘，抢生意，沿京津公路两侧形成两条长街，老虎跳的鸡毛小店竞争力很差，能否存在都已岌岌可危。因而，徐芝罘的大作何时问世，更不得而知了。

“嚼了三天三夜的陈谷子烂芝麻，我都嚼得没有滋味了。”老虎跳可能想到自己出钱给徐芝罘印书的许愿，十有八九是无能为力了，于是心情一下子恶劣起来，“解放以后的三十多年，酸、甜、苦、辣、咸五味俱全，你还是找乡亲们去聊聊吧！”

老人已到残年暮景，无所谓难言之隐，但是前半生虽能给自己做出历史的结论，后半辈子却难以自我鉴定。他是想叫我广泛听取群众意见，帮他评说是非功过，再给自己标个成色，定个价码。

但是，到此告一段落，我仍不甘心，便又探一探口气，问道："根半腿……"

"他早出国了！"

"出国了？"

"六一年吃不饱肚子，根半腿得浮肿病死了，到阎王爷治下为民，变成了冥国华侨。"

"香翠儿……"

"六十六了，给她儿子当不拿工钱的老妈子，住在县城里。"

马窝脖儿已经非同小可。他没能造反当官，一步登天；后来被选拔到北京的一家高级宾馆当服务员，也算离地三尺，在柳湾村高人一等。前两年，他结交了一个跑单帮的港商，这个港商又是个穿针引线的掮客；他便留职停薪，跟这个港商合伙，在县城开了个时装贸易公司。专门从香港和海外的旧货商行贱价收购牛仔裤、蛤蟆镜、蝙蝠衫、坡跟鞋、电袜子……转手到国内高价出售，一本十利，大发肥财。那些一见洋货就眼花缭乱和五体投地的时髦男女，全身披挂起来，一股子一股子地散发洋味儿。他们招摇过市，人前显贵，自以为如此打扮便是生活方式现代化，却不知上当受骗当了肉头。

发了财的马窝脖儿，学会了港商和洋人的成本核算。时装贸易公司得有个厨子做饭，还得有个勤杂工打扫门面；雇两个外人，管吃管喝，至少每月要开一百块工钱。不如把亲娘接到城里，一身而兼二任，一张嘴却吃不了两个人的饭，而且每月还能节省一百块的开销。

"香翠儿婶子还能下乡来看望您吗？"

"她一天到晚像磨坊的驴，忙得团团转，哪能抽得出身子？"

“我看真不如在这个鸡毛小店给您当帮手，反倒轻闲自在。”

“老龙套子替我到县城跑过一趟，碰了个软钉子。”

“马窝脖儿的思想仍旧不开窍？”

“那小子的脑瓜儿早就开通了。”

“同意他娘改嫁？”

“要收一笔彩礼。”

“卖娘！”

“他肯卖，我就愿买，只可恨老龙套子不借给我钱。”

“老龙套子是万元户？”

“一万块存进银行，五千块在社队企业入股，多多少少每年都给小学堂捐点儿款。”

“小田先生已经退休了吧？”

“还挂着个名誉校长的官衔儿，拿的是退休金。”

“您跟香翠儿婶子情深义重，完全可以登记结婚，马窝脖儿不得干涉婚姻自由。”

“我偏要花这笔钱，当众羞辱那个小兔崽子！”

“哑巴金不换能不能帮您的忙？”

“我那好兄弟死了。”

“哪一年死的？”

“五八年修密云水库，七天七夜连轴转，哑巴推轱辘车爬白河大坝，抢了个放卫星的状元，十字披红。收工回窝棚睡觉，走到半路他累得迈不开腿，就倒在一个挖土坑里睡着了。转过一天，上工点名，不见他的影子，队长怕他是走迷了路，打发我满山遍野找他，从太阳出来找到太阳落山，才在那个挖土坑里找见他的尸首。哑巴死得眼角眉梢都挂着喜色，想必是状元及第，心满意足了。”

老人说起这些亲朋故旧之死，一不悲凉，二不伤感，口气中甚至还带有三分戏谑。人老了，经过多少悲欢离合，见过多少生离死别，自己距离那道阴阳界，也不过是一步之遥，心上早长起一层厚茧，刀剜针扎也不疼了。他翻了个身，便打起呼噜，节奏十分匀调，老人睡得心平气和。然而，我虽已不是少年气盛，却生来是个感情用事的性子，尽管也曾有过大起大落的遭遇，比起老虎跳来到底阅历浅薄，所以听完哑巴金不换的结局，心情越发不能平静，更难以入睡。

月明星稀，鸡叫头遍了。

听着大河两岸那一呼百应的鸡啼声，我闭上眼睛，思前想后，百感交集。想我前前后后在北运河家乡生活了三十多年，写了三十多年反映北运河家乡生活的小说，虽然不是著作等身，已经出版的二十几本书码起来也有一尺多高；然而，扪心自问，我可曾把一位乡亲父老的命运写深写透？愧煞人也。

这一本书，又当如何？我只有惶恐不安，不敢多想。

一九八三年十二月至一九八四年四月通州农舍；

一九八四年十一月至一九八五年二月北京三里河隐居；

一九八五年五月至一九八五年六月整理修改。

注：原载北京十月文艺出版社《长篇小说》一九八五年（总10）；一九八七年十一月由北京十月文艺出版社出版。

图书在版编目 (CIP) 数据

豆棚瓜架雨如丝 / 刘绍棠著. — 北京 : 北京十月文艺出版社，2018.5
（刘绍棠文集）
ISBN 978-7-5302-1768-9

Ⅰ. ①豆… Ⅱ. ①刘… Ⅲ. ①长篇小说—中国—当代 Ⅳ. ① I247.5

中国版本图书馆 CIP 数据核字 (2017) 第 322589 号

豆棚瓜架雨如丝
DOUPENG GUAJIA YURUSI
刘绍棠　著

出　版　北京出版集团公司
　　　　北京十月文艺出版社
地　址　北京北三环中路 6 号
邮　编　100120
网　址　www.bph.com.cn
发　行　新经典发行有限公司
　　　　电话（010）68423599
经　销　新华书店
印　刷　固安县铭成印刷有限公司
版　次　2018 年 5 月第 1 版
　　　　2018 年 5 月第 1 次印刷
开　本　880 毫米 ×1230 毫米　1/32
印　张　8.75
字　数　190 千字
书　号　ISBN 978-7-5302-1768-9
定　价　32.00 元
质量监督电话　010-58572393
如有印装质量问题，由本社负责调换。